滄海叢刊

司空圖新論

王潤華 著

1989

東大圖書公司印行

司空圖新論／王潤華著 - - 初版 - -
臺北市：東大出版：三民總經銷，民78
〔8〕，281面：圖；21公分
ISBN 957-19-0020-6（精裝）
ISBN 957-19-0021-4（平裝）

1.（唐）司空圖（837-908）-傳記 2.中國詩-歷史與批評-唐（618-907）I.王潤華著
821.84/8426

司空圖新論

著者 王潤華
發行人 劉仲文
出版者 東大圖書股份有限公司
總經銷 三民書局股份有限公司
印刷所 東大圖書股份有限公司
地址／臺北市重慶南路一段六十一號二樓
郵撥／〇一〇七一七五—〇號
初版 中華民國七十八年十一月
編號 E 84053
基本定價 肆元肆角肆分
行政院新聞局登記證局版臺業字第〇一[illegible]七號

司空圖新論
編號 E 84053
東大圖書公司

ISBN 957-19-0021-4

司空圖新論：從注釋考證到比較文學（自序）

一、從世界性的詩學透視司空圖的詩論

一九六九年，我在美國威斯康辛大學東亞語言文學系唸完碩士課程，接着繼續攻讀博士學位。第一年，我選修了一門「中國文學研討課」，這是考驗研究生從事獨立研究的能力，同時也訓練如何在討論會上發表論文。這門博士班學生必修的課，由周策縱教授負責指導。老師在這門課上不必講學，開學第一天，便要每位學生提出學期報告中所要研究的題目與範圍，然後每次上課，由同學輪流報告研究的進展和聽取別人的意見。寫完論文後，便輪流宣讀論文和答辯。這種訓練研究與討論方法的課，是教人寫文章時不要閉門造車，培養學術風度，在論辯中尋找眞理。周策縱教授在歐美漢學界，以通古博近著名，他允許我們班上約十位學生，根據自己的研究興趣與心得，隨意選定研究題目。我當時就以司空圖的生平與思想作爲研究的對象。引起我研究

司空圖的興趣的人，也是我的老師。在唸碩士時，我選修過他的「中國文學批評史」，他講解司空圖的《二十四詩品》，激發了我的興趣，因爲修他的課，我熟讀羅根澤、朱東潤和郭紹虞等人所著的幾本中國文學批評史，書中都對司空圖的詩論有所評析。一九七○年成爲博士候選人後，我便提出以研究司空圖作爲博士論文題目，這便是一九七二年完成的「司空圖及其詩論研究」。論文厚達二百三十九頁，以英文撰寫，原書名爲 *Ssu-K'ung T'u: The Man and His Theory of Poetry*。前半部強調考證工作，從各種殘缺史料去考證、發現和重建司空圖的生活和思想。論文後半部運用比較文學的治學方法，從世界性的詩學結構去分析司空圖詩論的特殊性和普遍性。

獲得博士學位的第二年，我進入新加坡南洋大學中文系教書。不久後收到香港中文大學出版社的信，他們正計劃推出一系列中國文人評傳。從美國各大學推薦的一批論文中，他們選中了我寫的司空圖論文。由於出版這套傳記的對象是英文讀者，出版社要求簡化考證的細節，行文要通俗化，而且後半部詩論一律要割愛，因爲它的模式要學威利（Arthur Waley）所寫袁枚、白居易及其他中國文學家傳記那樣雅俗共賞。我化了一年將我的博士論文改寫，中文大學終於在一九七六年將它出版，書名叫 *Ssu-K'ung T'u: A Poet-Critic of the T'ang*《唐代詩人兼詩論家司空圖》。這本小書，算是第一本研究司空圖生平及思想的書。當時別的語文不必說，中文出版界也還沒有研究司空圖的專書出現。臺灣江國貞所著的《司空表聖研究》（臺北文津出版社，一九七八），據我所知，應該是第一本用中文撰寫的研究司空圖生平、思想及作品的專書。

二、從英文到中文的司空圖研究

一九七二年完成以英文撰寫的博士論文後，我即決心用中文把我研究司空圖的心得寫出來，因爲用英文寫論文，到底資料引用和考證等方面，都受到很大的限制。我首先寫出〈「觀花匪禁」之文字及其意象之根源〉、〈司空圖《詩品》風格說之理論基礎〉及〈從司空圖論詩的基點看他的詩論〉。所謂從博士論文改寫，其實等於重新研究，重新分析，重新立論。後來因爲要改寫香港中文大學出版的《唐代詩人兼詩論家司空圖》那本英文小書，我的中文本《司空圖研究》只好停頓下來。一九七八年我的《中西文學關係研究》（滄海叢刊）出版，將上述三篇論文收了進去。

十年來，我一直爲了未實現出版中文本的《司空圖研究》而感到不安。我不能讓它一半以英文出現，一半以中文出現，這實在叫人難堪。所以我幾年前就立定重寫的計劃，要把我的司空圖研究重歸中文的版圖，這個統一的心願，現在終於因《司空圖新論》一書之出版而實現了。

三、從考證注釋到比較文學

這本書與我的博士論文〈司空圖及其詩論研究〉和香港大學出版的《唐代詩人兼詩論家司空圖》有極大的不同，可說是另一本書。這是一本論文集，因爲所收十二篇，本身都是一篇獨立性的研究論文。上卷共有六篇，我把以前照時間先後秩序寫的傳記打碎，然後找出六個重要問題的焦點，重新徹底探討，這樣更能深入司空圖的生活經驗與內心世界，一方面可以宏觀，另一方面也能夠細察。我以前的《唐代詩人兼詩論家司空圖》強調傳記性，這本書的上卷，強調分析性和考證性。這是代表研究司空圖的新趨勢，我們已經把司空圖傳記的重建，推進專門、深入的研究境界了。

本書下篇也共有六篇論文，從司空圖的《二十四詩品》、詩論到他的詩歌，這也代表司空圖研究的新方向。正如我在〈司空圖研究的發展及其新方向〉一文中所說，從研究司空圖的生活和思想，重建他的傳記，注釋《二十四詩品》，解決《詩品》文字中的晦澀艱難，確定其意義，目前已進入其詩論美學中去探討。近幾年，已有跡象顯示，正要開闢過去被人漠視的司空圖的詩歌作品的新天地。所以我的下篇以〈司空圖《詩品》風格說之理論基礎〉開始，而以〈晚唐象徵主義與司空圖的詩歌〉結束，最後再總結司空圖研究的發展及其新方向。

司空圖生活在晚唐，他的詩論，可說「總結唐家一代詩」，《二十四詩品》及其他詩論，對詩歌創作深入的概括，總結了唐代甚至以前的詩歌創作經驗，因此必然成爲比較文學學者很熱門的研究對象和比較材料。我這本書下卷的論文，基本上，算是我個人在這方面的嘗試和努力，企圖把司空圖推向比較文學領域。今天考察一下司空圖研究在中國、臺灣及其他地區，我發現司空圖的比較研究，已形成司空圖研究的一種新方向。

四、從冷僻到熱門的司空圖研究

我在一九六〇年代末期開始研究司空圖，那時感到孤單寂寞。司空圖在當時還算是一個冷僻題目。除了《歷代詩話》之類著作偶而有三言兩語評論《詩品》，便是那些《詩品》注釋及序跋題記。中國大陸現代學人對司空圖的研究，雖然因爲郭紹虞、羅根澤和朱東潤等人的《中國文學批評史》給予他很重要的地位而展開，接着郭紹虞、吳調公、祖保泉等人更把研究推廣，可是一九六五年文化大革命後，便突然停止了。當時我住在美國，無法跟這批先驅者聯絡，更不必說當面請教他們。在臺灣，對司空圖有興趣者，也只有陳曉薔、蔡朝鐘、羅聯添等幾位，開始發表研究司空圖的論文。

一九七二年以後，也正當我寫完關於司空圖的博士論文和開始發表關於他的文章時，中國方面仍然因爲文革而沉寂，臺灣卻突然湧現一陣司空圖熱，李豐楙、蕭水順、杜松柏、彭錦堂、江國貞、蔡朝鐘都有不少論文發表。美國普林斯頓大學在一九七六年，也有巴巴拉・特普（Barbara Tropp）的〈司空圖評論作品研究〉(*A Study of the Critical Writings of Ssu-K'ung T'u*）的博士論文之完成。

一九八○年代一開始，中國大陸的司空圖研究突然呈現極其蓬勃的現象。根據陳國球的〈司空圖研究論著目錄〉(《中國書目季刊》二十一卷三期），一九八○年，就有二本書出版，十五篇論文發表，一九八二也有十六篇論文，其他每年都有近十篇論文刊登。

當我整理自己二十年來所寫的區區十二篇論文成書時，心裏爲司空圖感到高興，想不到二十年後，他從冷僻變成一個熱門的研究課題。我以前對他感到興趣時，曾經這樣問自己：「這樣冷門的問題，爲什麼要研究？」而現在我又要問自己另一個難題：「這樣熱門的問題，爲什麼還要湊熱鬧？」

王潤華一九八九年二月廿三日於新加坡國立大學中文系

司空圖新論　目次

下卷·司空圖的詩歌和詩學研究

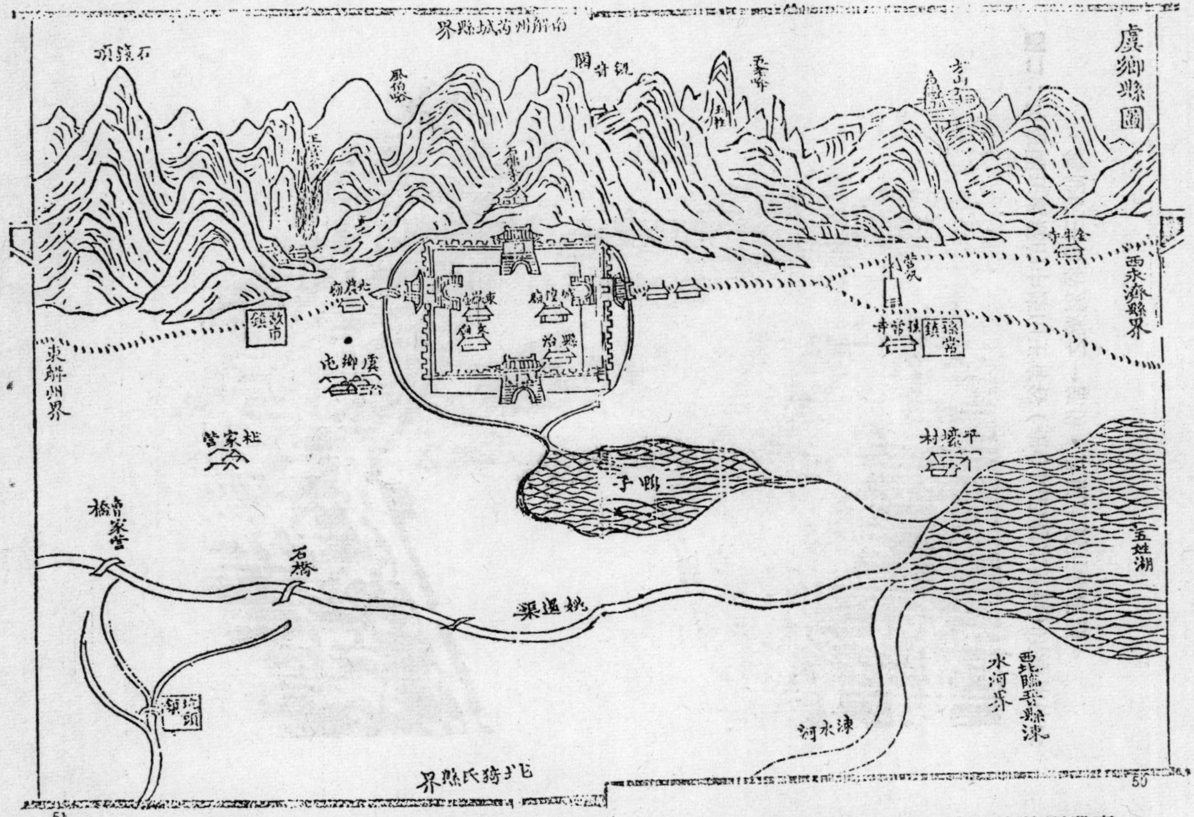

圖一：原刊於《虞鄉縣志》的司空圖故鄉平面圖，晚年他隱居於虞鄉縣城後中條山王官谷中的別業裏。

圖二：司空圖在虞鄉的中條山王官谷（在今山西省永濟縣）所建休休亭，爲他的王官谷別業之一部份，此照片爲近年所攝。

圖三：近年所攝虞鄉王官谷司空圖隱居處照片，右邊有雙瀑，當年所建休休、濯纓、覽昭 、瑩心各亭原在附近 ，不過除了休休亭外，另三亭現已不存在。

上卷：司空圖的生平和思想研究

第一章　司空圖的家世與早年生活考證

一、前　言

司空圖是唐朝末年著名的詩人兼詩評家，生於公元八三七年，卒於公元九〇八年。他的字叫表聖，除了自號知非子，晚年又自號耐辱居士。

中外學者對司空圖的研究興趣是多方面的。首先他被認爲是晚唐有趣的一位歷史人物，許多歷史家將他奉作一位忠臣高士❶，司空圖休官隱居後的山林生活，使他成爲中國歷史上其中最有傳奇性的文人之一❷。作爲一個作家，司空圖以《詩品》或稱《二十四詩品》最著名。這一組二十四首的四言詩，以及其他與朋友談論詩文的書信，在中國文學批評史上曾發生過深遠的影響。

❶ 《舊唐書》、《新唐書》和地方志裏的司空圖傳都是這樣稱讚他。

❷ 像《唐才子傳》、《南部新書》之類著作常如此描寫司空圖。

他的詩歌有《司空表聖詩集》留傳於世，雖然知名度與唐代大詩人如李白、杜甫、王維等人的作品比較，沒有那樣高，未曾風行一時，但他的詩歌藝術成就，也受到中國一些重要批評家如蘇軾（一〇三六——一一〇一）極高的評價。蘇軾在〈書黃子思詩集後〉說：「司空圖崎嶇兵亂之間，而詩文高雅，猶有承平之遺風。」蘇軾在〈書司空圖詩〉中又說：「司空表聖自論其詩，以爲得味外味。『綠樹連村暗，黃花入麥稀。』此句最善。又云：『棋聲花院閉，幡影石壇高。』吾嘗獨遊五老峰，入白鶴觀，松陰滿地，不見一人，惟聞棋聲，然後知此句之工也❸。」

關於司空圖生平的短文很多，至今以專書的篇幅來論述的還是不多。有關他的生平事蹟，他的思想，他的個性，還是很值得作有系統的分析和探討❹。

至今還沒有完整，同時又有深度的司空圖評傳出現，主要原因是資料缺乏。司空圖逝世前後，都沒有關於他的生平文章出現。最早的一篇，也是早期最完整的一篇，就是《舊唐書》裏

---

❸ 見〈書黃子思詩集後〉及〈書司空圖詩〉，毛晉編，《東坡題跋》（臺北：世界書局，一九六二），卷二，頁四五—四六。

❹ 本人在一九七二年完成博士論文 Ssu-K'ung T'u: The Man and His Theory of Poetry，後來以簡化的篇幅出版成 *Ssu-K'ung T'u: A Poet-Critic of the T'ang*(Hong Kong: The Chinese University of Hong Kong, 1976)。江國貞著有《司空表聖研究》（臺北：文津出版社，一九七八）。

〈文苑〉中的〈司空圖列傳〉❺。《舊唐書》完成於公元九四五年，距離司空圖逝世，已有三十七年了。這篇列傳約有一千字，沒有什麼深入描述司空圖生活思想的資料，五分之二的文字是取自司空圖的〈休休亭〉和〈耐辱居士歌〉，以及柳璨〈請黜司空圖李敬義奏〉等篇章。第二篇關於其生平的資料，是出現在公元一〇六一年編寫成的《新唐書》內。這一次司空圖被歸納進〈卓行〉列傳內。這篇只有大約七百字的小傳，並沒有提供新資料，它主要是根據《舊唐書》內的司空圖傳改寫而成❻。這二篇小傳雖是正史中的資料，關於司空圖的記載，不符史實之處也不少。

編寫於公元九一三至九一四年間的《梁實錄》，也有〈司空圖傳〉，《梁實錄》雖已遺失，〈司空圖傳〉卻還有一部份殘存，作者的觀點與上述兩篇不一樣，因此提供了一些別處所沒有記載的事情❼。宋代的《宣和書譜》中〈司空圖傳略〉，是目前保存的古代資料中，唯一記載了司

---

❺《舊唐書》，共二百卷，公元九四五年編，由劉昫主編。本文以下所引，出自《二十五史》(武英殿本)(臺北：藝文印書館，一九六五)。〈司空圖傳〉見卷一九〇，頁二五三八－二五三九。

❻《新唐書》，由歐陽修、宋祁等編，公元一〇六〇年編。本文以下所引，出自《二十五史》(武英殿刊本)(臺北：藝文印書館，一九六五)，卷一九四，頁三二〇九－三二一〇。

❼目前保存的片段在王禹偁《五代史闕文》，見「儀花盦叢書」(序文)(廣州：成文堂一八八七)，頁三－四。

空圖在書畫上的成就❽。

除了上述的傳記，有關司空圖的生活記載，在好幾種地方志中也可找到。這些地方志，如《山西通志》、《蒲州府志》、《虞鄉縣志》、《臨淄縣志》❾，雖然這些資料沒有提供新鮮的記載，可是對研究司空圖先世的出生與定居過的地方，卻有所貢獻。

此外，還有不少雜著，諸如有關文人掌故軼事的著作，也有可靠或不可靠的有關司空圖的記載。像關於唐代詩歌的創作動機與詩人軼事的《唐詩紀事》、《唐才子傳》、《本事詩》❿，另外像《太平廣記》、《南部新書》、《北夢瑣言》、《唐摭言》等雜著，有關司空圖的記載雖然

---

❽《宣和書譜》，共二〇卷，作者不詳，爲徽宗（公元一一〇一－一一二五）期間皇宮書法收藏目錄，每件作品前有作者之生平提要。

❾王軒，《山西通志》，清・光緒十八年（一八九二）刋本（臺北：華文書局），卷二四，頁二三一－二四；周景柱等編《蒲州府志》，一七七五年刋本（臺北：學生書店，一九八六），卷一一，頁三一－三二；周振聲等編，《虞鄉縣志》，一九二〇年（民國九年）刋本（臺北：成文出版社，一九六五），卷五，頁十二；舒孝先等編，《臨淄縣志》，一九二〇年刋本（臺北：學生書局，一九六八），卷二三，頁六八七。

❿計有功，《唐詩紀事》（上海：中華書局，一九六五），卷六三，頁九四四－九四八，及卷六八，頁一〇一九；辛文房，《唐才子傳》（上海：中華書局，一九六五），卷八，頁一四六－一四七；孟棨，〈本事詩〉，見丁福保編，《歷代詩話續編》（臺北：藝術印書館），頁一一。

充滿了神奇的色彩，很多是不可靠的傳奇性的故事，不過在這些小故事之中，如果小心分析和過濾，也可找到寶貴的記載片斷，或者反映司空圖某些生活層面的意義⑪。

與司空圖同時代的作家及朋友的著作中，很少有涉及他的生活與著作的文章，主要因爲司空圖遠離社交場所，很少應酬，而朋友之中，很多是隱居山林的隱士與和尚道士，因此只有極少的贈詩可用來印證他的生活。

以上這些有關司空圖生平事跡的記述，包括他官場上的敵人柳璨的〈請黜司空圖李敬義奏〉⑫，多數是片面的、意見褊急和看法不平衡的文字。譬如在《唐才子傳》中的記述，司空圖的生活被神話化了。正史中的列傳，有意把司空圖看作代表某個社會階級的代表，不是把他當作一個個人來處理，因此他的社會地位遠比他的個性和情感重要，他的官位遠比他的文學氣質與才華重要。在這些傳記中，我們看不出一個人的成長過程⑬。

⑪ 李昉等編，《太平廣記》（北京：中華書局，一九六一），第四册，第一八三卷，頁一三六四；錢希白（錢易），《南部新書》，收集於學津討源刊本，甲六及辛一五－一六；孫光憲，《北夢瑣言》，收集於《雅雨堂叢書》（臺北：藝文印書館），卷三，頁三－四；王定保《唐摭言》（北京：中華書局，一九五九），卷三，頁四三，及卷一〇，頁一〇九。

⑫ 《欽定全唐文》嘉慶十九年（一八一四）編（臺北：滙文印書局），卷八三〇，頁三〇－三一。

⑬ Hans H. Frankel, "T'ang Literati: A Composite Biography," *Confucian Personalities*, A. Wright and D. C. Twitchett ed. (Stanford: Stanford University Press, 1962), pp. 65-83.

由於這些缺點，只靠這些傳記，只依賴這些殘缺的資料，不足以瞭解司空圖之內在與外在的生活情感。為了深入一層去瞭解，我們需要從他自己的著作中去找材料。認真的去研讀他現存的散文和詩歌，我們可找到他對各種人情事物之感受的文字，也可瞭解他的思想發展，以及一些生活事件。

司空圖留傳下來的著作也不完整，很多證據顯示，遺失的作品實在不少。現存的詩歌有五卷，共三九三首⑭，文章有十卷，共六九篇⑮。儘管只有少數篇章具有自傳性的價值，但其他作品如果經過小心的考察，可以過濾出很多關於他的生活記錄和思想感情的痕跡。

關於研究司空圖生活的時代、背景與歷史事件，資料就很豐富了。《新唐書》、《舊唐書》中的〈本紀〉以及《資治通鑑》可幫助我們追溯與司空圖生活有密切關係的歷史事件。許多關於唐代考試、政府行政、職官和地理制度的書都提供了很有用的，幫忙我們瞭解司空圖的生活世界

---

⑭《全唐詩》(北京：中華書局，一九六〇)，第十冊，卷三二—三四，頁七二四三—七二八六，後來發現的司空圖之詩，收集在卷八八五，頁一〇〇〇〇—一〇〇〇二，本文以下所引用之詩，皆根據《司空表聖詩集》唐音統籤本，《四部叢刊》(上海：商務書局，一九一九)。至於未收入此集者，則引自《全唐詩》。

⑮本文以下引用司空圖之文章，皆引自《司空表聖文集》舊鈔本，《四部叢刊》(上海：商務書局，一九一九)。

的詮釋資料。

從這些直接或間接的古代資料中，我希望能找到很多有價值的歷史片斷，把司空圖的生活與精神面貌重組成起來，能幫忙我們去認識一個生活在晚唐的宦臣，一個詩人，一個隱居學者，一個生活在動亂不安的時代的中國人。

我在這篇論文中，只研究司空圖的祖籍、家世、出生與早年的生活。這是要研究他的生活思想，要瞭解他的著作最重要的一章。

二、家世與出生

祖籍與出生地

關於司空圖的祖籍及出生地，史料中的記載不很明確，需要小心考證一下。《舊唐書》說司空圖「本臨淄人」⑯。臨淄在春秋時代(公元前七二二——四八一)屬齊國(公元前一一二二——三七九)，在隋朝(公元五八九——六一八)時，改為縣⑰。今天它就是山東省臨淄縣。《臨淄

⑯ 《舊唐書》，卷一九〇，頁三五。

⑰ 顧祖禹，《讀史方輿紀要》，敷文閣版，第一册，卷三五，頁六；又見《山東通志》，卷一五，頁九一九——九二二。

縣志》稱司空圖爲臨淄人，並且在序文中說，在所有選入作傳的人物中，只有司空圖一人僑居外省。他所以例外，因爲他的人品著作，都足於使臨淄人增光耀祖⑱。

《五代史闕文》中的〈司空圖傳〉，卻說「自言泗州人」⑲。泗州地在現代的安徽省，最早置於北周（公元五五七—五八一），在這之前，秦（公元前二二一—二〇七）時又名泗水郡，漢代（公元前二〇六—公元七）和宋代（九六〇—一二七九）都稱臨淮。一九一一年它被置爲縣，又叫泗水⑳。司馬光在《資治通鑑》中說：「圖，臨淮人也。」㉑所以泗州、泗水或臨淮指的都是同一地方，因此《五代史闕文》說司空圖是泗州人，《資治通鑑》說是臨淮人，而其他書中又說是泗水人。

司空圖自己在著作中，自稱爲泗水人。他在〈書屏記〉、〈月下留丹竈〉、〈滎陽族系紀序〉等文章之末都自署「泗水司空圖」㉒。一個古代文人，總不會無端端自稱爲某一縣的人，這

⑱《臨淄縣志》，卷一，頁三一。

⑲王禹偁，《五代史闕文》，頁二；又見計有功《唐詩紀事》，第二冊，卷六三，頁九四六。

⑳顧祖禹，《讀史方輿紀要》，第二冊，卷二一，頁三五—三七。

㉑司馬光，《資治通鑑》，胡三省註釋（北京：中華書局，一九五九），卷二六五，天祐二年（九〇五）八月，頁八六四五—八六六〇。

㉒《司空表聖文集》，卷一，頁四及卷二，頁四；《司空表聖詩集》，卷七〇四，頁七；又見《司空表聖詩集》嘉業堂叢書，附一六頁有〈滎陽族系紀序〉。

是錯不了的。

以目前的資料來判斷，大概司空圖的祖先原是山東臨淄人，後來才遷移到安徽的泗水㉓。司空圖的母親是唐代名臣劉宴之曾孫女，原籍山東，可見很可能司空圖的父親曾住山東臨淄。唐代人口流動很大，許多到外地做官者，過了許多年，他們就定居異鄉，不再回到原籍故鄉㉔。從我在下面考證司空圖先世工作與永居之地，便可看出一番。

司空圖在那裏出生？《新唐書》說他是「河中虞鄉人」㉕，虞鄉現屬山西省，唐代屬於河中道。《新唐書》這句話不一定等於說司空圖出生虞鄉，不過多數現代學者都將它解釋爲司空圖出生於虞鄉㉖，其實很顯然是錯誤的。《虞鄉縣志》說明司空圖的父親是他家中第一人定居虞鄉者：「司空輿，先臨淄人，與始卜居虞鄉。」㉗如果這句話正確可靠的話，則司空圖就不見得出

㉓《安徽通志》上並沒有關於司空圖或其先祖之記載。

㉔ E. Pulleybank, "Neo-Confucianism and New-Legalism in T'ang Intellectual Life, 755-805," *The Confucian Persuasion* ,ed., Arthur Wright (Stanford: Stanford University Press, 1960), pp. 77-114.

㉕《新唐書》，卷一九四，頁一〇。

㉖ 吳調公《司空圖和他的詩品》，見《古代文論今探》（西安：陝西人民出版社，一九八二），頁八八；祖保泉《司空圖的詩歌理論》（上海：上海古籍出版社，一九八四），頁一。

㉗《虞鄉縣志》，卷四，頁二七－二八。

生於虞鄉，因爲他父親如我在下面所考證，在八四七年始被朝廷派往虞鄉附近地區做官，那時司空圖已十多歲了。這樣看來，司空圖大概出生於泗水，也許就因爲自己誕生泗水，既不用祖籍臨淄也不說是虞鄉，而自署「泗水司空圖」。

曾祖父司空遂

公元八八七年司空圖編完他的作品《一鳴集》時，寫了一篇序文。在這篇序文中，他說家譜、族譜、祖先之圖像，都未曾收入，因爲他將要把這類文章圖片，編集成另一本書。很顯然的，司空圖寫了不少有關他家族的文章，不過都沒流傳下來，實在可惜。這些著作之遺失，使我們只能依據《舊唐書》內之簡陋記載。

根據《舊唐書》中的司空圖傳，他的曾祖父是司空遂，曾任密縣縣令㉘。密縣現屬河南省，在唐代時屬河南府，因此河南府令是一重要之職位。根據唐時縣令之等級與官品，司空遂應官屬

㉘《舊唐書》，卷一九〇，頁三五。

㉙唐代行政區最大者爲道，其次爲州，總行政官爲刺史。京城所在之州稱「府」，由牧爲行政總官，共有三府：京兆府，河南府和太原府。其他州根據人口來分等級。在每個州之內，又分爲至少幾個縣，由縣令主管。縣又分爲六級，根據地理之重要或人口之多少。最重要的二種縣通常分佈在京城或大城之區域。見《新唐書》，卷三七，頁一，及卷四三下，頁三二。

於正六品上㉙。這是我們唯一知道的官銜，可是在《河南通志》所列歷代歷任縣令中，卻沒有司空遂的姓名。

祖父司空象

司空遂的生活情況由於資料缺乏，無法考證，但至少可以肯定，他因職務關係，曾遠離相信是他原籍的臨淄，前往河南密縣擔任縣令。到了下一代，我們發現司空象，司空圖的祖父任職於唐代首都長安㉚。《舊唐書》說司空象曾任水部郎中㉛，不過至於年代和任期都不詳。

唐代的政務機關分成尚書省、中書省及門下省三大機構。其中尚書為國家之最高執行機關，綜理國務㉜。水部屬於工部四屬之一㉝，而工部為尚書管轄之一部門㉞，司空象所擔任之水部郎中之官職，掌管津濟、舩艫、渠梁、堤堰、溝洫、漁捕、運漕、碾磑之事。水部郎中，官屬從五品上㉟，因此比圖之曾祖司空遂之官位稍高。

㉚ 唐代有西都長安，東都洛陽。重要政府部門在長安，洛陽又稱副都。

㉛ 《舊唐書》，卷一九〇，頁三五。

㉜ 王溥《唐會要》，武英殿刋印本(臺北：世界書局，一九六三)，卷五四—五九，頁九二五—一〇四〇。

㉝ 其餘是工部、屯田與虞部。

㉞ 尚書所管轄之其他部門爲：吏部、禮部、戶部、兵部與刑部。

㉟ 王溥《唐會要》，卷五九，頁一〇三九；《新唐書》，卷四六，頁二一。

父親司空輿

根據《舊唐書》，司空圖的父親爲司空輿，他曾擔任好幾個重要官職，而且被稱讚爲具有行政才能：「輿精吏術。」㊱而《新唐書》也稱他德高望重，行政才能也好：「輿有風幹。」㊲《舊唐書》對司空輿的官職只作簡要敍述：

大中初，戶部侍郎盧弘正領鹽鐵，奏輿為安邑兩池榷鹽使，檢校司封郎中。㊳

根據嚴耕望的《唐僕尚丞郎表》，盧弘止於唐大中一年（公元八四七）三月被委任爲戶部郎中㊴，因此司空輿大約於大中一年三月之後被推薦。在《舊唐書》盧弘止的傳中，司空輿被推薦

㊱《舊唐書》，卷一九〇，頁三五。

㊲《新唐書》，卷一九四，頁一〇。

㊳《舊唐書》，卷一九〇，頁三五。盧弘止爲唐代詩人盧倫之子。《舊唐書》書作盧弘正，《新唐書》作止，岑仲勉考證，認爲應作止。見《玉谿生年譜會箋平質》，收集於張采田《玉谿生年譜會箋》（北京：中華書局，一九六三），頁二三七。

㊴不過嚴耕望考定盧弘止未曾擔任鹽鐵使一職。見《唐僕尚丞郎表》（臺北：中央研究院史語所，一九五六），卷四，頁七二三—七二四。

之事也有提到，而且說這是由於司空輿任判官有功之故：

> 大中初，轉戶部侍郎，充鹽鐵轉運使。前是安邑解縣兩池鹽法積弊，課入不充，弘止令判官司空輿至池務檢察，特立新法，乃奏輿為兩池使。[40]

《新唐書》的記載與《舊唐書》很相似[41]。馬端臨的《文獻通考》關於這件事的記載最詳細，他說：

> 宣宗即位，茶鹽之法益密，糶鹽少，私盜多者，謫觀察判官，不計十犯。戶部侍郎判度支盧弘止以兩池鹽法敝，遣巡院官司空輿更立新法，其課倍入，遷榷鹽……。[42]

值得注意的是，《文獻通考》說司空輿的第一個官職是「巡院官」，而不是《舊唐書》所說的「判官」。

榷鹽使是一個很普通的官職，沒有品級，但卻使他在歷史上留下姓名。主要原因，唐代鹽業在經濟上扮演了極重要的地位。崔采德（D. C. Twitchett）教授的論文〈安祿山之亂後的榷鹽

---

[40] 《舊唐書》，卷一六三，頁一四。判官爲地方官，從六品下。當判官在長安京城，其爲侍御使，見永瑢《歷代職官表》（上海：商務印書館，一九三七），第六冊，卷五一（司道），頁一四三五、一四三七，及一四五六—一四五八。

[41] 見盧弘止與司空圖之傳，《新唐書》，卷一七七，頁一二，及卷一九四，頁一〇。

[42] 馬端臨《文獻通考》，乾隆戊辰重刊本（臺北：新興書局翻印，一九六二），卷一五（征榷二），頁一五三。

使〉對唐代的鹽業有很透徹的研究㊸。安祿山之亂發生於公元七一三至七五五年間。這個大動亂過後，由於藩鎮武將跋扈，原來的農業稅收喪失，迫得宮廷只好尋求別的經濟來源，其中最重要的就是對鹽的壟斷。鹽鐵使最早在公元七五八年設立，用來管理鹽業，後來在每個地區都有鹽鐵監，所有生產的鹽需要賣給他們。把鹽賣給其他的人或非法產鹽都會受到嚴刑處罰。通常鹽鐵使的官員將鹽賣給商人，加以重稅，相等於市場價錢之十倍。度支（即掌管國家租賦，物產之利潤等，等於現代國家之所得稅局）在每個鹽池都委派有榷鹽使，他們負責稅收和監督鹽之生產。司空輿就是被委派去擔任這個職位。

《舊唐書》司空圖傳說，司空輿上任前，「鹽法條例疏濶，吏多犯禁」，於是司空輿「乃特定新法十條奏之，至今以爲便。」《新唐書》則說：「表爲安邑兩池榷鹽使，先是法疏濶，吏輕觸禁，輿爲立約數十條，莫不以爲宜。」㊹司空輿所定之法規內容是怎樣的？《文獻通考》說司空輿採用死刑來對付違禁者。他建築了籬笆，挖了壕溝，將鹽池隔離起來：

㊸ D. C. Twitchett, "The Salt Commissioners After An Lu-shan's Rebellion," *Asia Major*, Vol. 4 (London: 1964), pp. 60-89.

㊹ 《舊唐書》卷一九〇，頁三五；《新唐書》卷一七七，頁一二。張葆田等編的《山東通志》甚至在〈藝文志〉中列有《鹽法》，說是司空輿著。見《山東通志》，民國四年刊印本（臺北：華文書局，沒有出版日期），卷三四，頁三七三八。

> 司空輿更立新法，其課倍入。逼榷鹽法，以壕籬，鹽池之隄禁。有盜壞與鬻鹻皆死，鹽盜持弓者亦皆死刑。㊺

《舊唐書》盧弘止傳說，司空輿的嚴執執行以後，三年內稅賦增加一倍㊻。

司空輿管轄的鹽池是唐代最主要的鹽生產地之一。在唐代鹽池名單中，它常被排在前幾名㊼。它通常被叫作兩池、安邑解縣兩池、或解池。它被稱爲兩池，並不是有兩個鹽池，而是它位於安邑與解縣之間，鹽池呈蛋形，從東到西有五十華里，從北到南有七華里。池的西邊屬解縣，而東邊屬安邑㊽。

安邑與解縣今屬山西省南部兩個縣。司空圖住過大半輩子的虞鄉，就在它的西邊，離解縣四十三華里，離安邑八十六華里。《虞鄉縣志》說，司空輿任兩池榷鹽使時，他大爲附近的虞鄉縣的自然風景與山林所吸引，因此在虞鄉定居下來，並且在離虞鄉東面十華里的中條山裏購置別業㊾。我在前面說過，司空輿是司空圖家人中最早定居虞鄉者。而他父親在八四七年才前往兩池任

㊺ 馬端臨《文獻通考》，卷一五（征榷二），頁一五三。

㊻ 《舊唐書》，盧弘止傳，卷一六三，頁一四。

㊼ 王溥《唐會要》，卷八八，頁一六〇九—一六一〇。

㊽ 一華里等於一八九〇英尺。參考林振翰《鹽政辭典》（上海：商務書局，一九二八），頁三八—三九。

㊾ 《虞鄉縣志》，卷四，頁二七—二八；卷八，頁二八。

職，司空圖出生於八三七年，因此可知司空圖不是在虞鄉出生的[50]。

我們不清楚司空輿在兩池任職了多久，有關資料只說他工作表現良好，結果大大增加了鹽的生產量與稅收，因此很快就被升職——被召回長安，任司門員外郎，成爲一個從六品上的京官。不久後，他又遷升爲戶部郎中，官屬從五品上。接着《舊唐書》說他逝世，不過年代不詳[51]。從司空圖的文章中，我們知道他父親在八八〇年已逝世了。

根據司空圖的〈書屏記〉（作於公元九〇〇年），他父親很喜愛詩歌和書法。在元和（八〇六——八二〇）與長慶（八二一——八二四）年期間，他父親在商於（在今河南省），曾跟兩位同事學詩。由於時常作詩唱和與題詩，他又向唐代大書法家裴休學習書法[52]。司空輿在虞鄉定居後，以草隸書法著名的李戎曾贈送他一個屏風，上有四十二幅唐代名書法家徐浩（七〇三——七八二）之書法眞跡，他每天早上都拿出來欣賞，眞是廢寢忘餐的沉醉其間。

如果沒有司空圖〈書屏記〉中的敍述，後人就不知道徐浩這一件書法珍品。司空圖說，徐浩

---

[50] 在兩本唐史中，只說圖的先人在中條山有別墅。司空圖在〈書屏記中〉，說其父「及徵拜侍御使，退居中條」，見《司空表聖文集》，卷三，頁六。我在前面曾引《虞鄉縣志》云：「司空輿，先臨淄人……與始十居虞鄉。」

[51] 《舊唐書》，卷一九〇，頁三五。

[52] 《司空表聖文集》，卷三，頁六—七。

在屏風上用「八體」來書寫《文選》中的五言詩，其中有晉朝（二六五——四二〇）王讚「朔風動秋草，邊馬有歸心」之句。司空圖認爲這二行書法，跟其他隸書和草書，最是精絕妙品。在書法的下楣，有評語說：「怒猊抉石，渴驥奔泉，可以視碧落矣。」其中最後兩句，成爲後人最常用來讚揚徐浩書法風格之名句[53]。

司空圖記得他父親曾對徐浩的作品作過這樣的評語：

> 正長詩英，吏部筆力，逸氣相資，奇功無跡，儒家之寶，莫踰此屏也。但二者皆美神物所窺，必當奪壁於中流，飛鋌於烈火也。殆非子孫之所可存耳。

司空圖父親的預言，不幸在八六九年虞鄉發生的一場戰火中，果然應驗了：那屏風以及其他藏書，都被大火焚毀了[54]。

司空輿沒有著作留存下來。《新唐書》的〈藝文志〉的醫藥書籍中，列有司空輿著《發焰錄》。在《通志》的〈藝文志〉中，雜病典籍中，也有《發焰錄》，並且註明是「述治風方」之書[55]。可惜我們找不到有關司空輿研究醫學的資料。

---

[53] 馬宗霍《書林藻鑑》（臺北：商務印書館，一九六五重印），對徐浩之評論，也採用了司空圖〈書屏記〉中的文字。

[54] 《司空表聖文集》，卷三，頁六—七，又參耐 Wong Yoon Wah, *SSu-K'ung T'u: The Man and His Theory of Poetry*, pp. 100-101.

[55] 《新唐書》，卷五九，頁三七；鄭樵《通志》第三冊（臺北：新新書局重印，一九六三），卷六九，頁八一三。

在司空圖現存的著作中，很少涉及他的家庭背景。《一鳴集》自序中說，他有一位舅父叫權，著有《劉氏洞史》三十卷。權有一舅叫陳水輪。根據《新唐書》，《劉氏洞史》共二十卷，屬歷史類著作。劉權是唐代名臣劉宴（死於公元七八〇）之曾孫。劉宴曾任吏部尚書與宰相，由此可知，司空圖的母親是劉宴的曾孫女㊻。

司空圖出身朝廷宦官之家，世代雖然不怎樣顯赫，但卻相當富裕。他的祖先看來都是清廉的好官，而且品操高尚。在〈自誡〉一詩中，司空圖以他祖父的座右銘自勉，而這座右銘卻出自老子，認為做人不可「媒衒」，要「慈儉」：

> 我祖銘座右，嘉謀貽厥孫。勤此苟不怠，令名日可存，
> 媒衒士所恥，慈儉道所尊。松柏豈不茂，桃李亦自繁。
> 衆人皆察察，而我獨昏昏。取訓於老氏，大辯欲訥言。㊼

後來的司空圖，顯然深受這種道家的家訓之影響。

三、早年的生活考證

㊻《司空表聖文集》，頁一；《新唐書》，卷五八，頁四。

㊼《司空表聖詩集》，卷七〇四，頁三。

生卒年考

關於司空圖生平的早期生活的資料，都沒有說明他的生卒年代。《舊唐書》說他在唐哀宗（公元九〇五——九〇六在位）遇害那年逝世，而唐代這一位最後的君主死於公元九〇八年。《舊唐書》又說司空圖享年七十歲，由此可推算，他應生於八三七年[58]。

司空圖曾模仿白居易的〈醉吟先生傳〉作〈休休亭〉，他在文章中說，他生於開成二年七月（公元八三七年八月五日至九月三日期間），而在天復三年七月（公元九〇三年七月廿七日至八月廿四日）撰寫〈休休亭〉時，他正好六十七歲[59]，因爲白居易撰寫〈醉吟先生傳〉那年，也是六十七歲[60]。由此可證，《舊唐書》的記載是正確的。

在司空圖其他的著作中，還可找到別的證據。他有一首詩題名爲〈乙巳歲愚春秋四十九辭疾

---

[58] 《舊唐書》，卷一九〇，頁三八。

[59] 〈休休亭〉的寫作日期署明「天復癸亥秋七月」，見《司空表聖文集》，卷二，頁四—五。《全唐文》中的〈休休亭〉日期是「天復癸亥秋七月二七日」，不知出自何版本，或爲何增加「二七日」，見卷八〇七，頁一六〇。

[60] 白居易在〈醉吟先生傳〉中說，他當時六十七歲，見《白氏長慶集》，《四部叢刊》（臺北：商務印書館，一九六九），卷六一，頁三四三。〈乙丑人日〉見《司空表聖詩集》，卷七〇七，頁六。

拜章將免左掖重陽獨登上方〉，由乙巳年（公元八八五）四十九歲，可推算出他生於公元八三七年。另一首詩題名〈乙丑人日〉，那是指乙丑年（公元九〇五）一月七日，他說這年七十歲，而不是六十九，我想大概爲了舊詩格律上的需要，他故意將「六十九」改作「七十」。

「少而惰，長而率」的青年生活

我們找不到有關司空圖童年和少年生活的資料，所有的傳記都是從他三十歲以後的生活談起，這主要是中國傳統傳記之缺點，一個人物成功之前的童年少年生活，通常都不受重視。在司空圖的詩文中，我只找到點點滴滴對他早年生活之回顧。他在六十歲左右時，寫了一首〈修史亭〉詩，爲自己年少時浪費光陰而感到遺憾：

少年已慣擲年光，時節催驅獨不忙。

在另一篇〈休休亭〉的文章中，司空圖批判自己「少而惰，長而率」，換句話說，他喜歡悠閒生活，任由內心的愛好追求眞率，沒有好好用功唸書，以準備參加考試[61]。

這些話大概是肺腑之言，因在〈與臺丞書〉中，他回憶起小時候常跟朋友在城外閒逛。有一位鄰居是個賣花的人，他就常常跟他去兜賣花草，早出晚歸，非等友人把花草賣完不歸：

---

[61] 〈修史亭二首〉之一，見《司空表聖詩集》，卷七〇七，頁七；〈休休亭〉，《司空表聖文集》，卷二，頁四。

某昔者常從其友於郡邑之鄙，其鄰叟有善藝卉木者，或從之需於都下，未嘗不亟售而返……。62

由此可見，他小時候，家教並不嚴厲，與一般達官貴人之家庭不同。

三十初舉進士，名列第四

司空圖的傳記通常以他考中進士那年開始。他在那一年考到進士？《新唐書》說在咸通末年——那就是公元八七三年。《梁實錄》說在咸通中（大約公元八七六）。晁公武則說發生在咸通十一年（公元八七〇年）。《舊唐書》說「圖咸通十年登進士第。」63在幾種不同的年代中，《舊唐書》所說的咸通十年（公元八六九）最正確可靠。司空圖在一篇自傳性的文章〈段章傳〉中也說自己是在這一年考獲進士學位：「咸通十年，吾中第在京……。」64咸通十年的進士考試由王凝主持，他只擔任過一次主試官，這就在司空圖進士及第的八六九年65。

62 〈與臺丞書〉，見《司空表聖文集》，卷三，頁四—五。

63 咸通是懿宗（八六〇—八七三在位）的年號，見《舊唐書》，卷一九〇，頁三五；《新唐書》，卷一九四，頁一〇；《五代史闕文》，頁三。晁公武《昭德先生郡齋讀書志》（上海：商務印書館，一九三七），卷四，頁四〇二—四〇三。

64 〈段章傳〉，《司空表聖文集》，卷四，頁三。

65 嚴耕望《唐僕尚丞郎表》，卷一，頁一九八。

關於司空圖如何進入科舉仕途的資料也很缺乏。唐代末年有兩種考生，一種叫做生徒，一種叫做鄉貢。前者是唐朝所設書院的畢業生，後者相當於今天的私人考生。私人考生首先接受地方長官之考試，及格後，便可推薦他們到京城長安，和生徒一道參加進士考試。司空圖的父親、祖父都曾任五品官，因此他有資格進入國子監所屬的國子學的太學或四門學受教育。但是司空圖似乎沒有上過這種正式的唐代學校，他只受過私塾教育，因爲他到長安是以私人考生資格參加當時的進士考試[66]。

自中唐以來，司空圖的父親退休後所隱居的中條山，成爲中國北方一大學術中心。許多佛廟設立學院，並把它當作研究與授徒的中心。當時許多中了進士的學者大臣，不少是出身中條山中的這類學院[67]。司空圖可能也是接受當時的山林教育，因爲他說曾經「業久於山」[68]。

中唐時期參加科舉考試時，找人保薦是很平常的習慣。如果由一位具有影響力的達官學者推薦，成功的機會必然提高。單單靠個人之學問是不足夠成功的，尤其像司空圖那樣的考生，他既然沒有一個有影響力的家庭，更需要這種保薦。根據孫光憲的《北夢瑣言》，當王凝任絳州刺

[66] 鄧嗣禹《中國考試制度史》（臺北：學生書局，一九六七），頁七七—一〇八。
[67] 嚴耕望〈唐人習業山林寺院之風尚〉，《唐史研究叢稿》（香港：新亞研究所，一九六九），頁三六七—三七四，及三八四—三八六。
[68] 〈上譙公書〉，見《司空表聖文集》，卷一，頁七。

史，司空圖有意到長安參加進士考試，經常從虞鄉到絳州去拜見王凝。每次拜見王凝後，他就不再拜訪任何親友，逕直回家，而每次他進城探望親友時，則從不去拜見王凝，守門衞士把情況告訴王凝，王凝則說這是對他特別尊敬的一種行爲。因此王凝對司空圖留下深刻的印象，對他也就特別賞識和資重[69]，這一件事在《太平廣記》和《唐才子傳》中都有記載[70]。但是其眞實性還是值得存疑，因爲司空圖在八六九年考取進士，孫光憲在公元九六〇年才編寫《北夢瑣言》，那是一個世紀以後的事。通常像這類記錄歷史趣事或名人軼聞的書，常把道聽塗說的，不可靠的故事也記錄下來。

在司空圖的詩作中，有一首題名〈省試〉，另一首〈牓下〉，從內容看，很可能是遠赴長安參加進士考試時寫的。這兩首詩如下：[71]

粉闈深鎖唱同人，正是終南雪霽春。
閑繫長安千匹馬，今朝似減六街塵。（〈省試〉）

三十功名志未伸，初將文字競通津。
春風漫折一枝桂，煙閣英雄笑殺人。（〈牓下〉）

---

[69] 《北夢瑣言》，卷三，頁三—四。

[70] 《太平廣記》，第四册，卷一八三，頁一三六四；《唐才子傳》，卷八，頁一四六。

[71] 《司空表聖詩集》，卷七〇七，頁一。

在第一首詩中，時間和地點都提到了：長安正是初春時候，終南山上的雪剛剛融解。在考試那一天，幾千匹馬閒繫在那裏，大街上行人稀少。唐代的進士考試定在每年陰曆一月，也就是初春時候舉行。它所以稱作「省試」，因爲進士考試由尚書省主管，每年上京考試的人數大約有八百或一千人[72]。

在第二首詩中，司空圖說這是第一次參加進士考試，而且一次就成功了。當時他三十三歲，大概是爲了字數之故，詩中只說「三十」。三十歲考取進士並不算遲，但三十歲才第一次參加，則未免遲了一點。一般人二十歲就開始參加進士考試，許多人費了三十年的苦讀與無數次的失敗才得到進士學位[73]。司空圖爲何這樣遲才參加考試？我想由於他自小在鄉下小地方長大，個性又內向，喜愛過着悠閒的生活，更何況先父先祖都沒有考到進士學位，而且以老子無爲哲學爲家訓，這樣司空圖自然變成不是急於追求功名的人。

進士學位是唐代最受重視的科舉制度下的學位，多數在朝廷擁有高官與權勢的人，都擁有進士學位。根據傅漢思（Hans Frankel）教授的研究，從第七世紀中葉到唐末很活躍的八十八位文人中，除了三位例外，都有擔任過官職，在這些八十五位朝廷命官之中，其中一半（四十三

[72] 王定保《唐摭言》（上海：中華書局，一九五九），卷一（散序進士），頁四—五。

[73] 同上。

位），因爲進士及第後，才被授予官職[74]。

因爲這種原因，進士學位實在很不容易考取。每年參加競考的學位約有一千人，通常只有大約三十人能考取。由此可想像競爭之劇烈。除了憑才學作公平競爭，我們不要忘記，還有家庭和保薦人之影響力之競爭，此外還有賄賂疏通等方面之比賽。從《文獻通考》的名單中，我們知道司空圖考中那一年（公元八六九），一共有四十一位被錄取，其中三十人爲進士，十一人爲其他學位[75]。司空圖成績一定非常優秀，因爲他考取了第四名[76]。但是不少人指謫司空圖之成功，多少是由於主考官王凝之人情與影響。

被捲入王凝主持之省試風波

《北夢瑣言》在敍述司空圖如何尋求王凝之保薦之後，又說那一年的考試成績曾引起風波。當王凝擔任科舉考試主考官時，司空圖就參加進士考試。他結果在三十名被錄取之進士中，名列

---

[74] Hans H. Frankel, "T'ang Literati: A Composite Biography," *Confucian Personalities*, pp. 66-67.

[75] 馬端臨《文獻通考》，卷二九（選擧），頁二七九；徐松《登科記考》，一八三三年編，收集於《南菁書院叢書》，王先謙編（無出版社及日期），卷二三，頁一四—一五。

[76] 孫光憲《北夢瑣言》，卷三，頁三—四。

第四。名落孫山之考生，都驚訝寂寂無名之司空圖的成功。一些小氣的考生，譏笑司空圖爲司徒空。王凝當然間接的被誣告偏袒司空圖。爲了對付流言，王凝特地請所有考生前赴宴會。他當衆宣佈該年的考試是特地爲司空圖而辦。《北夢瑣言》沒有說明王凝如何說服那些抗議的考生，卻說司空圖因此而揚名[77]。

　司空圖所撰的王凝行狀中，也曾提到王凝被召回長安後的事件。他回到長安，官授禮部侍郎[78]。中唐之考選由禮部負責。成功之考生由禮部錄取後，再送呈中書門下覆核。因此禮部侍郎親屬應試。王凝既委任爲禮部侍郎，也就負責主司試貢[79]。當王凝出任主試官，他馬上被一羣高官包圍，要求給予特別權利與照顧。朝廷中有要臣韋保衡，自稱即將升任宰相，他的弟弟保殷因此要求在考進士時給予優待。韋保殷自己還說是個「殊」等考生，考上了不會被嫌疑[80]。許多屬於韋保衡派勢的高官也要求特別照顧。但是王凝不但不答應，還公然譴責他們[81]。由此可想而

---

[77] 同上。

[78] 司空圖〈唐故宣州觀察使檢校禮部王公行狀〉，見《司空表聖文集》，卷七，頁二一—三。

[79] 這種規定從七三六年開始，在這之前，由考功員外郎負責。見《新唐書》，卷四四，頁六。

[80] 王讜《唐語林》（臺北：世界書局，一九六二），卷二，頁三四。當時的長安考生分爲三等：殊、次及平。

[81] 〈唐故宣州觀察使檢校禮部王公行狀〉，見《司空表聖文集》，卷七，頁二一—三。又見《舊唐書》韋保衡傳，卷一七七，頁一一六。

知，王凝的強硬立場，一定會引起別人之不快和報復。

韋保衡在朝廷之得勢，對司空圖之前途有重大的影響，因此需要多瞭解一下韋保衡的爲人。他於公元八六四年考中進士，五年後，卽司空圖中第的八六九年，他與懿宗（八六〇——八七三在位）皇帝之公主結婚。憑着這層特殊關係，韋保衡青雲直上，第二年（公元八七〇）就升爲宰相[82]。雖然公主在結婚一年以後（公元八七〇）就逝世，韋保衡一直到懿宗於公元八七三年駕崩前，還很得寵。懿宗一死，韋保衡馬上被清算，被貶到澄邁縣當縣令[83]。

現在再說王凝與韋保衡之衝突結果。可想而知，王凝不久就被鬪垮，被貶官。第二年進士考試竟然停辦，不過不知道跟王凝主持的進士考試風波是否有關係[84]。《新唐書》與《舊唐書》都稱讚王凝是一個有勇氣，又有正義感的正直的人，後者甚至說，很多年來省試幾乎爲人情與勢力所左右，一直到王凝，貪汚作弊才停止。因此普通人家出身的讀書人才有機會成功。《新唐書》則說王凝被貶官，主要原因是他的不偏不袒的態度激怒了那些高官要人[85]。

[82] 司馬光《資治通鑑》，卷二五二，頁八一三九—八一五九。

[83] 同上。

[84] 嚴耕望《唐僕尙丞郞表》，第一册，頁一九八—一九九。

[85] 《舊唐書》，卷一六五，頁二一—三；《新唐書》，卷一四三，頁一四。徐松的《登科記考》提供當年（八六九）考中進士的三〇人中六人之名單。

由有限的資料來看，說王凝特別維護司空圖，理由不足令人相信。如前所說，當時參加省試時，找人推薦保送，是人人都用的合法途徑與習慣。從司空圖後來在官場上的成就，在文學上的貢獻來看，他的才能學問，必然能考中進士，不過至於應否名列第四名，則很難說了。

由於司空圖被捲入王凝的省試糾紛，進士及第後並沒有被錄用，而王凝被貶放到商州（在今陝西省）等地，他爲了感激王凝之禮遇與知己，以幕僚身份跟隨他四處奔走，一直到公元八七八年王凝逝世後，才被召回長安做官[86]。

[86] 關於司空圖進士及第以後的仕途生涯，參考 Wong Yoon Wah, *SSu-K'ung T'u: A Poet-Critic of the T'ang*, pp. 13-20.

第二章　在晚唐政治動盪中司空圖的官場風波考

我在〈司空圖的家世與早年生活考證〉一文中，考定司空圖在三十歲才在王凝的提拔之下，到長安參加省試，而且斷定那是在唐咸通十年（公元八六九年），司空圖不但初次參加就考中進士，而且在那一年的三十名被錄取的進士中，名列第四❶。

考取進士，通常是做官的第一步，但是中舉之後，不一定能確保馬上會有一官半職。除了一些幸運的人例外，多數人都需要當權派的大官之推薦和照顧，因此在唐朝末年，考取進士後，仍然沒有被任用者，大有人在❷。司空圖進士中第以後，就沒有被授予朝廷命官之機會，只是落魄

❶ Wong Yoon Wah, *Ssu-K'ung T'u: A Poet-Critic of the T'ang* (Hong Kong: The Chinese University of Hong Kong, 1976) ,pp. 1—12.

❷ 王溥《唐會要》，武英殿本（臺北：世界書局，一九六三），卷八二（冬薦），頁一五一一—一五一二；又見王欽若等，《冊府元龜》，明本（臺北：中華書局，一九六七），卷六二九—六三八（銓敍），頁七五三八—七六五九。

失意的以幕僚或「上客」的身份，跟隨被貶放到商州（今陝西商縣）和宣州（今安徽宣城）等地的王凝。司空圖這樣做也是爲了報答他的知遇與提拔，因爲王凝當時以禮部侍郎身份出任咸通十年的進士考試主試官❸。司空圖得了進士，過了後八、九年落魄江湖、頹喪失望的日子。至今研究司空圖的學者，似乎還沒有注意到他被韋保衡派系的人告發，考中進士是因王凝之徇私袒護才中第，因而鬧出進士考試糾紛，這是造成司空圖日後歸隱山林的一大原因。可是傳統的司空圖傳，都沒有將這事實指出，像《舊唐書》和《新唐書》只是避重就輕，以比較好看的字眼，說他跟從王凝去了商州和宣歙❹。

一、古來賢俊共悲辛，長是豪家拒要津

司空圖考中了進士以後，《新唐書》說「圖咸通末擢進士，禮部侍郎王凝特所獎待。」❺司空圖自己在〈段章傳〉中則說中第之後，留在長安長達數月：

❸ Wong Yoon Wah, *Ssu-K'ung Tu: A poet-Critic of the T'ang*, pp.8-11.

❹ 關於韋保衡與王凝之交惡，見同上。關於新舊唐書之說，見劉昫等編撰《舊唐書》，武英殿版本，《二十五史》（臺北：藝文印書館，一九六五），一九〇，頁二五；又見歐陽修等編修。《新唐書》，武英殿本，二十五史（臺北：藝文印書館，一九六五），卷一九四，頁一〇。

咸通十年，吾中第在京，章以自儀為馭者……夏歸浦，久之，力不足，以賙給，乃謝去。❻

每年的京試在正月舉行，他因此在長安大概閑呆了五、六個月。他最後決定回虞鄉，一方面是找不到事做，另一方面大概因為王凝被韋保衡及其黨羽鬪倒，然後被貶放外地。

王凝在省試糾紛過後幾個月，被流放到商州。司空圖為了要表示感激王凝在位時之禮遇與知己，便跟隨而去，因此王凝就更賞識他❼。王凝在商州只任刺史一年，第二年(約八七一年間)，他又被調往他處。從公元八七一至八七六年，王凝被調換到至少五、六個不同的地方，司空圖的行踪不清楚，不過他在兩篇記述王凝生平事跡的文章裏，一再強調他始終忠心耿耿的為王凝效命，也許他眞的追隨到底，一直到王凝在公元八七八年逝世為止❽。

公元八七七年春，王凝受命擔任宣歙觀察使，《舊唐書》說王凝把司空圖「辟為上客」，《新唐書》則說「辟置幕府」❾，不管司空圖的職位名稱叫什麼，他的仕途並沒有改善。在唐代

---

❺《新唐書》，卷一九四，頁一〇。

❻司空圖《司空表聖文集》，上海涵芬樓藏舊鈔本，《四部叢刊》(上海：商務印書館)，卷四，頁三。

❼《舊唐書》，卷一九〇，頁三五；《新唐書》，卷一九四，頁一〇

❽〈紀恩門王公宣城遺事〉及〈故宣州觀察使檢校禮部會公行狀〉，見《司空表聖文集》，卷一，頁二一—四，及卷七，頁一—六。

❾《舊唐書》，卷一九〇，頁三五；《新唐書》，卷一九四，頁一〇—一一。

地方官的地位低微，只有落魄的文人，才會跟隨失意的官僚到長安或洛陽以外的地方當幕府。司空圖的〈江行〉二首，相信是他前往宣州做王凝的「上客」時所寫的詩：

地闊分吳塞，楓高映楚天。曲塘春盡雨，方響夜深船。行紀添新夢，羈愁甚往年。何時京洛路，馬上見人煙。

初程風信好，迴望失津樓。日帶潮聲晚，煙含楚色秋。戍旗當遠客，島樹轉驚鷗。此去非名利，孤帆任白頭。

其中「此去非名利」正說明他自我放逐的意義。他在長安完全沒有任何的機會，因此長途跋涉去宣州，主要就是爲了王凝的友誼，這點完全說明司空圖孤苦無依的處境。

就是在宣州的時候，司空圖初次認識詧光和尚⑩，一位造詣很高的書法家，他們兩人共遊永嘉⑪，大概司空圖與名詩人崔道融之認識，也是在這個時候，後者當時是永嘉的縣令。《唐才子傳》說他們兩人互相唱和⑫。司空圖有一首詩題名〈寄永嘉崔道融〉：

旅寓雖難定，乘閑是勝遊。碧雲蕭寺霽，紅樹謝村秋。戍鼓和潮暗，船燈照島幽。詩家多

---

⑩《司空表聖詩集》，唐音統籤本，《四部叢刊》（上海：商務印書館，一九一九），卷七〇四，頁六一七。

⑪《司空表聖文集》，卷四，頁一。

⑫辛文房《唐才子傳》（上海：中華書局，一九六五），卷九，頁一四九。

滯此，風景似相留。⑬

作者自己說這首詩「得於江南者」。

司空圖到長江流域一帶的旅程很值得注意，顯然的，他與當地的詩人有密切來往，他的詩歌因此有極大的進步。他在〈與李生論詩書〉一文中，提倡寫詩要「直致所得，以格自奇」，這樣才能創造出「近而不浮，遠而不盡」，所謂具有「韻外之致」的詩。接着他引用寫於江南的〈江行〉和〈寄永嘉崔道融〉兩首詩中的「戍鼓和潮暗，船燈照島幽」與「曲塘春盡雨，方響夜深船」作爲味外之味的代表作⑭。這幾首詩與上述〈牓下〉及〈省試〉等初期作品比較，有極大的不同。像〈江行〉中之句子「日帶潮聲晚，煙含楚色秋」，作者寫來自然容易，不需附於蹇澀，意境表現得「近而不浮，遠而不盡」，因此產生了韻外之致。

司空圖在公元八六九至八七八年間，自我流放到南方，這充份說明他被捲入進士考試的風波之後，身心所遭受之折磨，他的詩〈有感二首〉，似乎是進士及第後落魄江湖的悲歌：

自古經綸足是非，陰謀最忌奪天機。留侯郤粒商翁去，甲第何人意氣歸。

古來賢俊共悲辛，長是豪家拒要津。從此當歌唯痛飲，不須經世為閒人。⑮

⑬《司空表聖詩集》，卷七〇四，頁九。
⑭《司空表聖文集》，卷二，頁二。
⑮《司空表聖詩集》，卷七〇六，頁九。

司空圖在這兩首詩中所表現的灰心失意的痛苦，正是後來他要歸隱山林的原因。他是先被社會排斥，才想到自我放逐。

二、姓氏司空貴，官班御史卑

司空圖在進士及第大約八、九年之後，才有機會被召回長安做官。他的第一個職位是殿中侍御史，那是在公元八七七至八七八年間，他當時剛到南方當幕僚不久。這時候的政治環境似乎逐漸對司空圖有利。懿宗皇帝在公元八七三年駕崩，不久後韋保衡就被鬪垮，這時韋保衡也已逝世。僖宗即位不久，司空圖就說「上初即位，講心名德」，以表示歡迎新時代之來臨⑯。

剛抵達長安，司空圖就大失所望，原來他尚未走馬上任，殿中侍御史的官就被謫了。他因爲遲到而被處罰，結果被貶爲光祿寺主簿，因此被貶放到副都洛陽光祿寺上任。司空圖爲什麼遲到？根據《新唐書》的說法，他「不忍去凝府」⑰，即因王凝對他有恩情，不忍心棄他而去。在公元八七七年的冬天，王凝當時是宣州的觀察使，而他管轄的地區，正受到王仙芝（八七八年逝世）及黃巢（八八四年逝世）之叛軍的圍攻，一直到王凝逝世時（八七八年九月），當地還在兵

⑯ 《司空表聖文集》，卷七，頁三。

⑰ 《新唐書》，卷一九四，頁一一。

荒馬亂之中。由此可知，司空圖如果在這時候爲了一官半職，急急離開，實在會感到內疚。司空圖什麼時候動身去長安？在王凝逝世前還是以後？根據〈紀恩門王公宣城遺事〉，他似乎陪伴在王凝身邊，一直到他逝世才離開。大概因爲這樣，才耽擱了很久才去長安接旨，因而遲到⑱。

東都洛陽在唐代是朝廷官員被貶後之集中地，當然嚴重者還沒有機會，通常是遠放到別的州縣當地方官。自從公元八七四年卽擔任宰相的盧攜，八七八年被罷免後，卽以賓客分司洛陽⑲，司空圖因此在洛陽有機會與盧攜成爲好朋友，據說盧攜很嘉獎司空圖之高節人品，因此以厚禮待之⑳。司空圖與盧攜之相識，是他生命上之重大轉捩點。盧攜不但賞識他的品德，同時也盡力提拔他。據說盧攜曾題詩送司空圖，而且親手寫在司空圖住家的牆壁上：

姓氏司空貴，官班御史卑。老夫如且在，不用念屯奇。㉑

大約一年之後，盧攜被朝廷召回長安，任兵部尙書，當他從洛陽到長安，路過陝、虢兩地的

---

⑱《司空表聖文集》，卷一，頁二。

⑲司馬光《資治通鑑》（北京：中華書局，一九五六），卷二五二，乾符元年（八七四）十月，頁八一七一，關於盧攜被貶之年代，根據《資治通鑑》，卷二五三，乾符五年（八七八）五月，頁八二〇四—八二〇五，應是八七八年。

⑳《舊唐書》，卷一九〇，頁三五。

㉑同上，卷一九〇，頁三六，又見彭定求等編《全唐詩》，附日本上臺河世《全唐詩逸》三卷（北京：中華書局，一九六〇），卷六六七，頁七六三四。

時候，曾經向當地的觀察使盧渥說：「司空御史，高士也，公其厚之。」盧渥立刻保薦司空圖作賓佐㉒。公元八七九年底，盧攜再度執政，拜同中書門下平章事（即宰相），他首先擢升盧渥為禮部侍郎（主禮闈），同時召司空圖回長安為禮部員外郎。不久後，司空圖大概表現良好，受賜緋魚袋，升遷為禮部郎中㉓。這時候司空圖住在崇義里，地點很接近長安的皇城㉔。

司空圖美好的官運，可惜不久之後就受到戰亂之破壞。黃巢在公元八七五年開始背叛朝廷的命令，舉軍四處攻伐，其威脅在短期間全國上下都感到擔憂。司空圖對時局之憂心，從他當時寫給盧攜的〈感時上盧相〉及〈亂前上盧相〉兩首詩中可以瞭解：

兵待皇威振，人隨國步安。萬方休望幸，封岳始鳴鑾。

虜點雖多變，兵驕即易乘，猶須勞斥候，勿遣大河冰。㉕

果然不出所料，司空圖擔任禮部員外郎與禮部郎中，前後只有一年多，就因黃巢攻陷長安而中斷了。公元八八〇年的秋天，黃巢的軍隊乘勝從東南方向北方進攻，陣容愈來愈強大，八八〇

㉒孫光憲《北夢瑣言》，雅雨堂藏書刋本（臺北：藝文印書館，一九六六），卷三，頁三—四，又見錢易《南部新書》，學津討源刋本（臺北：藝文印書館），卷辛，頁一五—一六。

㉓《舊唐書》，卷一九〇，頁三六。禮部主管禮、祠、膳及主客。

㉔〈段章傳〉，見《司空表聖文集》，卷四，頁三。

㉕《司空表聖詩集》，卷七〇五，頁一〇。

年十二月二十二日，黃巢的軍隊在沒有反抗之下攻取了洛陽，第二年的一月四日攻破潼關，長安危在旦夕，左軍中尉田令孜（八九三年逝世）將失守之罪推給宰相盧攜，皇上卽將他罷免，降爲太子賓客，盧攜當天晚就仰藥自殺㉖。同一天，黃巢的大軍攻陷長安，羣臣目睹兵荒馬亂的現象，驚恐不已。當天傍晚，田令孜的旗下大軍，護衞僖宗皇帝逃至四川的鳳翔，然後在成都避難。一月八日，黃巢的軍隊進入長安，僖宗的逃亡在高度機密下進行，只有四位太子及嬪妃陪同，許多朝廷大臣都一無所知㉗。

根據司空圖的〈段章傳〉，他很遲才知道僖宗出幸，未及追隨西奔，滯留在淪陷了的長安城裏。他原住在崇義里，京城淪陷後，他卽前往崇義里裏一個大戶人家楊瓊的家躲藏，公元八八一年一月十一日，他轉到常平廩去藏身（卽鹽鐵常平院，爲鹽鐵之倉庫），因爲那裏比較安全。可是當司空圖還未走出楊瓊的門口，便有一羣叛軍擁進來，其中一人持戈堵住大門，他盯住司空圖很久，然後走上前捉住他的手說：「我是段章。」這位段章，原是司空圖在長安考進士時的僕人，後來因爲沒有職務就回虞鄉。不久後才把他辭退。段章說他被黃巢虜獲後，被逼參加叛軍，他要求司空圖與其被亂軍殺害，倒不如跟他去拜見張將軍，並說此人會善待讀書人。段章說能在兵荒馬亂中與司空圖相逢是上天的安排，好讓他以救司空圖的一命來報答他過去的恩惠。司空圖

㉖《資治通鑑》，卷二五四，廣明元年（八八〇），十二月，頁八二三六—八二三九。
㉗同上，頁八二四〇。

堅決拒絕段章之好意，並說寧願死也不投降。段章深深地被感動，木立很久，終於將他帶到大路上放他逃走㉘。

司空圖是怎樣潛逃出亂軍佔領的長安？根據他自己的回憶，他先在暗夜中從開遠門，然後向東逃到咸陽橋㉙，在這裏一位叫韓鈞的船夫，用船把他載到南邊，離開長安約三十華里的鄠縣。

到了鄠縣以後，我們就不知道司空圖的行踪了。《舊唐書》說「天子出幸，圖從之不及」㉚，那是指僖宗逃難到四川時，司空圖想追隨皇上而不成功。孫樵卻說黃巢攻陷長安時，僖宗避難四川時，在行宮裏曾封賜李潼（又說李鷺）、司空圖和孫樵三人爲「行在三絕」。其中司空圖被譽爲具有「許由巢父之風」㉛。由此可見，司空圖曾到成都的行宮，不過他應逗留不久，因爲大約二個月後，他已回到虞鄉。

㉘〈段章傳〉，見《司空表聖文集》，卷四，頁三—四。

㉙長安城西有三道門，即開遠門、金光門和延平門。咸陽橋在咸陽郊外，在長安西面約二〇華里之處。後代稱西渭橋渡，參考沈青崖等編《陝西通志續通志》，清雍正十三年本（臺北：藝文書局，一九六九），卷一六，頁六。

㉚《舊唐書》，卷一九〇，頁三六。

㉛孫樵《唐孫樵集》明・吳馡刊本，見《四部叢刊》（上海：商務印書館，一九一九），序頁一—二。孫樵爲文之絕，李潼爲行之絕。

三、退居還有旨，榮路免妨賢

抵達成都後，司空圖大概又匆匆趕回虞鄉故居，因爲當他的禮部上司盧渥在中和元年（八八一年）二月逃到中條山避難時，就住在司空圖的虞鄉家中㉜。後來盧渥再從虞鄉前往四川成都，追隨僖宗皇帝。這時前宰相王徽（黃巢攻下長安，皇帝出幸那天才上任）被黃巢軍士所虜獲，後來僥倖逃脫，潛往蒲州，因此與司空圖相熟，而且「待圖頗厚」。過後王徽前往四川成都追隨僖宗。中和二年（八八二年）十二月，王徽受詔爲昭義觀察使，王徽即推薦司空圖爲副使，可惜由於當地時局惡化，兩人都沒赴任㉝。因此司空圖還是住在虞鄉的老家。

自從在動亂中回歸虞鄉故居以後，司空圖的人生觀開始有了激烈的變化。他感到灰心失意之餘，希望在故鄉追求生活上的安樂與精神上之寄托。可能長期的消沉，再加上戰亂，他開始在佛學中追求解脫。爲了躲避戰爭，他將家中的藝術品，包括一幅書屏，從虞鄉縣城搬到中條山中的

㉜「明年春，自都潛出，二月至中條，舍於幕吏司空圖」，見司空圖自己所撰〈故太子師致仕盧公神道碑〉，《司空表聖文集》，卷五，頁四。

㉝《舊唐書》，卷一七八，頁二〇—二一；《新唐書》，卷一八五，頁八—九。昭義包括潞、澤、邢、洺、磁等州（在今河北、山西），觀察使駐在潞，又此《舊唐書》稱「徽受詔鎭潞」。

別墅裏。他在〈書屏記〉中說：

> 庚子歲（八八〇）遇亂，自虞邑居負之置於王城（指王官谷）別業。㉞

司空圖大概全家就在這個時候移居虞鄉中條山中的別業，一來遠離戰亂，二來開始隱居山林的生活。他有一首題名〈山中〉的詩，創作日期雖然不能確定，但肯定是這幾年所作，詩中已洩露他的向佛心境：

> 全家與我戀孤岑，蹋得蒼苔一徑深。逃難人多分隙地，放生麋大出寒林。名應不朽輕仙骨，理到忘機近佛心。昨夜前溪驟雷雨，晚晴閑步數峯吟。㉟

司空圖在公元八八四年當他四十八歲時，曾作〈迎修十會齋文〉，這篇文章最明確的宣佈他放棄仕途，回鄉歸隱山林，學佛養性的決心：

> 非才，非聖，過泰，過榮，一舉高第，西朝美官，遭亂離而脫禍，歸鄉里而獲安，門戶粗成，簪纓見絕，四八年已往，未省歸心，百千萬劫常來，豈迷善道，今終可保。㊱

在公元八八一至八八三年期間，司空圖一直住在中條山王官谷的別業裏，似乎沒有遠行。山

㉞〈書屏記〉，見《司空表聖文集》，卷三，頁六—七。

㉟《全唐詩》，卷六三二，頁七二四八，又見《司空表聖詩集》（統籤本卷七〇四），卷二。

㊱〈迎修十會齋文〉，《司空表聖文集》，卷一〇，頁四五。此處文引用《欽定全唐文》的《司空表聖文集》（臺北：滙文出版社，一九六一），卷八〇八，頁五。

外戰爭四處蔓延，僖宗皇帝的軍隊繼續與黃巢的軍隊苦戰。公元八八三年的五月，長安被皇室的軍隊奪回。黃巢的大軍被擊敗後，向東逃逸，潰不成軍㊲。光啓元年（八八五）一月，僖宗離開成都回長安，二月皇駕抵達鳳翔，並稍作停留㊳。皇帝在鳳翔的行宮內，召司空圖並授予知制誥，這是一個正五品上的官職㊴。第二個月皇帝回長安㊵，司空圖也被召回長安，不久後正式授予中書舍人㊶。這一年的重陽節他寫了一首五律詩〈乙巳歲愚春秋四十九辭疾拜章將免左掖重陽獨登上方〉，從詩題上，我們知道他在乙巳歲（八八五年）四十九歲。詩的前四句如下：

雪鬢不禁鑷，知非又此年，退居還有旨，榮路免妨賢。㊷

很顯然這首詩是司空圖在擔任中書舍人時所寫。他一定爲自己在〈迎修十會齋文〉所作的退隱決心而尷尬。

司空圖第二度受詔到長安做官的時間也很短促，這次也是因爲政治動亂而中斷。僖宗回長安

㊲《資治通鑑》，卷二五五，中和三年（八八三）四月，頁八二九三－八二九五。

㊳《資治通鑑》，卷二五六，光啓元年（八八五）一月與二月，頁八三一九及八三二〇－八三二一。

㊴知制誥爲六位中書舍人之一，掌管起草文書政令。見《舊唐書》，卷一九〇，頁三六。

㊵《資治通鑑》，卷二五六，光啓元年（八八五）三月，頁八三二〇。

㊶《舊唐書》，卷一九〇，頁三六。

㊷《全唐詩》，卷八八五，頁一〇〇〇一。其他版本沒有收錄此詩。

後，朝政一樣腐敗不振，藩鎮將領反抗朝廷命令，尤其蒲州節度使王重榮覇佔安邑解縣兩池鹽產之專利，當朝廷皇軍大將田令孜要自兼兩池榷鹽使，附近地區之節度使羣起反抗，聯合對抗田令孜，因此田令孜只好在失敗後，引兵入宮刼持僖宗離開長安，從成都回宮才九個月，皇帝又逃到鳳翔，然後再到寶雞㊸。這次只有少數朝臣追隨皇上逃走，因爲衆臣多數反對太監弄權，擁護那些節度使如王重榮、韓建、李克用等㊹。我們不知道司空圖的立場，《舊唐書》說他想追隨而來不及㊺。不久以後，我們發現司空圖已回去虞鄉，而且受到河中節度使王重榮的禮遇。值得注意的是，王重榮是田令孜的最大敵人，而且是一位敢於違抗僖宗皇帝聖旨的藩鎮將領㊻。從一首題爲〈丙午歲旦〉的五言律詩，我們知道在丙午元旦那天（公元八八六年二月八日），即僖宗再次逃去四川避難的一個月後，司空圖已在家鄉，慶幸自已過着空閒又安全，以飲酒作樂的日子：

雞報己判春，中年抱疾身。曉催庭火暗，風帶寺幡新。多慮無成事，空休是吉人。梅花浮

㊸《資治通鑑》，卷二五六，光啓元年（八八五）三月及十二月，頁八三二一—八三二二及八三二八。

㊹同上，卷二五六，光啓二年（八八六）元月，頁八三三〇。

㊺《舊唐書》，卷一九〇，頁三六。

㊻司空圖家鄉虞鄉縣在蒲（河中）州，因此受王重榮管轄，他後來成爲王重榮之深交，在《司空表聖文集》中，有〈太尉瑯琊王公河中生祠碑〉及〈故鹽州防禦使王縱追述碑〉。王縱爲王重榮之父，王重盈爲其兄。

壽酒，莫笑又移巡。㊼

從〈丙午歲旦〉中「梅花浮壽酒」一句，司空圖大概生於唐開成二年（八三七）農曆新年的元旦日。光啓三年（公元八八六年），他正好五十歲，因此他又寫了一首〈五十〉的七言律詩來抒懷：

閒身事少只題詩，五十今來覺陡衰。清秩偶叨非養望，丹方頻試更堪疑。髭鬚强染三分折，弦管遙聽一半悲。漉酒有巾無黍釀，負他黃菊滿東籬。㊽

司空圖從這時候起眞的以「閒身事少只題詩」作爲生活的主要內容，因此，他以後的活動，以隱居山林，學佛寫詩的生活爲主。第二年（八八七）他大興土木，建設王官谷的別墅，他在〈山居記〉中有詳細的記述。

四、幾勞丹詔問，空見使臣還

雖然司空圖五十歲開始過着「閒身事少只題詩」的隱居生活，可是他逝世前，還多次受詔赴長安做官。由於「樂退安貧知是分，成家報國亦何慚」是他處世的哲學，所以很難排除世事的干

㊼ 《全唐詩》，卷六三四，頁一〇〇〇。

㊽ 同上，卷六三一，頁七二五〇，《司空表聖詩集》亦有此詩。

擾。[48]

公元八八八年四月，僖宗從寶雞回宮後一個月就逝世了。他的弟弟昭宗即位。公元八八九年（昭宗龍紀元年），司空圖被詔復舊官中書舍人。他即赴長安上任，不過不久之後就以疾病為理由，辭官回家[49]。他在〈說魚〉一文中所說「前年捧詔西上，復移疾華下」，就是指這件事。另外有一首詩題名〈華下乞歸〉中所說「多病形容五十三，誰憐借笏趁朝參」也是指無意做官，只是借此機會去朝見新皇帝而已[50]。

正如〈說魚〉所說，他後來移居華山，而不是回去中條山，而且為一般史書所忽略。司空圖在華山大約住了十年之久，因此司空圖有殘詩說「十年太華無知已，只得虛中兩首詩」[51]。實際上，司空圖隱居華山期間，他的寫作與做官事業正是最高峯的時期。他最好的詩〈二十四詩品〉及所擔任過最高的官位都是這時期的成就。因此司空圖華山時期的隱居生活是研究他的生平極重要的一章。我最近完成〈司空圖隱居華山生活考〉一文，探討了這個問題（見本書第四章）。

---

[49] 《舊唐書》，卷一九〇，頁三六；《新唐書》，卷一九四，頁一一。

[50] 〈說魚〉，見《司空表聖文集》，卷四，頁六；〈華下乞歸〉，見《司空表聖詩集》，卷七〇八，頁一一。

[51] 此詩只保存二句，初見王禹偁《五代史闕文》，懺花盦叢書，見《五代史補》（廣州：成文堂，沒日期），頁三；又見《司空表聖詩集》，卷七〇八，頁一一。

司空圖在華山隱居不久後，宰相杜讓能曾邀他參加宣、懿、德三朝實錄之編輯，這件事，重要史籍都沒記載。《唐詩紀事》有這樣一則：

> 宰相杜某，奏雲與盧知猷、陸希聲、錢翊、馮渥、司空圖等，分修宣、懿、德三朝實錄，皆一時之選也。書成，加虞部外郎。[52]

這項修史的工作大概在公元八九〇或八九一年間。在公元八八七年，司空圖曾在王官谷別業建築一個修史亭，紀念他對撰寫歷史的興趣，他在好些詩中，像〈商山二首〉中說「國史數行猶有志」，時常表示他對撰寫歷史的抱負與興趣。《新唐書》有關河南竇氏和王凝之傳，主要就是根據司空圖的〈烈婦傳〉及〈唐故宣州觀察史檢校禮部王公行狀〉兩篇改寫而來[53]。

在公元八九二年底到八九三年初期間，司空圖又受詔回朝廷，授予諫議大夫，一個正四品下的官職。雖然這是他得過的官位中最尊貴者，他還是拒絕了。《舊唐書》指出這是由於朝廷衰弱無能，政治動盪，自己會無所作為：

> 景福（八九二—八九三）中，又以諫議大夫詔，時朝廷微弱，紀綱大壞，圖自深惟出不如

---

[52] 計有功《唐詩紀事》，下册（上海：中華書局，一九六五），卷六七，頁一〇一一。

[53] 關於司空圖撰寫國史之工作，可參見作者早年之博士論文：Wong Yoon Wah, *Ssu-K'ung T'u: The Man and His Theory of Poetry*, (University of Wisconsin, 1972), pp. 72—102.

處，移疾不起。[54]

不久以後，大約在八九四年或以後，他又受詔戶部侍郎，一個正四品下，掌管戶口、土田、賦役、貢獻、婣婚的職位。這次他親自上朝謝恩，過後又要求辭職，還山隱居。《舊唐書》說：

乾寧（八九四—八九七）中又以戶部侍郎徵，一至闕廷致謝，數日乞還山，許之。[55]

怪不得詩僧齊己寫了〈寄華山司空圖〉詩，描述他幾次辭官還山，願意「身老瘴雲間」的處境：

天下艱難際，全家入華山。幾勞丹詔問，空見使臣還。瀑布寒吹夢，蓮峰翠濕關。兵戈阻相訪，身老瘴雲間。[56]

司空圖多次婉拒朝廷的聖旨，辭掉高官不幹，很自然會招惹是非，引起其他官僚的攻擊。《梁實錄》的作者王禹偁認爲他受到非議，是因爲他多次辭官與高傲的態度所引起：

昭宗反正，以戶部侍郎徵，至京師，圖既負才慢世，謂己當為宰輔，時要惡之，稍抑其

---

[54] 《舊唐書》，卷一九〇，頁二五三八，唐朝時代，共有四位左諫議大夫在門下省，四位右諫議大夫在尚書省。主要任務是協助宰相，在處理朝政時提供意見，幫忙決策。

[55] 《舊唐書》說在乾寧（八九四—八九七）中，見卷一九〇，頁三六，不過司空圖在〈華帥許國公德政碑〉說「乾寧元年，上御使殿……遂下詔前戶部侍郎司空圖……」，乾寧元年應爲八九四，見《司空表聖文集》，卷六，頁八—九。

[56] 齊己〈寄華山司空圖〉，見《全唐詩》，卷八四〇，頁九四八二。

銳，圖憤憤謝病。[57]

這些指責也許不是沒有根據的。他在〈上譙公書〉中，承認自己狂妄，不過他替自己辯護說，這是由於「業久於山」的緣故。這封信的前面部份有這樣一段：

> 愚伏以布衣，犯將相之威者，近皆笑，率指輕薄子，不能以恢然之量，待今賢傑也。相公得不念之耶。某迹拘世累，而業久於山……。[58]

在另一封寫給王駕的〈貽王進士書〉中，司空圖則說他由於在文學上有點名氣，同時又堅持隱居（守道），所以許多人很仇視他：

> 今吾守道固窮，且竊文學之譽，是邪競沽虛者之所仇嫉者……。[59]

乾寧三年（八九六）七月，唐昭宗受到節度使李茂貞軍隊之威脅，被迫離開長安，而華州節度使韓建歡迎昭宗在華陰設立行宮，一直到光化元年（八九八）五月才回長安[60]。大概在公元八九七年初，昭宗在華陰行宮詔司空圖為兵部侍郎，一個正四品下的官職，掌管武選、地圖、車

---

[57] 王禹偁《五代史闕文》，頁三。

[58] 《司空表聖文集》，卷一，頁七—九。

[59] 同上，卷二，頁八。

[60] 《資治通鑑》，卷二六〇，乾寧三年（八九六）六及七月，頁八四八九—八四九一，韓建因與司空圖很有交往，他為他著有〈華帥許國公德政碑〉。

馬、甲械之部。司空圖這次以腳病爲理由，親自上朝向皇上謝恩，然後獲准回家。《舊唐書》如此記載這件事：

> 昭宗在華，徵拜兵部侍郎，稱足疾不任，趨拜致章謝之而已。[61]

他有一首詩〈丁巳六日〉（即八九七年二月六日），讀來很像敍述這次謁見昭宗的事。他特別解釋說，那是由於「自乏匡時路，非沽矯俗名」[62]。

司空圖最後一次受詔是在公元九〇五年。那時唐昭宗帝爲朱溫所逼，遷都洛陽。而柳璨煽動朱溫，希望誅殺舊臣，因此傳詔司空圖入朝，他知道柳璨之惡意，不敢惹禍，終於抱病上朝，他在洛陽謁見皇帝時，墜笏失儀，最終被釋放還山[63]。《舊唐書》這樣記載這件事：

> 昭宗遷洛，鼎欲歸梁，柳璨希賊旨，陷害舊族，詔圖入朝。圖懼見誅，力疾至洛陽。謁見之日，墮笏失儀，旨趣極野。璨知不可屈……可放還山。[64]

---

[61]《舊唐書》，卷一九〇，頁三六。

[62]《全唐詩》，卷八八五，頁一〇〇〇〇。

[63]《舊唐書》，卷一七九，頁二六。柳璨爲柳公權之後代，他出身貧窮，得進士四年後，成爲宰相，他鼓動朱溫陷害舊臣，誅天下才人，可是於九〇六年爲朱溫所害，結果賜自盡而死。

[64]《舊唐書》，卷一九〇，頁三六；《資治通鑑》，卷二六五，天佑二年（九〇五）八月，頁八六四六。《新唐書》說他故意墜笏：「詔圖入朝，圖陽墜笏」，見卷一九四，頁一一。

根據《舊唐書》，朝廷曾措詞嚴厲的彈劾他：

司空圖俊造登科，朱紫升籍，旣養高以傲代，類移山以釣名，心惟樂於漱流，任非專於祿食，匪夷匪惠，難居公正之朝，載省載思，當狥棲衡之志，可放還山。㉟

現在的《全唐文》有一篇柳璨寫的奏文，奏請皇帝罷免司空圖及李敬義兩人。這篇〈請黜司空圖李敬義奏〉內容如下：

近年浮薄相扇，趨競成風，乃有臥軒冕，視王爵如土梗者。司空圖李敬義三度除官，養望不至，咸宜屛黜，以勸事君者。㊱

由此文可見，司空圖被人非議排斥，主要原因是齊己所欣賞的清高態度：「幾勞丹詔問，空見使臣還」。別人給他套上浮薄高傲之罪，因爲他再三強調要隱居山林，樂退安貧的處世哲學。不過所有資料都沒說明，這次司空圖所拒絕接受的是什麼職位。《新唐書》所提到司空圖最後的官銜爲禮部尚書，可能就是這時候所授予的官位。

㉟《舊唐書》，卷一九〇，頁三六。
㊱董誥等編《欽定全唐文》，嘉慶刻本，第一七册（臺北：藝文出版社，一九六一），卷八三〇，頁三〇。

五、紫殿幾徵王佐業，青山未拆詔書封

司空圖的仕途生涯以風波開始，也以一場風波結束，他的官場生活是一連串的風波。他三十歲初次考進士考試，便一舉成名，可是被韋保衡等人誣告，是受主試官王凝之優待才成功，結果流落各地很久以後，才受詔回朝任殿中侍御史。可是卻以遲到掉官，而且被貶到洛陽。他最後的一次受詔入朝，年歲已七十，又被柳璨奏請皇帝罷免，鬧得是非難於分辨，差點被殺害。所以他的從政生涯是中國文人中最富有戲劇性的。他從低微的幕僚開始，然後從殿中侍御史、光祿寺主簿、禮部員外郎、禮部郎中、中書舍人、諫議大夫、戶部侍郎到兵部侍郎，從一個無品的地方官到四品朝廷命官，不過每一個職位都很短暫，有些相信一兩天就結束了，因此我們只知道他被封賜一系列的官位，而不知道任何的政績表現。

司空圖從政的另一個特點，很多高居要位的朝廷大官顯要，由於欣賞他的才華與爲人，而大力推薦與提拔他。最初王凝在絳州刺史，司空圖經常從虞鄉去看他，當他千里迢迢去拜見王凝時，爲了表示其尊敬崇拜之程度，絕不去看其他親友，如果去看親友，就不去拜見王凝。結果王凝大爲賞識，中了進士後，他的仕途生涯也從王凝的幕僚開始，接着盧攜、盧渥，還有節度使王重榮、王徽、韓建等人對他的賞識與提拔，都是司空圖官運美好的原因。

但是由於司空圖是個性情中人，他敢因爲不忍心離開王凝而遲到長安，把聖旨置之不顧，或者很有個性的動輒掛冠回鄉，也造成許多敵人，想盡方法排擠他。從開始進入官場就遇上韋保衡，退休時還有柳璨要罷黜和殺害他，因而造成他的官宦生涯風風雨雨，很不安定。既然瞭解自己「業久於山」，所以他儘管「退居還有旨」，最後還是決定隱居。我覺得徐夤最瞭解司空圖，他下面這幾句詩把司空圖後期的「獨逃徵詔臥三峯」的生活完全描繪出來：

金闕爭權競獻功，獨逃徵詔臥三峯
雞羣未必容於鶴，蛛網何絲捕得龍
紫殿幾徵王佐業，青山未拆詔書封。
閒吟每待秋空月，早起長先野寺鐘。[67]

[67] 這些詩句錄自兩首律詩，見徐夤〈寄華山司空侍郎二首〉，《全唐詩》，卷七〇九，頁八一六六－八一六七。

第三章　司空圖在中條山王官谷的隱居生活考

一、圖有先人別墅，在中條山王官谷

我在關於司空圖的家世與早年生活的研究論文中，曾經指出，司空圖的祖籍原是山東的臨淄人❶。《臨淄縣志》給司空圖立傳，說他是所有僑居外省的臨淄人中，唯一例外者，因爲司空圖的人品著作，都足於使臨淄人增光耀祖❷。不過後來他的先人曾移居安徽的泗水（又稱臨淮），

---

❶ Wong Yoon Wah, *Ssu-K'ung T'u: A Poet-Critic of the T'ang* (Hong Kong: The Chinese University of Hong Kong, 1976), pp. 1-2. 此外參見本書第一章。

❷ 舒孝先等編，《臨淄縣志》，一九二〇年刊本（臺北：學生書局，一九六八），卷一，頁三一。

所以司空圖在自己的文章如〈書屏記〉〈月下留丹竈〉中，自稱「泗水司空圖」❸，而一些史書，如《資治通鑑》說司空圖是臨淮人❹，因爲泗水與臨淮是同一個地方。大概《舊唐書》司空圖傳的作者知道其籍貫複雜，因此說司空圖「本臨淄人」❺，也就是說，他祖先原籍是山東臨淄人。

司空圖的父親是他家族中第一個定居虞鄉的人，所以《虞鄉縣志》說：「司空輿，先臨淄人，與始卜居虞鄉。」❻根據我的考證，他的父親司空輿大約在唐大中元年（公元八四七年），才被當時的戶部侍郎盧弘止（兼管鹽鐵事務）選中，派去擔任安邑解縣兩池檢察。司空輿馬上立定新法，大有作爲，盧弘止又向朝廷上奏，命他爲安邑兩池榷鹽使❼。不過在公元八四七年，司空圖（八三七年出生）已十歲了。這樣看來，司空圖並非出生於虞鄉，雖然《新唐書》說「司

---

❸《司空表聖文集》，上海涵芬樓藏，舊鈔本，《四部叢刊》（上海：商務書局，一九一九），卷一，頁四及卷二，頁四。

❹司馬光，《資治通鑑》，胡三省註釋（北京：中華書局，一九五九），卷二六五，天祐二年（九〇五）八月，頁八六四五—八六四六。

❺劉昫等編，《舊唐書》，武英殿版本，《二十五史》（臺北：藝文印書館，一九六五），卷一九〇，頁三五。

❻周振聲等編，《虞鄉縣志》，民國九年石印本（臺北：成文出版社，沒日期），卷四，頁一七—一八。

❼Wong Yoon Wah, *Ssu-K'ung T'u: A Poet-Critic of the T'ang*, pp. 3-6.

空圖，字表聖，河中虞鄉人。」❽

司空與管轄的鹽池是唐代最有經濟價值的生產事業，也是鹽的生產要地。在唐代鹽池名單中，常被排在前幾名。它通常被叫作兩池，或安邑解縣兩池。它被稱作兩池，並不是有兩個池，而是它位於安邑與解縣之間，鹽池呈蛋形，從東到西有五十華里，從北到南有七華里。池的西邊屬解縣，而東邊屬安邑。下面這張原刊載於《虞鄉縣志》關於安邑、解縣與虞鄉之平面圖（見圖四），清楚的鈎畫出三者與鹽池之地置❾。

安邑與解縣在今山西省南部，而司空圖隱居的虞鄉今屬陝西，就在它的西邊，離解縣四三華里，離安邑約八六華里。《虞鄉縣志》說，司空與任兩池榷鹽使時，因爲「慕林泉邱壑之秀，遂卜居焉。」❿司空圖自己在〈書屏記〉也說他父親「及徵拜侍御史，退居中條。」⓫根據我的考證，司空與在兩池任榷鹽使的時候，已定居虞鄉，後來因鹽的生產量與稅收大大增加，朝廷看他表現特優，便召回長安任司門員外郎，接着又升爲戶部侍郎中。他退休後，回去虞鄉，而且在離

❽ 歐陽修等編著，《新唐書》，武英殿刊本，見《二十五史》（臺北：藝文印書館，一九六五），卷一九四，頁一〇。

❾ Wong Yoon Wah, Ssu-K'ung T'u: *A Poet-Critic of the T'ang*, pp. 4-5.

❿ 《虞鄉縣志》，卷八，頁二八。

⓫ 《司空表聖文集》，卷三，頁六。

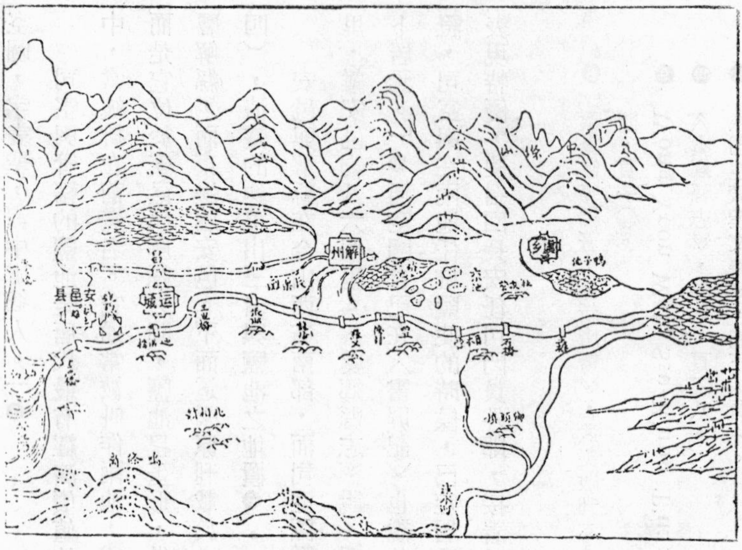

圖四

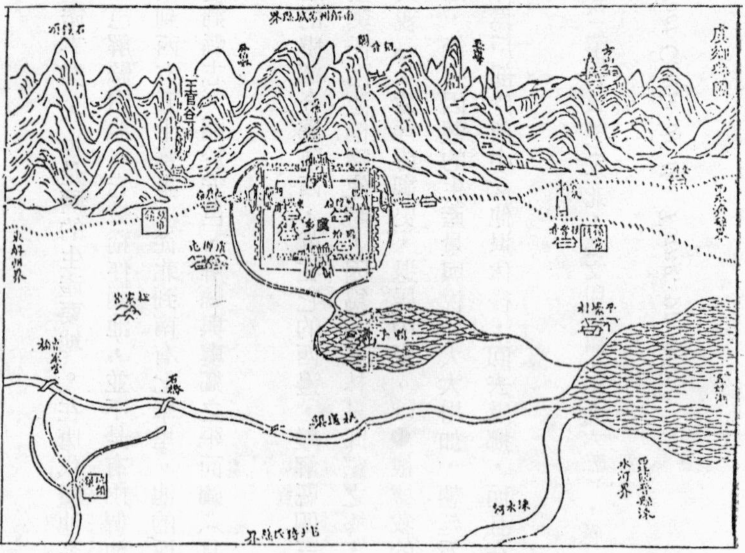

圖五

虞鄉東面十華里的中條山中購置別業⑫。所以《舊唐書》說：「圖有先人別墅，在中條山之王官谷，泉石林亭，頗稱幽棲之趣。」⑬從上面那張原刊載於《虞鄉縣志》的平面圖（見圖五），我們大致上可以得一些虞鄉與中條山中的王谷官之地理位置印象。

二、遭亂離而脫禍，歸鄉里而獲安

司空圖在唐咸通一〇年（公元八六九）才到長安考進士，那時他已三十歲，幸好他一考即中，而且在三十名考中者之中，名列第四⑭。相信在他考進士前，一直住在虞鄉。由於住在鄉下，結果他後來回憶起早年生活時，說自己「少而惰，長而率」，因為「業久於山」，他不擅長過着爭權奪勢的官場生活。在〈與臺丞書〉中，司空圖回憶自己小時過着山村野童一般的日子，常常無所事事，跟鄰居去兜賣花草：

> 某昔者常從其友於君邑之鄙，其鄰叟有善藝卉木者，或從之鬻於都下，未嘗不亟售而返……。⑮

---

⑫ Wong Yoon Wah, *Ssu-K'ung T'u: A Poet-Critic of the T'ang*, pp. 4-5.
⑬ 《舊唐書》，卷一九〇，頁三六。
⑭ Wong Yoon Wah, *Ssu-k'ung T'u: A Poet-Critic of the T'ang*, pp. 8-11.
⑮ 《司空表聖文集》，卷一，頁七；卷三，頁四—五。

三十歲那年考中進士後，司空圖不幸被捲入王凝主持的進士考試糾紛之中，韋保衡及其黨羽誣告他，由於受祖護才中第，結果王凝被貶到外地當地方官。司空圖沒有官做，只好跟着恩師四處奔跑了八、九年。一直到了公元八七七至八七八年間，才受召回朝廷任殿中侍御史。他的第一個正式的官位，因爲晉見、接受聖旨那天遲到，人未上任就被貶放到洛陽副都任光祿寺主簿。接着他運氣好轉，前後擔任禮部員外郎與禮部郎中一年左右，公元八八一年初，因黃巢的大軍攻陷長安而結束了他的第一個階段的官場生活，回歸虞鄉⑯。

唐中和元年（八八一年）二月，當司空圖的禮部上司盧渥逃到虞鄉縣的中條山避亂時，就住在他的家。自從死裏逃生，衝出黃巢大軍攻陷的長安回鄉後，司空圖的人生觀起了很大的變化，他決心宣佈放棄仕途，歸隱山林，〈迎修十會齋文〉便是他的悔過書：

> 非才，非聖，過泰，過榮，一擧高第，兩朝美官，遭亂離而脫禍，歸鄉里而獲安，門戶粗成，簪纓免絶，四八年已往，未省歸心，百千萬刦常來，豈迷善道，今終可保。⑰

從公元八八一年至八八三年，司空圖一直住在中條山王官谷的別墅裏，似乎沒有遠行。這期間朝廷與黃巢的大軍的戰爭，還是四處蔓延。他在丙午年（卽光啓二年，公元八八六）的元旦日，寫了一首〈丙午歲旦〉的詩，其中「空休是吉人」說明已棄官回家，另外「梅花浮壽酒」似乎說明

⑯ Wong Yoon Wah, *Ssu-K'ung T'u: A Poet-Critic of the T'ang*, pp. 13-19.

⑰ 《司空表聖文集》，卷一〇，頁四一五。

他是農曆元月一日出生的，這一年他已五十歲，所以說：「中年抱疾身」：

鷄報已判春，中年抱疾身。
曉催庭火暗，風帶寺幡新。
多慮無成事，空休是吉人。
梅花浮壽酒，莫笑又移巡。⑱

同一年司空圖又寫了一首〈五十〉自敍詩，一方面覺得自己閒來無事，每天寫詩過日子，另一方面又為健康逐漸衰弱而悲傷：

閒身事少只題詩，五十今來覺陡衰。
清秩偶叨悲養望，丹方頻試更堪疑。
髭鬚强染三分折，弦管遙聽一半悲。
漉酒有巾無黍釀，負他黃菊滿東籬。⑲

這個時期的司空圖，正如他在前一年（光啓元年）四十九歲時所寫的〈乙巳歲愚春秋四十九辭疾拜章將免左掖重陽獨登上方〉一詩所說「退居還有旨」，他經常被召回朝廷做官，不過他都婉轉的一一拒絕了。他已下了很大決心要隱居山林。

⑱ 這首詩只收集在《全唐詩》，第十册（北京：中華書局，一九六〇），卷八八五，頁一〇〇〇。
⑲ 《司空表聖詩集》，嘉業堂叢書（上海：吳興劉氏嘉業堂，一九一八），卷七〇四，頁一〇。

三、處於鄉里不侵不悔，處於山林物無天伐

司空圖在唐光啓三年丁未歲（公元八八七），大概曾經外出，當他從外地回來，他後悔自己「本來薄俗輕文字」，現在決心「時取一壺閒日月，長歌深入武陵溪」，這首詩題作〈丁未歲歸王官谷〉：

家山牢落戰塵西，匹馬偷歸路已迷。
塚上卷旗人簇立，花邊移寨鳥驚啼。
本來薄俗輕文字，却致中原動鼓鼙。
時取一壺閒日月，長歌深入武陵溪。[20]

就在這一年，我們發現司空圖大興土木的築亭修臺，擴建父親買下的中條山中的王官谷別墅。在完成修建工程後，他寫了一篇〈山居記〉，文末署明「唐光啓三年丁未歲」，即公元八八七年[21]，那時他正五十一歲。

這篇〈山居記〉首先告訴我們，中條山在蒲州東部，距離虞鄉約一百華里。在會昌中（約在

---

[20] 同上，卷七〇四，頁一二。
[21] 《司空表聖文集》，卷二，頁五—六。

公元八四三—八四四年間），皇上下令摧毀此處佛寺後，他家便買了過來。王官谷是其原名，因爲附近原有王官廢壘。司空圖將它改名禎陵谿，又稱禎貽谿。他認爲這山谷涵有濃英之氣，左右的函洛兩水，又可洗滌煩惱，在這境界中使人精神清醒。他認爲因爲「家世儲善之祐」集於他一身，他除了雕了一座大佛像，又建了證因、擬綸、修史、濯纓等亭紀念他在朝廷所負責過的使命與平生志願。這些雖稱之爲亭，都是可居之屋：

> 愚以家世儲善之祐集於厥躬，乃像刻大悲跂。新構於西北隅，其亭曰證因。證因之右，其亭曰擬綸，志其所著也。擬綸之左，其亭曰修史，勗其所職也。

此外他又描述濯纓亭內各部份之結構，大概這個亭是其中最大者：

> 濯纓之牕曰一鳴，皆有所警。堂曰三詔之堂，室曰九籥之室。皜其壁以模玉川於其間，備列國朝至行清節文學英特之士，庶存聳激耳。

另外他又說：

> 其上方之亭，曰覽昭，懸瀑之亭曰瑩心，皆歸於釋氏，以栖其徒。

最後司空圖解釋說，深居山林，不但「物無天伐」，也能保持心靈之清醒：

> 愚雖不佞，猶幸處於鄉里，不侵不悔，處於山林，物無天伐，亦足少庇子孫……久於斯石，庶幾不昧。

這篇〈山居記〉很顯然的說明了，司空圖企圖以佛家遁世哲學爲理，隱居山林。他預見政治局勢之險惡，因此決心放棄功名，追求文學。「證因」、「覽昭」、「瑩心」等亭子取名，皆證明他那時已醉心於佛教，其中覽昭、瑩心二間特地為佛徒所建。「濯纓」出自《孟子》〈離婁〉

有儒子歌曰：滄浪之水清兮，可以濯我纓，滄浪之水濁兮，可以濯我足……。㉒

其涵義是很顯然的，他決心棄冠隱居山林，不肯同流合汚。其他取名像「一鳴」、「修史」說明他這時候正專心寫作，正如他詩中所說「時取一壺閒日月，長歌深入武陵溪」。他的第一本詩集《一鳴集》就是這一年在王官谷編集的。這一年他也寫了不少行狀，許多是為當地的政府長官如觀察史王重榮等人而作。「三詔」是指他在公元八七八年的所受官職侍御史、八七九年禮部員外郎、及八八四年的知制誥。由此可見司空圖還是不能完全忘卻功名與社會地位，唐代一般歸隱山林之讀書人都有這樣的心態。「篇」是古代藏放經書之處，「九篇」該是司空圖王官谷別墅之圖書館。在公元八九六年當濯纓亭被戰火燒毀，司空圖說他的藏書也化為灰燼。

四、寇盜獨不入王官谷，士人依以避難

公元八八七年，僖宗皇帝還在四川避難，握有兵權的節度使之敵對局面繼續維持不變。鎮守

㉒《孟子》〈離婁〉，引自《孟子譯注》（香港：文宣書局，一九四五），頁一七〇。

虞鄉附近地區的部將也在混戰之中。這時司空圖的山林別墅王官谷曾一度變成文人騷客的避難所。中條山在中唐以來，已形成中國北方文人麕集的中心，他們在山中寺觀或別墅中設館授徒，唐代考上科舉的人士，很多曾授業於山林中，司空圖本人就是如此。《新唐書》說，「時寇盜所過殘暴，獨不入王官谷，士人依以避難。」㉓司空圖如何制止寇盜進入王官谷？首先司空圖人格高尚，附近居民受其恩惠，另外他一向與鎮守虞鄉之長官關係密切，特別是王重榮（河中節度使），因此應該也受到軍隊之保護。

根據《舊唐書》，王重榮父子兄弟都對司空圖格外禮遇。王重榮由於對黃巢征討有功，擊敗黃巢與王仙芝的軍隊，奪回長安後，唐朝皇室授予他無限的權力。他的兄弟很多，其中王重盈，原任陝虢節度使，八八七年七月王重榮被部下暗殺身亡，繼任河中節度使。後來王重榮之子王珂也在八九六年擔任河中節度使。虞鄉縣屬河中管轄，因此司空圖之別墅必然受到節度使之保護㉔。《新唐書》與《舊唐書》都說，在冬夏之間，王府經常送禮物給司空圖，並形容為「饋遺不絕於途。」王重榮父子曾幾次贈送厚禮，司空圖都拒絕了。後來因為替他們寫碑文，又送絹數千

㉓《新唐書》，卷一九四，頁一二。

㉔關於王重榮兄弟與兒子，見《資治通鑑》，卷二五七，光啓三年（八八七），六月，甲寅，頁八三五八；又見《舊唐書》，卷一八二，頁一—五。

匹，司空圖將它放在虞鄉街市上，讓過路人免費領取，結果一天之內就被人領光了㉕。

在現存的《司空表聖文集》中，碑文共有四篇，很顯然的，都是爲王重榮家或奉節度使之命而作。其中〈故鹽州防禦使王縱追述碑〉是寫王重榮之父王縱，〈蒲帥燕國太夫人石氏墓誌銘〉是爲王重榮之母親而寫，另一篇〈太尉瑯玡王公河中生祠碑〉是在公元八九二年爲王重盈生祠碑而作㉖。我發現新舊唐史中有關王重榮家人的傳記文字，皆是從司空圖這些碑文濃縮而來。

由上面稀少的資料，可推測司空圖與河中節度使向來互相推重，而且他愛護鄉民，因此造成盜賊壞人不太侵犯王官谷。不過當節度使各派勢力火拼，王官谷還是免不了戰火之災害。司空圖在一首〈光啓丁未別山〉詩中說，由於這一年（八八七）有事要外出，他極擔心他的別業被戰火所毀㉗：

> 草堂琴畫已判燒，猶託鄉僧護燕巢。
> 此去不緣名利去，若逢逋客莫相嘲。

從另一首詩〈光啓四年春戊申〉（又題〈歸王官次年作〉），我們發現第二年（八八八），司空

㉕《舊唐書》，卷三，頁七。《新唐書》，卷一九〇，頁一二。
㉖這些碑文，現收集於《司空表聖文集》，卷六，頁一—八，一五—二〇，及卷七，頁一〇。
㉗《司空表聖詩集》，卷七〇七，頁一。

圖的別墅果然遭到戰火毀壞了㉘：

亂後燒殘滿架書，峯前猶自戀吾廬。
忘機漸喜逢人少，覽鏡空憐待鶴歸。
孤嶼池痕春漲滿，小闌花韻午晴初。
酣歌自適逃名久，不必門多長者車。

由這首詩我們也知道王官谷的和平安全已被粉碎，大概很多逃避戰亂的學者文人已逃向別處，因此司空圖大有「門前冷落車馬稀」之感慨。這種局面之改變，也許跟王重榮在這一年（八八七）的七月遭部下暗殺身亡有極大的關係。

五、知非子與《一鳴集》

公元八八六年歸隱王官谷以後，司空圖眞的決心寫作，以「現平生之志」。首先在八八七年，我們知道他在整理過去完成的詩文，收集編印成一集，取名爲《一鳴集》。《史記》有淳于髡一鳴驚人的故事㉙，司空圖取名一鳴，有可能含有一鳴驚人之野心或嘗試叫鳴之謙虛用意，不過他一

㉘ 同上，卷七〇四，頁一二。

㉙ 司馬遷，《史記》，武英殿刊本，《二十四史》（臺北：藝文印書館，一九六二），卷六六，頁一三〇九。

向以狂傲著稱，看來前一種意思比較可能。司空圖曾寫了一篇序文，全篇文字僅有一五〇字㉚：

知非子，雅嗜奇，以為文墨之伎，不足曝其名也。蓋欲揣機窮變，角功利於古豪。及遭亂竄，又顧無有憂天下而訪於我者，曷以自見平生之志哉？因捃拾詩筆，殘缺無幾，乃以中條別業一鳴以目其前集，庶警子孫耳。其述先大夫所著家牒照乘傳，及補亡舅贊祖彭城公中興事業，並愚自撰《密史》，皆別編次云。

這篇序的末尾署明作於光啓三年（八八七）中條山王官谷濯纓亭。

《一鳴集》是一本詩文集，不過他沒說明一共收集多少作品，也不知其篇目，其他提到的著作也已失傳，現在已無從考證。保存並留傳至今的《司空表聖詩集》和《司空表聖文集》該不是《一鳴集》的原本，因爲集中多數作品是在較後的年代所寫的。

司空圖很坦誠的承認，由於官場之不如意，無法表現自己之才華與意志，再加上政治鬪爭與戰亂，他才走上以前瞧不起的文學創作道路。前面我曾引述他在八八七年所寫的〈丁未歲歸王官谷〉那首詩，他說明走向文學的原因也是如此，而且承認他以前曾輕視文學：

本來薄俗輕文字，却致中原動鼓鼙。

時取一壺閑日月，長歌深入武陵溪。

㉚《司空表聖文集》，卷二，頁一。

中國古代文人喜歡在不同的人生旅途上，採用不同的字號以表達自己的情懷。他以「表聖」爲字，這說明他的家族或他自己期望他能走上儒家仕途，做一個忠臣。現在他自封知非子，表示他否定了過去的自己，覺得過去追逐名利是極嚴重的錯誤。他的取號知非子典故出自春秋時代衞國大夫蘧伯玉，他五十歲的時候，才明白過去四十九年所做所爲都是錯誤，違背了自己的道德標準。司空圖這一年剛好五十一歲，他覺得朝政腐敗，如果繼續留在朝廷內，是不道德的做法。他大概要做一個《論語》中理想的君子㉛：

君子哉蘧伯玉！邦有道則仕，邦無道，則可卷而懷之。

司空圖這幾年大概發憤讀書寫作，在一些能考定寫作日期的詩文中，不少是這個時期或不久之後的作品。其中〈與王駕評詩書〉、〈與極蒲書〉、〈與臺丞書〉皆是公元八八七年左右之作，而另一篇〈與李生論詩書〉雖寫作年代不可考，但從所引詩句沒有晚年之作，大概寫作年代與這時期不會距離太遠㉜。而我們知道，司空圖作爲一個詩評家的他，在論文方面，主要就建立在這幾篇簡短的書信體評論上頭，此外便是《二十四詩品》，而這二十四首詩，我個人研究的結

㉛ 引文見 James Legge 的英譯本《論語》，*Chinese Classics*, (Hong Kong: Hong Kong University Press, 1960), Vol. 1, p. 296.

㉜ 司空圖的作品繫年，參見羅聯添，〈唐司空圖事蹟繫年〉，見《大陸雜誌》，第三九卷一一期（一九六九），頁一四—三一。

果，是司空圖在較後隱居華山時期（八八九——九〇三）的作品㉝。

六、耐辱居士與休休亭

公元八八九年司空圖又被召回長安授銜中書舍人。他雖然接受了這個曾經做過的官位，但過了不久他便以生病爲理由，辭職回鄉㉞。他在一篇〈說魚〉的文章，其中所說：「前年捧詔西上，復移疾華下」便是指此事㉟。另外有一首詩〈華下乞歸〉，其中兩句「多病形容五七三，誰憐借笏趁朝參」也很顯然是寫此事㊱。公元八八九年，司空圖正好如詩中所說五十三歲。這裏值得注意的是，司空圖是「移疾華下」，換句話說他在華山下定居養病，而沒有回到中條山王官谷。我曾深入的考證過這個很少人注意的問題，發現司空圖在公元八八九到九〇三年期間約有十二年，主要住在華山而不是中條山。《舊唐書》〈司空圖傳〉所說「河北亂，乃寓居華陰」也是指這件事㊲。

㉝ Wong Yoon Wah, *Ssu-K'ung T'u. A Poet-Critic of the T'ang*, pp. 27-35.

㉞《舊唐書》，卷一九〇，頁三六；及《新唐書》，卷一九四，頁一一。

㉟〈說魚〉，《司空表聖文集》，卷四，頁六。

㊱《司空表聖詩集》，卷七〇八，頁一一，這首詩只有二句，其餘已遺失。

㊲《舊唐書》，卷一九〇，頁三六。

在華陰的十二年期間，我們只知道司空圖在公元八九六年春天曾回去虞鄉王官谷一次，而且停留不到一年，目的是要看看王官谷別墅所遭到戰爭破壞的程度。果然不出所料，一大批圖書被焚燒成灰燼，濯纓亭也被夷爲平地。可是在圖書館的殘瓦破垣中，卻赫然發現族譜完整無損㊳。被破壞的房屋一直要等到公元九〇三年司空圖從華陰回到王官谷才重建起來。

公元九〇二年初，司空圖在華陰住了約十二年後，終於搬遷到鄖縣，主要原因，是節度使朱溫和李茂貞的大兵互相對峙，華陰的安全又受到威脅。他有一首〈淅上〉或作〈江淅上〉，詩題本身卽說明是鄖縣，前二句說他是逃難而來的：

華下支離已隔河，又來此地避干戈。㊴

在另一首詩中，司空圖似乎在形容留在他身後故鄉的戰爭：

西北鄉關近帝京，煙塵一片正傷情。㊵

司空圖在八年前（卽八九五年），曾前來鄖縣尋求庇護，前後大約住了一年。這一次他似乎住在同一個地方，因爲他說八年前曾將一年來所作的詩歌，寫在牆壁上。而且收集編印成《絕麟

㊳ 司空圖，〈滎陽族系記序〉，《司空表聖文集》，嘉業堂叢書（上海：吳興劉氏嘉業堂，一九一八），附錄，頁一五—一六。

㊴ 〈淅川二首〉之一，首二句，《司空表聖詩集》，卷七〇四，頁一一。

㊵ 同上，第二首，頭二句。

集》。這次前來，發現牆壁上的詩多已脫落消失。司空圖這本《絕麟集》目前已失傳，集內所收何詩，無從查考。現在只有一篇〈絕麟集述〉留存下來㊶。查目前司空圖現存詩集中，有不少詩作，從題目和內容上看，該有兩次居留郿縣期間之作品㊷。

我在前面說過，司空圖在公元八八七年寫《一鳴集》序之時，他已自稱知非子，這篇〈絕麟集述〉在文末又自署知非子。另一篇寫於公元九〇三年的〈與極浦書〉論詩札記，也是自署知非子作。㊸「知非」一詞比較早出現在司空圖的詩歌裏。公元八八五年當他四十九歲時，有一首詩〈乙巳歲愚春秋四十九辭疾拜章將免左掖重陽獨登上方〉，已有「知非又此年，退居還有旨」二句。二年後，即八八七，有一首〈光啓三年人日逢鹿〉的詩，其中有「知非今又過，蘧瑗最憐渠」二句。還有一首詩〈客中重九〉，也有「片名薄臣已知非」一句㊹。

由此可見，司空圖這時候已把自己的過去否定，向五十歲以後的蘧伯玉認同了。

九〇二年底，朱溫的大軍殺到鳳翔，把昭宗皇帝的行宮重重包圍，李茂貞旗下許多大將紛紛投降，李茂貞由於兵源和糧食都來不及增援，他只好將皇帝交出，作爲與朱溫談和的條件㊺。於

㊶《司空表聖文集》，卷四，頁七。

㊷其中包括〈松滋渡二首〉、〈客中重陽〉、〈涔陽渡〉、〈自郿鄉北歸〉、〈石門〉等詩。

㊸〈與極浦書〉，《司空表聖文集》，卷三，頁三。

㊹二首詩只見於《全唐詩》，卷八八五，頁一〇〇〇一，第三首見《司空表聖詩集》，卷七〇七，頁二。

㊺《資治通鑑》，卷二六三，天復二（九〇二），九至十二月，頁八五八三－八五九五。

是昭宗皇帝回去長安，而朱溫從此便能夠挾天子以令天下。

當中國西北的局勢稍爲安定下來，司空圖終於在公元九〇三年回歸河中的虞鄉縣故鄉，從此長住在王官谷別墅，一直到公元九〇八年逝世爲止。回到王官谷，濯纓亭破敗不堪，只剩下一片瓦礫。司空圖在原址重建一間，易名爲休休亭。這亭子佔地一丈，他在建好後寫了一篇〈休休亭記〉，日期是公元九〇三年八月㊻。由此可見司空圖應該在這個月之前就回到王官谷了。

〈休休亭記〉與其說是一篇描述亭子的文字，倒不如說是一篇司空圖的內心獨白。他模仿白居易的〈醉吟先生傳〉，不過深受陶淵明的〈五柳先生傳〉之啓發㊼。白居易寫那篇傳時正六七歲，司空圖這一年也是六七。這篇文章一開始，司空圖先解釋休休的涵義：

> 休休，美也。旣休而其美在焉。

接着他解釋將濯纓亭易名爲休休亭的原因：

> ……然遽更其名者，非以爲奇，蓋量其材，一宜休也，揣其分，二宜休也。且耄而聵，三宜休也。而又少而惰，長而率，老而迂，是三者皆非救時之用，又宜休也。

儒家思想通常不贊成讀書人歸隱山林，尤其朝廷還需要你的時候。司空圖這時候「退居還有旨」，

㊻《司空表聖文集》，卷二，頁四—五。原日期爲天復癸亥秋七月。

㊼《白氏長慶集》，見《四部叢刊》（臺北：商務印書館，一九六五），卷六一，頁三四三；《箋注陶淵明集》，李公漁編，上海商務印宋劉巾箱本（臺北：商務印書館，一九六四），卷五，頁五六。

必然會受到一些同僚之批評，上面陳述的幾項理由大概是一種解釋和反駁。

緊接上面所引的一段，司空圖說，有一天白日睡覺，夢中遇到二位僧人，其中一位闍頑向他說了一段話，他的勸告是促使司空圖下定決心拋棄烏紗帽：

尚慮多難，不能自信。旣而晝寢，遇二僧，其名皆上方刻石者也。其一曰闍頑謂吾曰：「吾嘗為汝之師也，汝昔矯於道，銳而不固，為利欲之所拘。幸悟而悔，將復從我於是谿耳。且汝雖退，亦嘗為匪人之所嫉，宜以耐辱自警，遮保其終，始與靖節醉吟，第其品級於千載之下，復何求哉？」

闍頑僧人責備司空圖「昔矯於道，銳而不固，爲利欲之所拘」，使我們想起他在公元八八四年所寫的〈迎修十會齋文〉。在那篇懺悔錄中，他雖再三怪自己「未省歸心」，要求自己「身後林泉，生生自適」。可是二十多年來，他又多次奉旨上長安做大官。

司空圖接納闍頑僧人之勸告，取號耐辱居士。〈休休亭記〉最後一段這樣寫道：

因為耐辱居士歌，題於亭之東北楹。自開成丁巳歲七月距今，以是歲是月作是謌，亦樂天作傳之年。六七矣，休休乎，且又殁，而可以自任者，不增愧負於國家矣。復何求哉？天復癸亥秋七月二日耐辱居士司空圖記。㊽

㊽ 在《全唐文》，日期是「天復癸亥秋七月二七日」（九〇三年八月二三日），見《欽定全唐文》（臺北：滙文出版社，一九六一），卷八〇七，頁一六（一〇七〇〇）。

這首〈耐辱居士歌〉，目前收集於司空圖的詩集及文集中㊾：

咄，諾，休休休，莫莫莫。
伎倆雖多，性靈惡。賴是長教閑處著。
休休休，莫莫莫。
一局棊，一爐藥，天意時情可料度。
白日偏催快活人，黃金難買堪騎鶴。
若曰：「爾何能？」答曰：「耐辱莫。」

從這兩篇作品中，我們明白司空圖的苦衷：他要向世人說服，那是社會不能容納他，他才脫離社會，自我放逐。派系鬪爭所帶來的災禍是可想而知的，爲了免遭殺身之禍，他只好埋名隱居山林。從知非子過渡到耐辱居士，是司空圖決心保持晚節的表示。耐辱居士這外號說明他能接受一切辱罵批評，只要能維持自己的淸高。

在〈休休亭記〉中，司空圖雖然提到白居易，對他的詩與詩論，評價不高。在〈與王駕評詩書〉中，他說：「元、白力勍而氣孱，乃都市豪估耳。」司空圖覺得元白詩看來似乎強勁有力，其實像大富翁和做買賣的商人一樣淺俗。當司空圖七十歲時，他在一首詩中以白居易和自己相

註㊾：《司空表聖詩集》，卷七〇四，頁四；《司空表聖文集》，卷二，頁五。

比㊿：

不似香山白居士，
晚將心地著禪魔。

白居易在〈醉吟先生傳〉中承認晚年醉心於佛教。他六十歲，就開始勤研佛經，在他最後十年，傾家蕩產的鑄造佛像和抄刻佛經(51)。司空圖在上引詩句中，似有諷刺白居易走火入魔之意味。其實司空圖初隱王官谷，也曾一度獻身佛教，並且雕佛像和建造覽照與瑩心二亭獻給佛家子弟作爲棲身之所。

在古代詩人中，司空圖特別欣賞陶淵明。在他的詩歌中，陶淵明的名字出現過六次(52)。他特別欣賞陶淵明不爲五斗米折腰，不同流合污的高傲態度，甚至他近似怪誕的行爲。菊花意象在陶詩中開得特別茂盛，也成爲陶詩的特徵之一。大概受了陶詩的影響，司空圖詩中以菊爲題者就不

㊿ 〈修史亭三首〉，《司空表聖詩集》，卷七〇七，頁九。

(51) Arthur Waley, *The Life and Times of Po Chu-i* (London: George Allen and Unwin, 1949), pp. 195-215.

(52) 包括這些詩：〈書懷〉、〈雨中〉、〈楊柳枝二首〉、〈歌者〉（第六及一二首）、〈白菊三首〉，見《司空表聖詩集》，卷七〇四，頁一二，卷七〇七，頁五；卷七〇八，頁三、四、八。

少[53]。其他詩中用菊花作主要意象者，也有十五首之多[54]。在這些詩中，菊花也是代表高潔、孤芳自賞的象徵。請看下面句子中的菊花：

籬菊亂來成爛熳（〈重陽山居〉）

簷前減燕菊添芳（〈重陽四首〉之一）

螢出疏籬菊正芳（〈憶中條〉）

菊花愛生長在偏僻的山邊，戰火中，它開得更燦爛，富人家沒落，它開得更芬芳。因此菊花往往愛生長在對名譽淡泊的人家的門前門後，它已變成淡泊人生的化身。

七、不料偷生作老人

朱溫把昭宗皇帝從李茂貞手中搶過來後，護送回長安宮中，從此唐朝皇帝大權旁落，淪爲節度使朱溫之傀儡。可是到了公元九〇四年，長安京城之西北有李克用之威脅，西南方有王建之圍攻，於是朱溫爲了實現梁朝之野心，立刻將昭宗迫遷到洛陽，這是唐朝正式滅亡的開始。當時與

[53] 〈華下對菊〉、〈白菊三首〉、〈白菊雜書四首〉，見〈司空表聖詩集〉，卷七〇八，頁八—九。

[54] 〈五十〉、〈重陽山居〉、〈喜王駕小儀重陽相訪〉、〈重陽〉、〈狂題二首〉、〈憶中條〉、〈雨中〉、〈重陽四首〉、〈重陽阻雨〉，以上見《司空表聖詩集》；另外〈燈花三首〉、〈乙巳歲……〉、〈重陽山居〉，見《全唐詩》。

朱溫對抗之節度使紛紛聯合起來，期搶救昭宗回長安。朱溫唯恐昭宗被救，索性將他殺害，扶持年紀僅有十二歲的昭宣爲皇帝55。這件事過後不久，司空圖寫了一首〈乙丑人日〉，從題目我們知道這是公元九〇五年二月十三日，全詩如下56：

自怪扶持七十身，歸來又見故鄉春。
今朝人日逢人喜，不料偷生作老人。

詩中所說「逢人喜」，大概是應酬的話，因爲昭宣剛登基不久。他今年應該只有六十九，他寫七十大概是爲字數和押韻的緣故。値得注意的「偷生」，是指他逃避現實，拒絕負責社會責任，躲在山林中過着閑適的日子。他所以如此，是因爲朱溫控制住皇帝，自己想建立梁朝時，經常殺害有節氣的宦官忠臣。《舊唐書》說：「昭宗遷洛，鼎欲歸梁，柳璨希賊陷害舊族。」司空圖過去當過幾朝高官，當然是「舊族」之一。《新唐書》也說：「遷洛陽，柳璨希賊臣意，誅天下才人。」57

---

55 《資治通鑑》，卷二六四，天祐一（九〇四），四月，頁八六三〇—八六三一；卷二六五，天祐一（九〇四），七月至八月，頁八六三四—八六三六；又見《舊唐書》，卷二〇，頁五一。

56 《司空表聖詩集》，卷七〇七，頁六，人日是正月七日，因此是公元九〇五年二月十三日。

57 《舊唐書》，卷一九〇，頁三六；《新唐書》，卷一九四，頁一一。柳璨陷害並殺除同僚之實例，可參看《資治通鑑》，卷二六四，天祐二，五至六月，頁八六四二—八六四三。

柳璨是河東縣人，也就是司空圖的虞鄉縣的隔鄰，兩縣在唐朝都屬河東道管轄。柳璨的家族出了不少名人，像大書法家柳公權（七七八——八六五）就是其中一人。柳璨家卻很窮，他小時就靠砍柴爲生，不過他發奮讀書，一九〇三年考上進士，第二年（卽九〇四年）就當上宰相，成爲朱溫的寵臣[58]。凡是他不喜歡的人，他便隨意加以不忠或叛臣之罪，加以殺害。他自己替朱溫陷害衆臣，結果他卻在公元九〇六年被朱溫以「賜自盡敕」方式殺害[59]。

爲了要害死司空圖，柳璨故意推薦他進宮擔任要職。而司空圖明白那是一個陰謀，只好將計就計，抱病上洛陽接旨。根據《舊唐書》，司空圖謁見皇上之日，故意「墮笏失儀」：

……詔圖入朝，圖懼見誅，力疾至洛陽，謁見之日，墮笏失儀，旨趣極野。璨知不可屈。[60]

司空圖最後被解除官職，放還故鄉，不過赦免他的詔令遣詞嚴厲的把他痛責一頓：

司空圖俊造登科，朱紫升籍。旣養高以傲代，類移山以釣名，心惟樂於漱流，任非專於祿食，匪夷匪惠，難居公正之朝，載省載思，當狥棲衡之志，可放還山。[61]

---

[58] 《資治通鑑》，卷二六四，天祐一（九〇四），一月，頁八六二四；《舊唐書》，卷一七九，頁二六。

[59] 《資治通鑑》，卷二六五，天祐二，一二月，頁八六五三—八六五六，另外〈柳璨賜自盡敕〉見《唐大詔令集》卷一二七，頁六八七，他被處死，原因是：謀求自己利，無辜殺害衆臣。

[60] 《舊唐書》，卷一九〇，頁三六；《資治通鑑》，卷二六五，天祐二，八月，頁八六四六。

[61] 《舊唐書》，卷一九〇，頁三六。

根據《唐詩紀事》記載，司空圖當時還呈上一書，請求歸老還鄉，去意堅決：

察臣本意，非為官榮，可驗衰羸，庶全名節。[62]

不過此信並沒收進任何版本的司空圖的文集中，故可靠性不高。柳璨上奏皇上彈劾司空圖之奏摺，在《全唐文》中卻有一篇，題名〈請黜司空圖李敬義奏〉，署名柳璨，內容相似，雖然被告狀的人還有李敬義，文字措辭與新舊唐書所用者稍有出入，雖然如此，相信就是上奏朝廷的原來奏文：

近年浮薄相扇，趨競成風，乃有臥軒冕，視王爵如土梗者。司空圖李敬義三度除官，養望不至，咸宜屏黜，以勸事君者[63]。

由此可見，卽使上述事件不是因爲這篇奏文彈劾之結果，柳璨在破壞和陷害司空圖的事件上，應該扮演着很重要的角色。

根據司馬光的《資治通鑑》，上述事件發生在公元九〇五年九月十日。司空圖在〈壽星集述〉一文中說，他在公元九〇五年九月六日（天祐乙丑歲八月五日）路過一僧閣。同月十五日（卽乙丑歲八月十四日），他到洛陽上朝。在另一篇寫廬屋的碑文中，司空圖也提到他在這一年的

---

[62] 計有功，《唐詩紀事》（上海：中華書局，一九六五），卷六三，頁九四七。

[63] 董誥等編，《欽定全唐文》，一八一四年嘉慶刻本，卷一七（臺北：滙文出版社，一九六一），卷八三〇，頁三〇。

九月曾到洛陽謁見皇上㉞。在〈壽星集述〉中㉟，司空圖似乎爲自己辯護說，他無意學巢父或許由，他要退居山林，自耕自食，因爲年老多病：

> 若某者孤立多虞，衰年謝病，因耕巖而自給，非欲販山，知在木而無堪，便當爲神，莫敢張皇邱壑，擬議巢由……。

緊接着這一段文字，司空圖說他上朝謁見，主要是向新登基的皇上謝恩，毫無重出山林之意：

> 今上喆御臨，元勳振服，英衷贊翹勤之旨，幽人荷旌賁之恩，雖云例追，亦謂優社，但已申拜闕，況逼懸車，冀修知難之規，免冒嚵崇之誚……。

八、虎暴荒居迥，螢孤黑夜深

逃脫柳璨的陷害，司空圖立刻回到虞鄉縣裏的王官谷，從公元九〇五年到公元九〇八年逝世時，他似乎再也沒有遠行。在以後的日子裏，司空圖的生活顯得更加孤獨寂寞。他在華山時，就在一首寫給盧中的詩中承認：「十年太華無知己，只得盧中兩首詩。」㊱公元八八七年正式歸隱王官谷，大興土木建造別墅，他也說「酣歌自適逃名久，不必門多長者車」，王官谷雖然曾一度

㉞〈唐故太子太師致仕盧公神道碑〉，《司空表聖文集》，卷五，頁六。

㉟《司空表聖文集》，卷一〇，頁一—二。

㊱《司空表聖詩集》，卷七〇八，頁一一。此詩殘缺，無題目，只存兩句。

成爲文人雅士之避難所，知己之朋友一向卻不多。因此司空圖常常把自己看作一位自我放逐，與世隔絕的幽人。

隔離、孤獨在司空圖的詩歌，是最常表現的主題，尤其是晚年所寫的。他常常在詩中把自己比作黑暗中的螢火蟲，枯萎凋零的菊花，垂死的蟬或乾枯水池中的魚。其中以孤獨象徵的螢火蟲最常出現。螢火蟲帶着自己身上的亮光在黑夜中飛翔，正像一個堅持高尚人格的人不願生活在腐敗的社會中，自我放逐到山林裏。請看下面幾首詩中螢火蟲的象徵[67]：

孤螢出荒池，落葉穿破屋。（〈秋思〉）

歲闌悲物我，同是冒霜螢。（〈有感〉）

虎暴荒居迥，螢孤黑夜深。（〈避亂〉）

夜深雨絶松堂靜，一點飛螢照寂寥。（〈贈日東鑑禪師〉）

荒池、破屋、歲闌、荒居、深夜都是司空圖生活的唐朝末年社會最好的比喻。晚唐政治腐敗、社會黑暗，是一個道德敗壞的時代。這裏所用的破屋使人想起卽將崩潰的唐代政權及社會，深夜是指政治之黑暗，社會道德之敗壞，歲末象徵一個朝代之結束。上引第三首詩中的暴虎，更是暴君和劣霸之化身。在一個這樣的時代裏，像司空圖這種品德高尚的人，以其道作爲生活之燈塔，寂

[67] 同上，卷七〇四，頁三；卷七〇五，頁五—六；卷七〇八，頁一。

寞的住在山林，豈不像荒野中之流螢？

《舊唐書》雖然說，司空圖退隱王官谷後，「日與名僧高士遊詠其中」，其實這些都是交遊不深的朋友，大概只因他是幾朝大臣，許多人路過中條山，與他應酬交際而已。唐末詩壇喜歡講流派，他卻不屬任何詩派。他與唐末重要詩人很少來往，一般唐末詩選也沒選錄他的作品。可見他來往的人，多是官場中善道的人士而已。

所以司空圖的內心，一直是孤寂的。

九、布衣鳩杖出，與野老同席

晚年在王官谷，司空圖的言論詭激不常，行爲也怪誕奇僻，生活也愈來愈富有傳奇性。譬如他喜歡用松枝作筆寫字，當僕人問他原因，他說山林野人應用樹枝當筆[68]。新舊唐書都說司空圖擺脫柳璨陷害後，一回到山林，便立刻準備後事，買好棺材，挖建一座墳墓，每逢特別的節日，就邀請朋友到墓洞裏寫詩喝酒。在墓中作樂，有些人感到渾身不舒服，面有難色。司空圖往往用古怪的話加以規勸。根據《舊唐書》，司空圖常這樣開解有恐懼感的賓客：

---

[68] 《虞鄉縣志》，卷一〇，頁四三；《蒲州府志》，卷二四，頁八，兩地方志都說這是根據《汗漫錄》的記載。

達人大觀，幽顯一致，非止暫遊此中。公何不廣哉？69

君何不廣邪？生死一致，吾寧暫游此中哉。70

《新唐書》則說：

司空圖的墓陵應該很寬大堂皇，要不然不可能在墓室中聚會作樂。在北宋時（九六〇——一一二六），有人在一〇五六年在王官谷看見這座墓陵，據說它的位置就在中條山天柱峯的山腳下71。在《虞鄉縣志》，也有二則關於司空圖的墓園的記載：墓地在虞鄉南十華里之處，曾幾次被泥沙埋沒，少有人知道，歷代皆有人想法挽救這座墓陵，希望不會被湮沒72。

關於他在王官谷最後幾年的生活，我們知道的不多，即使有，也太過富於傳奇性，可靠性頗有問題。其中一些還可信者，包括他穿上布衣，與老百姓來往的趣事。《舊唐書》說：

圖布衣鳩杖出，則以女家人鸞臺自隨。歲時村社，雩祭祠禱，鼓舞會集，圖必造之，與野老同席，曾無傲色。73

---

69 《舊唐書》，卷一九〇，頁三七。

70 《新唐書》，卷一九四，頁一一。

71 周景柱等編，《蒲州府志》，清乾隆二〇年刋本（臺北：學生書局，一九六八），卷一八，頁三九。

72 《虞鄉縣志》，卷八，頁三四及三七，又參見註87。

73 《舊唐書》，卷一九〇，頁三七。

《新唐書》也說：

> 每歲時，祠禱鼓舞，圖與呂里耆老相樂[74]。

在古代，服裝之更換，代表一個人的社會地位及他要扮演的社會角色之改變。本文前面，已說過他將王重榮父子贈送的數千匹絹，置放在虞鄉市大街上，任過路人領取。

根據虞鄉地方傳說，司空圖的休休亭附近有一小河，它穿梭流過許多稻田人家，因此成爲灌溉農作物之唯一水源。司空圖創造一個灌溉系統，公平的將河水分配給每一戶人家，這個系統叫做「一分水」，每戶人家的土地只能根據指定的時間分配到應有的河水。後來這個灌溉方法廣泛的被後人所採用，一直到清朝末年，在王官谷附近還有一百多個這種灌溉系統[75]。爲了紀念司空圖的發明，鄉人在當年他工作的地上建築一間東渠亭，以表感激[76]。

十、聞昭宣帝遇害，不懌而疾

公元九〇七年朱溫篡位，自封爲梁太祖[77]。唐代最後一位皇帝昭宣遜位後被送去曹州，立爲

---

[74] 《新唐書》，卷一九四，頁一二。

[75] 《蒲州府志》，卷二，頁三四；《虞鄉縣志》，卷二，頁四四—四五。

[76] 《虞鄉縣志》，卷八，頁二八—二九；《蒲州府志》，卷三二，頁三一。

[77] 《資治通鑑》，卷二六六，開平元年（九〇七），二月至四月，頁八六六九—八六七四。

濟陰王，事實上已被軟禁起來[78]。司空圖又被宣詔到洛陽，授予禮部尚書，雖然這是他一生中最高之官銜，他卻一口拒絕了[79]。第二年（九〇八），已經遜位的昭宣帝被朱溫毒死，根據《舊唐書》，司空圖聽到這消息幾天之後就逝世了：

> 唐祚亡之日，聞輝王遇弒於濟，不懌而疾，數日卒。時年七十二。[79]

《新唐書》也說他的死與昭宣帝被害有關：

> 哀帝弒，圖聞，不食而卒。年七十二。[80]

到底司空圖因何而死？「不懌而疾，數日卒」並沒有肯定他的死與昭宣帝有太直接的關係。他的不快樂，可能因爲國家社會動亂所引起。王鳴盛因此只說他是病死[81]。《新唐書》卻故意將它與昭宣之死更密切的聯繫起來，似乎說司空圖聽到皇帝被殺害，罷食而死，表示他始終不渝的效忠於唐朝。雖然司空圖與那位十七歲之皇帝不可能有感情，這種臣爲君而死的解釋很容易的被後代學者所接受。日本學者澤田總清甚至誇張的說，「他聽見哀帝遇弒，不食，扼腕，嘔血數升

---

[78]《資治通鑑》，卷二六六，開平元年（九〇七），四月，頁八六七四。

[79]《舊唐書》，卷一九〇，頁三七—三八。

[80]《新唐書》，卷一九四，頁一二。

[81]王鳴盛，《十七史商榷》（太原王氏校刋，一八八〇），卷九二，頁一四。

而死。」[82]

昭宣帝在公元九〇八年五月二六日被毒死，而司空圖在數日後逝世。因此他應該死於公元九〇八年五月底，享年七十二。新舊唐書有關這方面之記載是正確的，爲多數學者所接受，只有少數幾個學者不同意，譬如王禹偁說司空圖八十多歲，不過他拿不出證據支持這種說法的正確性[83]。司空圖應該有結婚，而且家庭生活很美滿，因爲他在〈迎修十會齋文〉中「門戶粗成」，在〈山居記〉中也說：「猶幸處於鄉里，不侵不侮，處於山林，物無天伐，亦足少庇子孫。」不過《舊唐書》說他無子，後來以外甥荷作他的後嗣，這位兒子曾任永州刺史。他因爲沒有兒子，曾被御史彈劾，不過昭宗皇帝並沒有責罰他[84]。

錢易在一〇一六年寫《南部新書》時，還說王官谷「至今子孫猶存爲司空之莊耳」[85]。大約四十年後，樂沆在北宋末年出任虞鄉縣令，他曾尋訪王官谷遺址，在一九五六年曾寫《司空先生隱居記》。根據他的報告，那時司空圖之後代已不再住在那裏，王官谷的別業也被遺棄很久了，他在遺址上造亭紀念：

---

[82] 《中國韻文史》，王鶴儀（臺北：商務印書館，一九六五），頁三一八。
[83] 《五代史闕聞》，見《五代史補》，陶岳編，（廣州：成文堂，無出版日期）。
[84] 《舊唐書》，卷一九〇，頁三八。
[85] 錢易，《南部新書》，學津討源刊本（臺北：藝文印書館，無重印日期），頁一五—一六。

距虞鄉東十里，乃王官谷，唐司空先生隱居在焉。……晚年布衣鳩杖，從幽人野叟之遊，自稱耐辱居士，保全令名，終老巖石，時移代變，子孫不復守舊業，往往分籍於民間。有墓俯天柱峯下。世傳昔之休休亭，蓬蒿蒙翳，士人惜之。今穎州防禦使，彭城錢公，治浦之二年，沆補乏，下邑問以職事，有請於府，公曰：吾境數百里，昔賢之迹甚衆，無如司空之高，遺址尚存，子其留意，會邑有羨材，即因故地構亭而廣之，又標榜刻記於上，別書其後，告來者，以無廢取材以堅，不以實命工以質，不以華追山林獨佳之趣，亦先生之志也。至和三年二月十五日。

在明代王官谷尚有遺迹保存，到了清代，根據《蒲州府志》，整個別墅已蕩然無存了[86]。杜黎均在一九八八年出版的《二十四詩品譯註評析》一書中說，山西省永濟縣文化局博物館的一位裴潔館員，爲他拍攝了中條山王官谷「現在僅存的司空圖休休亭的珍貴照片」。作者把「司空圖所建休休亭」及「山西永濟縣王官谷雙瀑」兩張照片印在目錄之前，這是至目前爲止，唯一發表的實地拍攝有關司空圖隱居處之照片[87]。

[86] 《蒲州府志》，卷一八，頁三九，又見卷三，頁一六。

[87] 杜黎均，《二十四詩品譯註評析》（北京：北京出版社，一九八八），頁二八七。

第四章　司空圖隱居華山生活考

一、天下艱難際，全家入華山

公元八八六年，各地節度使互相火拼，而且爭著奪取僖宗皇帝以令天下，結果逼使朝廷宦官大臣挾持皇帝避難於寶鷄。第二年，局勢稍爲平定，皇帝起駕回長安皇宮。後來又因爲內宮受戰爭破壞，需要整修，皇帝暫時在鳳翔設立行宮達一年之久❶。僖宗皇帝在公元八八八年回抵長安皇宮，但第二個月就病逝了❷，他的弟弟昭宗繼承皇位（八八八—九〇四）。公元八八九年，司空圖又被詔令回朝廷擔任中書舍人，其實就是恢復他以前的官位。司空圖雖然立刻去長安接旨謝恩，

❶ 司馬光，《資治通鑑》，附胡三省考異及註釋（北京：中華書局，一九五六），卷二五六，光啓二年（八八六）十二月，及光啓三年三月壬辰，頁八三四一、八三四五。

❷ 同上，卷二五七，文德元年（八八八），二月己丑及三月癸卯，頁八三七四、八三七六。

但馬上以生病爲理由辭官不做❸。他在〈說魚〉那篇文章中這一段文字似乎是指這件事：「前年捧詔西上，復移疾華下。」❹另有一詩大概也是關於接受皇上聖旨後又辭職的事，其中兩句說：

> 多病形容五十三，誰憐借笏趁朝參。❺

由此可知司空圖毫無做官的念頭，上朝去接旨，主要表示對新登極皇帝之敬禮。

辭官之後，司空圖沒有回去中條山中的王官谷，卻到華山隱居起來，而且前後一共住了十多年。這一段生活，古今資料都沒有清楚的記載，雖然《舊唐書》有「河北亂，乃寓居華陰」之語❻。一般人都不知道他在華山下住了這麼久，而且也沒注意到這時期正是司空圖社會聲望最高，寫作成就最大的年代。

從他的作品來看，司空圖這時候隱居之地，應該是在華山地區。由於華陰距離華山才六公

---

❸「龍紀初，復召拜舍人」，劉昫等，《舊唐書》，武英殿刊本，第二二—四册二十五史（臺北：藝文印書館，一九六五），卷一九〇，頁三六；「龍紀初，復召拜舊官」，歐陽修等《新唐書》，武英殿刊本，第二五—七册二十五史（臺北：藝文印書館，一九六五），卷一九四，頁一一。

❹〈說魚〉，《司空表聖文集》，上海涵芬樓藏舊鈔本，《四部叢刊》（上海：商務印書館，一九一九），卷四，頁六，此文沒寫作日期，據本人推斷，大概作於八九一年。

❺〈華下乞歸〉，《司空表聖詩集》，唐音統籤刊本，《四部叢刊》（上海：商務印書館，一九一九），卷七〇八，頁一一，此詩殘缺，只存二句。

❻《舊唐書》，卷一九〇，頁三六。

里，所以《舊唐書》又稱它爲華陰。華山距離長安五十公里，虞鄉距長安則有一百多公里。住在華山地區的人，對京城緊張的生活及政治風暴保持一段安全的距離，但與文化活動和京城的訊息，又可以維持聯繫，因爲有這些好處，當時的文人，特別喜歡住在華山。在唐代，華山已變成文化與知識份子之聚集中心，更是授徒習業之要地⑦。司空圖在公元八八七退隱王官谷之後，要在文學上努力，住在文風興盛的華山，對他當然可以有極大的激發作用，由此可見，他選擇退隱華山，一點也不奇怪。

司空圖至少在好幾篇不同的詩文中，都有提到他曾寓居華山。除了上面引述的〈說魚〉，在下面幾首詩中，都曾提到客居華山之事⑧！

十年逃難別雲林，暫輟狂歌且聽琴。（〈歌者十二首〉之五）。

十年深隱地，一雨太平心。（〈卽事九首〉之二）。

十年華山無知己，只得虛中兩首詩。（詩殘缺，無題目）。

另外〈休休停記〉中也有這樣二段⑨：

---

⑦ 嚴耕望，〈唐人習業山林寺院之風尙〉，《唐史研究叢稿》（香港：新亞研究所，一九六九），頁三六七－四二四。

⑧ 《司空表聖詩集》，卷七六五，頁一；卷七〇八，頁三、一一。

⑨ 《司空表聖文集》卷二，頁四－五。

> 愚竄避踰紀，天復癸亥歲（九〇三），蒲稔人安，旣歸，葺於壞垣之中……。

詩中所說「十年」，當然只是一個大概數目，因爲寫詩受到字數或韻律之限制，不可能準確地說明數目字。〈休休亭記〉中有「踰紀」，表示超過十二年。我們大致上可以確定，司空圖在公元八八九年先「奉詔西上」，然後「移疾華下」，一直到天復癸亥年（九〇三）才回到虞鄉，因此前後一共在華下住了長達約十二、三年，因爲公元九〇二年司空圖離開華下後，曾去鄖縣住了一年才回鄉。所以「踰紀」是正確可靠的⑩。

中條山王官谷曾一度被稱爲戰亂時期文人的庇護所，爲什麼司空圖卻要退隱華下？除了上述的人文薈萃的環境外，《舊唐書》所說「河北亂」是更重要的原因。當時，河東節度史李克用和節度使朱溫正處於水火不相容的混戰階段，互相傾全兵力爭奪黃河以北之地區⑪。接着王重盈在公元八九五年逝世，他的節度使繼承權又引起一場大動亂⑫。而司空圖的王官谷別業，正是處於戰

---

⑩ 錢易，《南部新書》（上海：中華書局，一九五八），辛，九七頁有一條說「司空侍郎，舊隱三峯。天祐（九〇四—六）末，移居中條山王官谷……」，其實「天祐末」應作天祐中比較正確。

⑪ Wang Gung-wu, *The Structure of Power in North China During the Five Dynasties* (Kuala Lumpur: University of Malaya Press, 1963) ,pp. 7-46.

⑫ 《資治通鑑》，卷二六〇，乾寧二年（八九五），一月壬申，二月及五月，頁八四六三、八四六五及八四六九。

火之中心，因此他用「竄避」、「逃難」等字眼來形容移居華下。詩僧齊己曾寫〈寄華山司空圖〉，詩中也說他「天下艱難際，全家入華山」：

天下艱難際，全家入華山。
幾勞丹詔問，空見使臣還。
瀑布寒吹夢，蓮峰翠濕關。
兵戈阻相訪，身老瘴雲間。⑬

司空圖住在華陰縣時，那地區當時是屬於節度使韓建的重兵所控制。雖然韓建也被李克用等大將所圍攻，這地區的局勢還算安定，韓建曾一度讓受軍閥威脅的皇帝前來華陰縣避難⑭。雖然獲得一時的和平和安寧，他在寓居華陰時，還是時時忘不了故鄉，如果沒有戰爭，他一定會急着回去。在〈僧舍貽友〉中，他說「舊山歸有阻」，其中四句如下⑮：

竹上題幽夢，溪邊約敵棋。
舊山歸有阻，不是故遲遲。

---

⑬ 彭定求等，《全唐詩》（北京：中華書局，一九六〇），卷八四〇，頁九四八二。

⑭ Wang Gung-Wu, *The Structure of Power in North China During the Five Dynasties*, pp. 40-41。

⑮ 《司空表聖詩集》，卷七〇四，頁八。

他時常感到自己無可奈何的被放逐到異鄉。就如下面這首詩所表現的⑯：

草堂舊隱猶招我，煙閣英才不見君。
惆悵故山歸未得，酒狂叫斷暮天雲。

在上面引述的齊己〈寄華山司空圖〉詩中，他說司空圖「全家入華山」，裏面又有「瀑布寒吹夢，蓮峰翠濕關」等句，顯示出司空圖是住在華山的山林裏，不是華陰縣城裏。司空圖寫華山生活的詩，背景多是山野。他有一首〈華下送文涓（或作文浦）〉的詩有「郊居謝名利」⑰，還有很多詩都有住在山中之暗示，像〈蓮峯前軒〉詩題及〈雨中〉詩句「簷外蓮峯階下菊」，其中蓮峯，很顯然是指華山西嶽的蓮花峯，既然簷外看去就是西嶽，他當時應是寓居山中⑰。《錢易南部新書》說「司空侍郎，舊隱三峯」⑱也是證明司空圖當時住在華山中。

二、國史數行猶有志，只將談笑繼熒塵

我在前面說過，住在太華山的文人，特別是那些朝廷舊臣，通常都與當今朝中大臣互通訊

⑯〈狂題二首〉，《司空表聖詩集》，卷七〇六，頁五。
⑰《司空表聖文集》，卷七〇四，頁一〇；卷七〇七，頁四及五。
⑱《南部新書》，辛，頁九七。

息，維持藕斷絲連的關係。我發現司空圖也如此。他移居華山不久，接受委任修撰國史的工作。《唐詩紀事》〈顧雲傳〉說：

> 宰相杜某（杜讓能），奏雲（顧雲）與盧知猷、陸希聲、錢珝、馮渥、司空圖等，分修宣、懿、德三朝實錄，皆一時之選也。書成，加虞部外郎。乾寧（八九四——九七）初卒。⑲

唐代雖有史館，但史官無常員，如有修撰工作，則由宰相監修，計劃完成後，即解散，通常編寫人員由宰相委任各官員兼任。《唐摭言》又說「雲（顧雲）大順（八九〇—九一）中，制同羊昭業等十人修史」⑳。杜讓能在公元八九〇至八九一年間出任宰相㉑，而大順只有二年之久，即公元八九〇至八九一年間，可見司空圖修史工作應該在這兩年間。

司空圖早在公元八八七年與建王官谷別業時，曾以修史亭命名來紀念他修史的職位，我曾經說過，司空圖曾爲河中節度使王重榮兄弟寫過四篇碑文，其中〈解縣新城碑〉司空圖說明是「奉勅撰」㉒。另外〈太尉瑯琊王公河中生祠碑〉是爲河中節度使王重盈生祠碑在八九二年建好後寫

⑲ 計有功，《唐詩紀事》二冊（上海：中華書局，一九六五），卷六七，頁一〇一二。

⑳ 王定保，《唐摭言》（上海：古典文學出版社，一九五六），頁一三九。

㉑ 《資治通鑑》，卷二五八，大順元年（八九〇），四月乙丑之後，頁八三九六，及卷二五六，景福元年（八九二），二月，戊寅之後，八二四五。

㉒ 《司空表聖文集》，卷六，頁一五—二〇。

的，司空圖也說明是奉聖旨撰寫㉓。可見司空圖修史工作，已開始很久，而且大業以後還經常接受修史之工作，也就是公元八九一以後還有作品目前是可以肯定的，他寓居華陰時寫的有〈太尉瑯琊王公河中生祠碑〉（八九二）、〈華帥許國公德政碑〉（八九四）及〈列婦傳〉（只肯定寓居華陰期，年代不詳），其中華帥（韓建）那篇是皇帝下詔請他寫的。在一首題爲〈商山〉之詩中，他承認對修史有興趣：

清溪一路照羸身，不似雲臺畫像人。

國史數行猶有志，只將談笑繼熒塵。㉔

在〈狂題十八首〉之九，他說自己是「地下修文著作郎」：

地下修文著作郎，生前饑處倒空牆。

何如神爽騎星去，猶自研幾助玉皇。㉕

著作郎在唐代屬秘書省的五品官，掌撰碑誌、祝文、祭文等工作。司空圖隱居華山而又經常受皇帝之請從事撰寫碑文，因此自嘲爲「地下修文著作郎」。

當他住在華山時，徐夤（大約八六五年生）有一首〈寄華山司空侍郎〉詩中，也提到他撰寫國史的工作：

㉓ 同上，卷六，頁一〇一一四。

㉔ 〈商山〉二首之一，《司空表聖詩集》，卷七〇七，頁四。

清論盡應書國史，靜籌皆可息邊峰。
風霜落滿千林木，不近青青澗底松。㉖

司空圖實際參予修史工作及其貢獻，現在都無法考證，上述提到的宣宗、懿宗及僖宗三位皇帝之《實錄》原本已遺失，目前只知道宋代人編寫《新唐書》，有採用司空圖所撰史料之證據。我發現司空圖所寫〈烈婦傳〉㉗，就被《新唐書》所錄用，連文字也只作輕微更動㉘。請比較下面這兩篇關於朝邑令畢某之妻竇氏之傳。（見圖六、圖七）

司空圖在傳後說，他是住在「渭濱」（即渭水之濱）時從里中梁生口中聽來的故事。當時這位姓梁的鄰居這樣勸他：

生言操史牘者，苟當和平，紀王庭琛瑞之美，誠幸矣。然傑異之操化，導宗族里閭，俾男必為貞夫，女必為烈婦，是有國有家皆賴之，豈徒炫於視聽哉？遇以為知言，乃著其事。免貽史氏愧矣。㉙

㉕ 彭定求等人編，《全唐詩》（北京：中華書局，一九六〇），卷六三四，頁七二七三。
㉖ 〈寄華山司空侍郎二首〉之一，後四句，《全唐詩》，卷七〇九，頁八一六七。
㉗ 《司空表聖文集》，卷四，頁五。
㉘ 《新唐書》卷二〇六，頁一三。
㉙ 《司空表聖文集》，卷四，頁五。

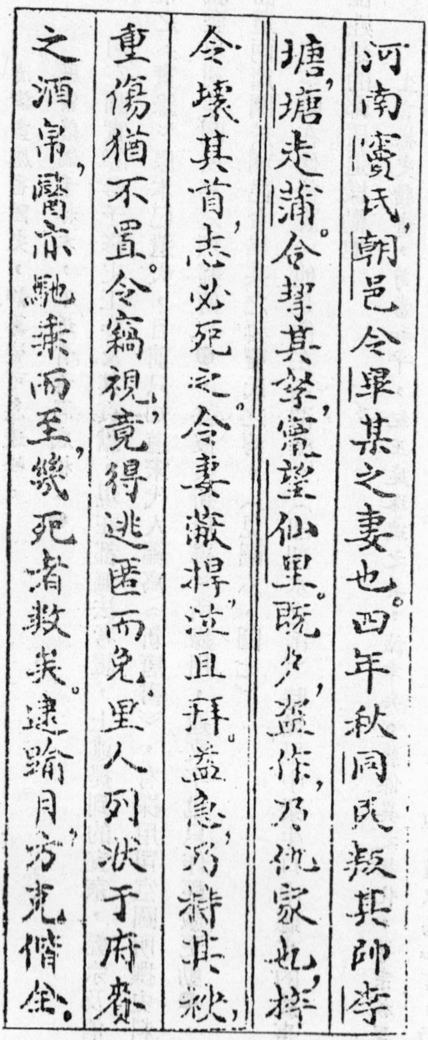
河南竇氏，朝邑令畢某之妻也。四年秋同州叛，其帥李
瑭，瑭走蒲。令挈其孥竄望仙里。既夕盜作，乃仇家也，擒
令壞其首，志必死之。令妻敝捍，泣且拜。盜急，將持其袂，
重傷猶不置。令竊視，竟得逃匿而免。里人列狀于府，賚
之酒帛，醫亦馳來而至，幾死者數矣。逮踰月方克備全。

圖七　司空圖<烈婦傳>

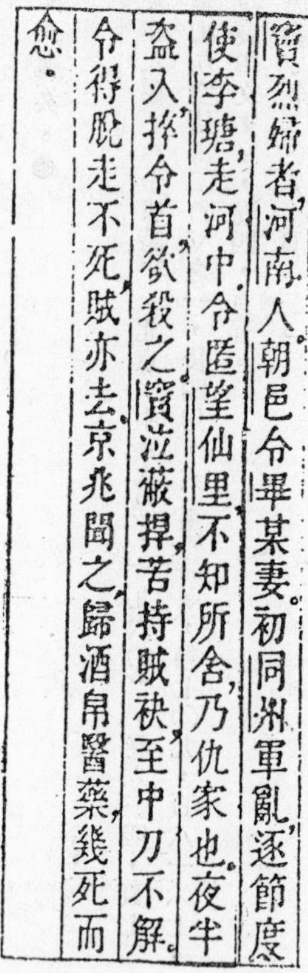
竇烈婦者，河南人，朝邑令畢某妻。初同州軍亂，逐節度
使李瑭，瑭走河中。令匿望仙里，不知所舍，乃仇家也。夜半
盜入，捽令首欲殺之。竇泣蔽捍，苦持賊袂，至中刀不解。
令得脫走不死，賊亦去。京兆聞之，歸酒帛醫藥，幾死而
愈。

圖六　《新唐書》之<烈婦傳>

朝邑縣在華陰縣之鄰，既說住在渭水之濱，可知司空圖這時正住在華山。而這位鄰居也知道他是「操史牘者」的一位「史氏」。

在現存的司空圖文集中，有好幾篇傳記文章是關於王凝的生平事跡，其中包括〈紀恩門王公凝遺事〉、〈太原王公同州修堰記〉及〈故宣州觀察使檢校禮部王公行狀〉等篇。細讀《新唐書》〈王凝傳〉，很顯然的，它是以司空圖所寫王凝的傳記為基礎而撰寫，試比較下面〈王公行狀〉㉚與《新唐書》〈王凝傳〉㉛雷同的文字：

〈王公行狀〉	《新唐書》
主吏驟更破產而不給……	吏破產不能給……
又治賦羨銀，例皆摧估以優俸……	而州有治賦羨銀，常摧直以優吏奉……
賊黨……屠至德。	王仙芝之黨屠至德。
公命強弩據采石。	凝以彊弩拒采石。
明年兇渠復大入，而都將王涓亦自永陽赴敵公宴……	明年賊大至，都將王涓自永陽赴敵，凝大宴……
公曰：東南國用所資，宣為其屏，吾遽規脫禍，則一方尚何賴哉？誓與此城相存亡矣。勿復為言。	凝曰：東南國用所出，而宣為大府，吾規脫禍可矣，顧一方何賴哉？誓與城亡，勿復言。

㉚《司空表聖文集》，卷七，頁一－六。

㉛《新唐書》，卷一四三，頁一四－一五。

《北夢瑣言》說司空圖曾撰寫李磎行狀，可是現存司空圖的文集中，這篇行狀已不存在㉜。《唐文拾遺》編者指出，《北夢瑣言》中所引李磎的傳記，爲司空圖原作之一部份。這篇傳又與新舊唐書中李磎的傳很相似，因此很可能其來源也是根據司空圖所寫之傳改寫而成㉝。

三、金闕爭權競獻功，獨逃徵詔臥三峯

移居華山後，朝廷政治開始對司空圖有利。公元八九二年底或八九三年初㉞，司空圖又被委任爲諫議大夫，一個四品下的高官㉟，雖然這是極有權勢而又榮耀之職位，他拒絕接受。《舊唐

㉜ 李磎的傳記，見孫光憲《北夢瑣言》，雅雨堂藏書刋本（臺北：藝文印書館，一九六六），卷六，頁一一及卷七，頁五。

㉝ 陸心源，《唐文拾遺》第二冊（臺北：文海出版社，一九六二），卷三三，頁三—四。李磎在唐史之傳見《舊唐書》，卷二五七，頁七—八，《新唐書》，卷二四六，頁一二—一三。

㉞ 《舊唐書》說在景福（八九二—九三）中，見卷一九〇，頁三六，佐藤保曾指出，孟棨《本事詩》（作於八八六）已稱圖爲諫議大夫，因此該發生在更早，見〈唐代四詩話：本事詩〉，《中國文學研究》第四期（一九六六年十二月七日），頁一一—一九。

㉟ 唐代中書省有四位左諫議大夫，尙書省也有四位右諫議大夫。他們的職責是對宰相進言，作政治決策顧問。司空圖所授不知左還是右。

書》說，他不肯出山，因為朝廷無能，社會綱紀已被破壞：

> 時朝廷微弱，紀綱大壞，圖自深惟，出不如處，遂移疾不起。[36]

過了不久，他又授戶部侍郎，一個四品下的重要官職[37]，《舊唐書》認為這是乾寧（八九四—九七）中之事，但在〈華帥許國公德政碑〉裏，他在公元八九四年已自稱前戶部侍郎[38]，由此可見，最遲應該任命於乾寧元年（八九四）。像以前一樣，司空圖立刻上朝感恩致謝，然後要求回家[39]。

司空圖再三的堅持退隱，自然使他成為儒林高士，為當時詩人騷客所歌頌，例如徐夤把衆臣比作鷄羣，司空圖是鶴，朝廷是一張脆弱的蛛網，他是猛龍[40]：

> 金闕爭權競獻功，獨逃徵詔臥三峯。
> 鷄羣未必容於鶴，蛛網何繇捕得龍。

---

[36] 《舊唐書》，卷一九〇，頁三六。

[37] 戶部侍郎屬尚書省（綜理國務），掌戶口、土田、賦役、貢獻、婣婚、繼嗣等之事。

[38] 《司空表聖文集》，卷六，頁八—九。在〈華帥許國公德政碑〉，司空圖說：「乾寧元年，上御便殿，……翌日遂下詔前戶部侍郎司空圖條次所上……。」

[39] 《舊唐書》，卷一九〇，頁三六。《新唐書》也說事情發生於乾寧中，見卷一九四，頁一一。

[40] 〈寄華山司空侍郎二首〉之一的前四句，見《全唐詩》，卷七〇九，頁八一六六—八一六七。

可是對另一些嫉妒的人來說，就趁機惡言攻擊。以前柳璨曾誣陷過他，彈劾他「既養高以傲代，類移山以釣名」㊶，這次，根據《梁實錄》，司空圖不接受官位主要出於他和同僚之衝突與不和：

> 昭宗反正，以戶部侍郎徵，至京師，圖既負才慢世，謂己當為宰輔，時要惡之，稍抑其銳，圖憤憤謝病。㊷

王禹偁認爲這是他的仇人或政敵對他傲世恃才及高尚名聲之破壞㊸。其實以我研究司空圖之心得，他確是有點狂大，當然有時是出於天眞、不夠世故。〈與李生論詩書〉他承認「愚幼常自負，既久而愈覺缺然」㊹。他自己在〈上譙公書〉中說，近來被人指爲輕薄，不能以「恢然之量，待今賢傑」。他承認這種指責，不過替自己辯護，說那是因爲他「業久於山」，才如此不通人情世故㊺。在另一〈貽王進士書〉信裏，他說自己目前「守道」，而且在文學上頗有聲譽，因此爲

㊶《舊唐書》，卷一九〇，頁三六。關於柳璨誣害司空圖之事件，見筆者之考證：*Ssu-K'ung T'u: A Poet-Critic of the T'ang*, pp. 40-41.

㊷這段文字現存於王禹偁《五代史闕文》，饊花盦叢書刋本，陶岳編，《五代史補》（廣州：成文堂，沒出版年代），頁三。「昭宗反正」指巡幸石門（八九五年）事件，由此可見戶部侍郎授於乾寧中可能性很高。

㊸同上。

㊹《司空表聖文集》，卷二，頁一。

㊺《司空表聖文集》，卷一，頁七—九。

「競沾盧者之所仇嫉」㊻。因此別人對他的指責之後面原因是很複雜的。

公元八九五年，司空圖因華陰一帶有戰亂，曾到鄖縣住了一年㊼。第二年的春天，他回虞鄉去，目的是要看看王官谷別業在王珙和王珂爭奪王重盈留下的河東節度使的繼承權暴發的戰爭所遭到的破壞㊽。他發現不但所藏的佛道圖記等文獻共七千四百卷與書屏等珍藏被燒成灰燼，濯纓亭也只剩下一片瓦礫。他停留了一年，在第二年的農曆新年元旦就回到華陰。濯纓亭要等到公元九〇三年司空圖重歸故鄉後，才重建成休休亭㊾。王官谷遭戰爭之破壞，他在〈書屏記〉及〈休休亭記〉都有描述㊿。

公元八九七年，昭宗皇帝在節度使李茂貞之威脅下，到節度使韓建統治的華陰避難。昭宗竟在那裏停留二年(51)。因此八九七年司空圖又受詔爲兵部侍郎。這次他以「足疾」婉拒出任兵部尚

㊻ 同上，卷二，頁八。
㊼ 〈絕麟集述〉，《司空表聖文集》，卷四，頁一—二。
㊽ 《資治通鑑》，卷二六〇，乾寧二年，一月壬申及二月辛卯；五月及六月，頁八四六三、八四六五及八四六九—七一。
㊾ 〈滎陽族系記序〉，《司空表聖文集》，嘉業堂叢書，劉承幹編(上海：吳興劉氏嘉業堂，一九一八)，附錄，頁一五—一六，這篇序文日期是乾寧三年春正閏月二十八日，是爲鄭目〈滎陽族系記〉而作。
㊿ 《司空表聖文集》，卷二，頁四及卷三，頁七。
(51) 《資治通鑑》卷二六〇，乾寧三年（八九六），六至七月，頁八四八九—八四九一，昭宗在光化元年（八九八）八月日抵京城長安。

書[52]。〈丁巳元日〉那首詩是紀念這事而寫。他說親自去皇帝在華陰的行宮謝恩，並說「自乏匡時路，非法矯俗名」。他只計劃「移居荒藥圃，耗志在棋枰」[53]。

四、此身閒得易爲家，業是吟詩與看花

退居華下以後，司空圖更能全心全意的追求寫作、文學研究與田園生活。公元八八九至九〇三年這段時間，他寫了好幾篇文章，這是他潛心讀書的心得。八九九年，他寫了一系列討論《春秋》經文疑惑：〈疑經〉、〈疑經後述〉及〈復陳君後書〉[54]。〈書屏記〉也是作於這一年，他記述了被王官谷大火燒毀的徐浩之書法珍品：

今旅寓華下，於進士姚顗所居，獲覽書品及徐公評論，因感憤追述，貽信後學，且冀精於賞覽者，必將繼有詮次。[55]

---

[52]《舊唐書》，卷一九〇，頁三六。

[53]《全唐詩》，卷八八五，頁一〇〇〇〇，丁巳元日是公元八九七年二月六日。

[54]《司空表聖文集》，卷三，頁一—三。上列第二篇註明光化二年（八九九）作，第三篇說第一、二篇作於同年夏天，因此可肯定都是八九九年作。

[55]〈書屏記〉，《司空表聖文集》，卷三，頁七。

他父親司空輿生前要他好好珍藏這些書法，因爲這是「儒家之寶」，可是卻毁於他手中，因此感到萬分內疚。

司空圖承認來到華下之後，才獲得柳宗元（七七三—八一九）的詩歌作品，初讀〈題柳柳州集後〉之後，他大爲讚嘆：

今於華下，方得柳詩，味其深搜之致，亦深遠矣。56

他在這篇文章中又兼論韓愈（七六八—八二四）、皇浦湜、李白（六九九—七六二）、杜甫（七一二—七七〇）和張九齡（六七三—七四〇）等人的詩文風格。司空圖文中的見解獨特，譬如對韓愈的詩他說「其驅駕氣勢，若掀雷扶電，奔騰於天地之間，物狀奇變，不得不鼓舞而狥其呼吸也」57。雖然寥寥幾字，已把韓愈詩中藝術奧秘描繪出來。我想華山這時期的司空圖，一定日夜在研究探討詩歌藝術之原理，最後將整個所探討到的詩歌秘訣寫成《二十四詩品》。

在現存的詩歌中，有一些能確定是作於華山時期，這些詩多少也反映了司空圖這時候的生活。有一首〈華下送文涓〉（一作文浦），他說常和這位朋友論詩，結果使他的詩有所創新，而這首五言律詩，司空圖在〈與李生論詩書〉中也引作他的代表傑作之一：

郊居謝名利，何事最相親。

---

56 《司空表聖文集》，卷二，頁三。
57 同上。

漸與論詩久，皆知得句新。
川明虹照雨，樹密鳥銜人。
應念從今去，還來嶽下頻。[58]

另一組〈雜題九首〉詩[59]，其中第一首有「今日甘爲客」之句，讀來應爲華下之作。第五首也寫到與友人討論詩：

宴罷論詩久，亭高拜表頻。
岸香蕃舶月，洲色海煙春。

由此可見，探討詩藝，是他這時期最醉心的話題。

司空圖這時期的詩，一方面爲自我放逐而感到悲傷，但另一方面，又盡情享受世外桃源的生活，像這首〈僧舍貽友〉，「竹上題幽夢，溪邊約敵棋」是他的生活寫照：

笑破人間事，吾徒莫自欺。解吟僧亦俗，愛舞鶴終卑。
竹上題幽夢，溪邊約敵棋。舊山歸有阻，不是故遲遲。[60]

---

[58] 《司空表聖詩集》，卷七〇四，頁一〇。
[59] 同上，卷七〇五，頁五。
[60] 《司空表聖詩集》，卷七〇四，頁八。

這時候的朋友中，和尚與隱士佔了很大部分。剛才是〈僧舍貽友〉，另一首題名〈下方〉的詩，他又說「溪僧有深趣，書至又相邀」：

昏旦松軒下，怡然對一瓢。雨微吟思足，花落夢無聊。細事當棋遣，衰容喜鏡饒。溪僧有深趣，書至又相邀。61

在〈華下〉詩中，他說與達官貴人少來往後，僧侶更常來看他，包括中條山的僧人：

籜冠新帶步池塘，逸韻偏宜夏景長。扶起綠荷承早露，驚迴白鳥入殘陽。久無書去干時貴，時有僧來自故鄉。不用名山訪真訣，退休便是養生方。62

再看看別人眼中司空圖的當時生活和隱居形象。這些詩給人這樣非凡的印象：他是一位受人崇拜的隱者，一位「獨逃徵詔」的高人。上面曾引徐夤〈寄華山司空侍郎二首〉中之一首，司空圖被比作雞羣中之鶴，人羣中之龍。第二首說司空圖連皇帝的詔書也放着不拆，只顧寫詩望月：

非雲非鶴不從容，誰敢輕量傲世蹤。紫殿幾徵王佐業，青山未拆詔書封。閑吟每待秋空月，早起長先野寺鐘。前古負材多為國，滿懷經濟欲何從。63

徐夤還有另外一首，也題名〈寄華山司空侍郎〉將他列爲隱居山林之第一隱者：

61 同上，卷七〇四，頁七。〈下方〉二首之二。
62 同上，卷七〇四，頁一一。
63 《全唐詩》，卷七〇九，頁八一六六。

山掌林中第一人，鶴書時或問眠雲。莫言疏野全無事，明月清風肯放君。[64]

在詩僧尚顏和虛中的詩中，生活在華山的司空圖，甚至已是一位傳奇人物，尚顏說他寫僧史時換一枝筆，看道經時一定焚香，他還佩劍，作道家之打扮：

劍佩已深肩，茅為嶽面亭。詩猶少綺美，畫肯愛丹青。
換筆修僧史，焚香閱道經。相邀來未得，但想鶴儀形。[65]

虛中也有一詩描繪司空圖的道家形象：

逍遙短褐成，一劍動精靈。白晝夢仙島，清晨禮道經。
黍苗侵野徑，桑椹污閑庭。肯要為鄰者，西南太華青。[66]

不過虛中有時還是把他描繪成一位忠誠的朝廷舊臣，有時為了表示尊敬皇帝，特地披上朝衣，才敢拆閱御札：

門徑矽莎垂，往來投刺稀。有時開御札，特地掛朝衣。
嶽信僧傳去，仙香鶴帶歸。他年二南化，無復更衰微。[67]

---

[64] 同上，卷七一一，頁八一八九。
[65] 〈寄華陰司空侍郎〉，《全唐詩》，卷八四八，頁九五九九。
[66] 〈寄華山司空侍郎二首〉之二，《全唐詩》，卷八四八，頁九六〇六。
[67] 〈寄華山司空侍郎二首〉之一，《全唐詩》，卷八四八，頁九六〇六。

司空圖因為不滿朝廷微弱，藩鎮勢力強大，各地節度使互相火拼，遂退隱山林，修身守道。虛中由於特別仰慕司空圖，曾上華山拜訪。剛好司空圖外出，虛中歸去，寫了兩首詩以示仰慕之情。上面所引虛中之詩，可能為當時所作。司空圖讀後，大為激動，視為知音，並回贈一詩。現存「十年太華無知己（又作十年華嶽峯前住），只得虛中兩首詩」兩句之詩，相信就是原詩，可惜已經失傳㊽。

上引的詩歌，都把司空圖塑造成一個道士打扮，而且還佩劍外出奇人。據說他曾在一個雷雨之夜，得到一把寶劍，後來他常佩帶在身，因為它可以驅除鬼魂妖怪㊾。司空圖的詩中，曾有二首提到這把劍。一首是〈退棲〉，他把劍比作一個健壯的僕人，那時他住在中條山王官谷：

宦遊蕭索為無能，移住中條最上層。得劍乍如添健僕，亡書久似失良朋。

燕昭不是空憐馬，支遁何妨亦愛鷹。自此致身繩檢外，肯教世路日兢兢。⑩

㊽ 辛文房《唐才子傳》（上海中華書局，一九六五），頁一四七，所引之詩稍異「十年華嶽山前住，只得虛中一首詩」。根據《唐詩紀事》（卷七五，頁一〇八八），虛中從華山去中條山看司空圖，因此虛中的詩題變成〈寄中條司空侍郎〉，相信這是誤傳。

㊾ 《唐才子傳》，卷八，頁一四七。

⑩ 《司空表聖詩集》，卷七〇四，頁一一。

在〈郎事九首〉之二，他說「匣澀休看劍」，這時他大概生活在華山：

十年深隱地，一雨太平心，匣澀休看劍，窗明復上琴。71

上面所引用的詩歌，處處把司空圖當作一位德高望重之文人隱士來歌頌。他是政治混亂，道德敗壞時的一位守道頗固的高人。可是這些詩的作者，都不是他的好友，只是崇拜者。除了虛中，他們的名字都沒有在他的詩文中出現過。其次司空圖道士打扮，和研究道經也值得注意。中國古代文人喜歡以服裝來表示他們在社會上所扮演之角色。因此掛冠而去隱居，他穿上道袍。他的作品處處有跡象顯示曾苦讀道經，不過他並沒有走火入魔，儘管煉丹和長生之術在詩中也有出現。在〈雜題九首〉之二，有「封藥偶和丹」之句：

樓帶猿吟迥，庭容鶴舞寬。

晚書因閱畫，封藥偶和丹。72

〈南至日〉有「求仙自躁非無藥」之句73。司空圖並沒有跟隱居的道士發生密切的關係，更沒有尋求道家的法術與修鍊。他和道家的關係純粹是文學上的啓發與靈感。他最感興趣的是道家出世觀，遠離混亂的塵世，潔身養性，重歸大自然的哲學。在研究他的家庭背景時，我曾指出，道家

71 同上，卷七〇五，頁一。

72 〈雜題九首〉之二，同上，卷七〇五，頁五。

73 同上，卷八八五，頁一〇〇〇一。

的訓言被他祖父拿來當作家庭的座右銘：

我祖銘座右，嘉謀貽厥孫。勤此苟不怠，令名日可存。

媒衒士所恥，慈儉道所尊。松柏豈不茂，桃李亦自繁。

衆人皆察察，而我獨昏昏。取訓於老氏，大辯欲訥言。㉔

在一首送道者的詩中，司空圖告訴他，他對道學之熱心，不是爲了點金術：

殷勤不為學燒金，道侶惟應識此心。雪裏千山訪君易，微微鹿迹入深林。㉕

有一首更早時候寫的詩，說明他對長生不老藥之懷疑：

閒身事少只題詩，五十今來覺陡衰。清秩偶叨非養望，丹方頻試更堪疑。

髭鬚强染三分折，弦管遙聽一半悲。漉酒有巾無黍釀，負他黃菊滿東籬。㉖

我在上面引用過〈華下〉一詩，司空圖已肯定隱士長生不老之方就是退休：

不用名山訪真訣，退休便是養生方。

此外司空圖在華山的隱居生活內容，可用〈閒夜二首〉中的二句來形容：

此身閒得易為家，業是吟詩與看花。

㉔〈自誡〉，同上，卷七〇四，頁三，大意出自《老子》，第二〇、四五及六七章。

㉕〈送道者二首〉之二，同上，卷七〇八，頁三。

㉖〈五十〉，同上，卷七〇四，頁一〇。

五、畸人乘眞，手把芙蓉。太華夜碧，人聞清鐘

司空圖絕大多數的著作都沒寫作日期，也無從考證，雖然如此，我們還是可以看出，他寓居華山時期是一生中著作最旺盛的年代，尤其日後使他在詩歌和文學批評上有地位的作品，很多都是這個時候的產品。以下這些文章都有註明日期或有資料可考證，可以確定這是華山時期（八八九—九〇三）所寫：

1. 說魚（八九一）
2. 太尉瑯琊王公河中生祠碑（八九二）
3. 華帥許國公德政碑（八九四）
4. 題滎陽族系記序（八九六）
5. 書屏記（八九九）
6. 疑經（八九九）
7. 疑經後述（八九九）
8. 復陳君後述（八九九）
9. 題柳柳州集後記（確實年份不詳）

10. 烈婦傳（八九七或稍後）

司空圖現存散文共有六十九篇，這十篇只佔其中一小部份，其他許多篇雖然沒有署明日期，從內容上看，很可能也是這時所寫，譬如關於王凝及其他人的傳記也是「修史」時所作⑰。

至於詩作，能考定年代者更多，下面就是這時期所作的詩：

以下五言絕句

1. 華下二首
2. 華下獨居
3. 華陰縣樓
4. 避亂
5. 雜題九首
6. 即事九首

以下七言絕句

7. 光化踏青有感

⑰〈閒夜二首〉之二首二句，從這二首內容看，可知此詩必是華山之作。《全唐詩》，卷六三三，頁七二六一。

8. 題裴晉公華嶽廟題名
9. 送道者二首
10. 狂題二首
11. 蓮峯前軒
12. 閑夜二首
13. 雨中
14. 華上二首

以下五言律詩

15. 華下
16. 下方二首
17. 華下送文涓
18. 華下
19. 僧舍貽友
20. 早春

以下七言律詩

21. 丁巳重陽

22. 戊午三月晦二首

以下七言排律

23. 丁巳元日

以上共有三十九首詩，當然從現在司空圖詩全集中的三八四首看，也只佔了極少數。不過如果把司空圖一生分成四個時期，即以退隱王官谷（八八六年）前後爲第一第二期，寓居華山（八八九）及回歸王官谷（九〇三）之後爲第三及第四期，那麼這三十九首詩算不少了，因爲其他作品多數不能分辨寫作之年代或時期。

司空圖本人對華山時所作的詩，給予最高的評價。在〈與李生論詩書〉[78]，一封大概寫於公元九〇四年或稍後的信，司空圖發表了他著名的辨味與韻外之致的詩學理論。他舉出自己最好的二十四首詩中的佳句作爲例子。在這二十四首詩中，沒有一首屬於第一時期，五首出於第二期，六首第三期，二首第四期，其中十一首寫作時期無法肯定。

---

[78]《司空表聖文集》，卷二，頁一—三。

在華山所寫的作品中，最重要的作品，也是司空圖成名與傳世之作，就是《二十四詩品》。這一組詩的創作年代始終沒法確定，到目前爲止，也沒有人探討這組詩的寫作時代，更沒人去研究司空圖在寫作時的生活環境。

司空圖在華陰時有來往的詩人中，有不少是對詩格詩式特別有興趣的作家。我在前面已說過，像李洞、虛中、徐夤、齊己都有寫詩送給他。鄭谷和孫郃應該跟司空圖認識，而且在華山時也有來往。虛中的《流類手鑑》、徐夤的《雅道機要》、齊己的《風騷旨格》都是詩格類的重要作品，至今還流傳[79]。鄭谷的《國風正訣》、李洞的《集賈島詩句圖》已經遺失。司空圖與他們的關係密切之程度，我們無從查考，但他多少應該會受到這種論析詩歌的奧秘的風氣之影響。

我在前面曾指出，司空圖在華山寫的詩中，常提到與友人論詩，同時別人送他的詩中，也常說他讀道經。目前學者論《二十四詩品》時，常常挖掘出許多與《老子》和《莊子》有關之典故，因此道經上之影響是可以肯定的，不過由於朋友間談論詩歌之內容無法知道，不知別人對《詩品》曾產生過什麼影響。

《二十四詩品》之寫作日期至今沒法定論。一般學者只知道這是司空圖辭官隱退後所作，因爲詩中有不少山水之描寫。我個人研究結果，《二十四詩品》是寓居華山時期所作。換句話說，

---

[79] 關於晚唐詩格之情況，參考羅根澤《中國文學批評史》，第二册（上海：古典文學出版社，一九五八），頁一八六—二三一。

這是公元八八九至九〇二期間的作品。

前面曾引徐夤送司空圖的詩〈寄華山司空侍郎〉，從題目可知他當時住在華山。徐夤應該讀過《二十四詩品》中的第十五首〈疏野〉，因爲徐夤的詩很顯然是由〈疏野〉的啓發而作，試再看一次徐夤的詩：

山掌林中第一人，鶴書時或問眠雲。

莫言疏野全無事，明月清風肯放君。

司空圖的〈疏野〉如：

惟性所宅，真取弗羈。拾物自富，與率為期。

築屋松下，脫帽看詩。但知旦暮，不辨何時。

倘然適意，豈必有為。若其天放，如是得之。[80]

司空圖在詩中強調要追求本性，完全自然的生活着，千萬不能有所爲。自然生活的內容，是要很原始的，很疏野的脫下帽子，忘記時間。司空圖詩中所用「疏野」和「放」字在徐夤詩中也加以使用。因爲司空圖要徹底解放，過着隱者的生活，所以徐夤特別封他爲山林中第一隱者。其次「疏野全無事」是概括司空圖詩中隱者之自由脫俗。不過徐夤卻開玩笑說，即使隱者能「天

---

[80] 唐音統籤刋本的《司空表聖詩集》沒有收錄《二十四詩品》。本文所引之詩，根據《司空詩品》照曠閣刋本，收錄於《學津討源叢書》，張海鵬編（臺北：藝文印書館，一九六五）。〈疏野〉，見頁四。

放」，明月清風還是不會放過他，經常糾纏着他。由此可見，徐夤是讀到〈疏野〉後有感而發，才把那首詩送給華山的司空圖，而〈疏野〉該是新近完成的作品。

「如果小心閱讀《詩品》，你會發現詩中所描繪的山巒景物及道家的傳奇，更使你相信這組詩應該寫於華山。司空圖的《詩品》意象具體，自然象徵特別鮮明。華山上意象萬千的自然景物自然帶給他很大的方便，他隨意的「俯拾卽是」。《詩品》第五首詩〈高古〉正是「俯拾卽是，不取諸鄰」的自然詩：

畸人乘真，手把芙蓉。泛彼浩劫，窅然空縱。
月出東斗，好風相從。太華夜碧，人聞清鐘。
虛佇神素，脫然畦封。黃唐在獨，落落玄宗。[81]

第七句中所說的太華是陝西華山之別名，因爲其西邊有少華山[82]。我們不確定司空圖住在華山什麼地方，有跡象顯示，他應住在山中。許多朋友寫詩時都稱他爲「華山司空圖」。他的詩文多自稱華陰或華下，我在前面分析過，他自己說住在郊外華山附近，不管如何，華山距離華陰縣只有十華里，因此兩者距離很近[83]。第八句中的鐘聲可能是指山上佛寺的鐘聲或是山峯上石鼓之神

---

81 同上，頁二。
82 沈青崖等編，《陝西通志續通志》，清雍正十三年刋本（臺北：華文書局，一九六九），卷八，頁一三。
83 同上，卷一三，頁六。參考註87。

話。據說這個如鼓形的大石，附近人家通宵達旦都能聽見打敲之聲響84。

第一及第二句「畸人乘眞，手把芙蓉」値得留意。它似乎是對華山西嶽的眞實寫照。西嶽一般人通稱蓮花峯或芙蓉峯，因爲西峯的東面有一岔窿，遠看如蓮花。北邊有一岩洞叫水簾洞，洞外有一巨石，形狀像一個仙人，披衣戴帽，被稱爲石仙人85。這山峯的景觀也出現在司空圖的另一首題爲〈送道者〉中：

> 洞天眞侶昔曾逢，西嶽今居第幾峯？
> 峯頂他時敎我認，相招須把碧芙蓉。86

〈送道者〉確實年份不可考，不過從內容看，可肯定爲華山時期所作。他大槪送道友回到華嶽山中，因此將他比作西嶽的石仙人87。〈高古〉詩中的第五句「月出東斗」，也暗含典故。它大槪是華嶽東峯之寫照。東峯上有一塊大石，形如月亮88。

---

84 同上，卷一三，頁一三。
85 同上，卷八，頁一三及二二。
86 〈送道者二首之一〉，《司空表聖詩集》，卷七〇八，頁二。
87 蓮峯一詞常出現司空圖之詩中，如〈漫題〉有「磨取蓮峯便作碑」，〈蓮峯前軒〉及〈雨中〉有「簷外蓮峯階下菊，碧蓮黃花是吾家。」《南部新書》中也說司空圖「舊隱三峯」。
88 《陝西通志續通志》，卷八，頁二一。

司空圖採用華山跟道家有關的傳說和風景入詩，也可以在《詩品》中第二十二首〈飄逸〉找到。這首詩的第三第四句是這樣：

緱山之鶴，華頂之雲。[89]

關於「緱山之鶴」，過去《詩品》的研究者都指出：這是採用河南緱氏山王子喬乘白鶴成仙的典故。根據《列仙傳》，周王太子晉（子喬）遠離塵世，到嵩山修練神仙。成仙之後，他約家人在緱山見最後一面，然後乘白鶴飛去[90]。司空圖大概被華山雍肚峯一個類似的傳說觸發了王子喬的神話。雍肚峯曾有一則傳說，說以前金仙公主曾在此乘鶴歸天去了[91]。作者選用王子喬而不用金仙公主，因爲前者較爲人熟悉。另外，「華頂之雲」也有實景根據。華山上有白雲峯，因爲峯頂有一個叫白雲的岩洞。據說金仙公主成仙之前，曾住在洞裏[92]。

〈飄逸〉最後一句是：「大河前橫」[93]。這也是在華山可見之實景。黃河在華陰縣與華山附近五十華里處流過。站在山上，大概可看見這樣的景致。

---

[89] 《司空詩品》，頁五。
[90] 劉向，《列仙傳》，《龍溪精舍叢書》，鄭國勳編，卷上，頁一〇—一一。
[91] 《陝西通志續通志》，卷八，頁一五。
[92] 同上，卷八，頁一七。
[93] 《司空詩品》，頁三。

由此可見，退隱在一個充滿道家傳奇的華山中，司空圖自然會寫出處處蘊藏着玄遠超然的《詩品》。如果在中條山的王官谷，住在擬綸亭、濯纓亭，再坐在三詔堂或九籥室裏，司空圖絕不會寫出這樣洒脫的文字！《詩品》這種詩，是需要在「築屋松下，脫帽看詩，但知旦暮，不辨何時」的環境下才能完成的！

第五章 論司空圖的退隱哲學

司空圖是一個相當急於建功立名的人，跟一般儒者並沒有任何差別。他曾經在《一鳴集》序中坦白承認追逐功名之失敗：

> 知非子，雅嗜奇，以為文墨之伎，不足曝其名也。蓋欲揣機窮變，角功利於古豪。及遭亂竄伏，又故無有憂天下而訪於我者，曷以自見平生之志哉？❶

其實他家祖傳的家訓不是儒家的，而是道家的。他在一首〈自誡〉的詩中說得很清楚：

> 我祖銘座右，嘉謀貽厥孫。勤此苟不怠，令名日可存。媒衒士所恥，慈儉道所尊。松柏豈不茂，桃李亦自繁。

❶〈一鳴集序〉，見《司空表聖文集》，上海涵芬樓藏舊抄本，《四部叢刊》(上海：商務印書館，一九一九)，卷一，頁一。

眾人皆察察，而我獨昏昏。取訓於老氏，大辯欲訥言。❷

再加上他自己內向，自小住在山林，不懂得善於應付人情世故，實在不適合「角功利於古豪」。可是由於社會環境和儒家教育所驅使，他最後還是利用科舉考試制度，作爲進取的途徑。他「一舉高第」之後，就遭遇到官場鬪爭之禍，戰亂之苦，就在五十歲時便決定退隱山林，回到故鄉虞鄉縣，住在中條山王官谷別業中。他自號知非子，耐辱居士。對中國古代文人來說，以居士身份自稱，卽表示堅決要退隱，脫離社會，放棄仕途❸。

隱士的生活目的，除了要修身守道，靜默自處，也需要完全忘記功名地位。可是唐代的隱士，由於在一般人心目中，都是有道德、有節氣、有懷抱的人才，因此造成許多庸俗平凡之輩，也動不動要辭官退隱山林，久而久之，許多具有政治野心的小人，也利用退隱之技倆來博取聲譽與重用。這種風尙最後造成無官則隱，受重視則出，於是退隱本來純是出於道德上的需要，結果卻變成追求個人政治野心的手段。尤其在晚唐，退隱之動機和目的，往往錯綜複雜，因人而

---

❷ 〈自誡〉，見《司空表聖詩集》，唐音統籤版本，《四部叢刊》（上海：商務印書館，一九一九），卷七〇四頁三。

❸ 關於司空圖的家庭背景、從官前後，退隱原因，請參考本人的 *Ssu-K'ung T,u : A Poet-Critic of the T'ang* (Hong Kong: The Chinese University of Hong Kong, 1976)，pp. 7—20，42—46.

異。❹

一、自乏匡時路，非沽矯俗名

司空圖眞正棄官退隱的原因何在？他是一位怎樣的隱士？在各種史料中，可以找到許多不同的答案。柳璨曾彈劾司空圖恃才傲世，用隱居來沽名釣譽。現存柳璨寫的一篇奏文〈請黜司空圖李敬義奏〉，其內容如下：

近年浮薄相扇，趨競成風，乃有臥軒冕，視王爵如土梗者。司空圖李敬義三度除官，養望不至，咸宜屛黜，以勸事君者。❺

根據《舊唐書》，朝廷當時曾措詞嚴厲的指責他，雖然昭宗皇帝放他還山：

司空圖俊造登科，朱紫升籍，旣養高以傲代，類移山以釣名，心惟樂於漱流，任非專於祿食，匪夷匪惠，難居公正之朝，載省載思，當狥棲衡之志，可放還山。❻

---

❹ Li Chi, "The Changing Concept of the Recluse in Chinese Literature," *Harvard Journal of Asiatic Studies*, Vol. 24 (1962—1963), pp. 240.

❺ 董誥等編，《欽定全唐文》，嘉慶刻本（臺北：滙文出版社，一九六一）卷八三〇，頁三〇。

❻ 劉昫等撰，《舊唐書》，武英殿本，《二十五史》（臺北：藝文印書館，一九六五），卷一九〇，頁三六。

這件事發生在公元九〇五年，那時唐昭宗皇帝已被朱溫所逼，遷都洛陽，唐代已名存實亡了⑦。《舊唐書》認爲司空圖退隱，主要原因，是「朝廷微弱，紀綱大壞」⑧，俞充（宋代作家）則把他的棄官還鄉，是對唐廷效忠的表示⑨，因爲司空圖時代的晚唐，不是宦官當權，就是節度使或藩鎭大將跋扈，皇帝已成傀儡。因此衆說紛紜，要眞正瞭解其中眞象，我們需要把司空圖當作一個有個性、有感情思想的個人來看待，然後從他現存著作中所表現內心的活動去找出原因。

每次朝廷徵授官位，司空圖都赴朝謝恩，但不接受官位，多數的理由是疾病、局勢危險、沒有才能和年老體弱。公元八八四年，四十八歲時，他第一次表明要放棄仕途，歸隱王官谷，他寫了〈迎修十會齋文〉，理由是「遭亂離而脫禍」。過了不久，他又被詔授知制誥及中書舍人。公元八八七年五十一歲他與建王官谷之別業，作永久隱居之打算，這時的理由，是因爲「遭亂竄」，再加上「無有憂天下而訪於我者」⑩。這時候的詩，他特別強調要遠離亂世，以保生命之安全。在〈狂題二首〉之二他說：

---

⑦ 關於柳璨陷害司空圖案，請參考本人所作的研究，*Ssu-K'ung T'u: A Poet-Critic of the T'ang*, pp.40—41，及本書第二章。
⑧ 《舊唐書》，卷一九〇，頁三六。
⑨ 周景柱等編寫，《浦州府志》，清乾隆二十年刋本（臺北：學生書局，一九六八），卷二三，頁二九。
⑩ 參考本人對多次辭官之分析，見 *Ssu-K'ung T'u: A Poet-Critic of the T'ang*, pp. 21—46，及本書第二與第三章。

須知世亂身難保，莫喜天晴菊併開。
長短此身長是客，黃花更助白頭催。[11]

在〈永夜〉裏，他更說明戰亂時，只有遠遠的躲在山中才安全：

永夜疑無日，危時只賴山。
曠懷休戚外，孤跡是非間。[12]

司空圖原來是住在虞鄉縣城，四十八歲後，由於各地區的節度使和藩鎮大將對立，遂移居中條山王官谷，大約公元八八九至九〇二年間，他又移居華山，一個更安全的地方[13]。這些證明他是相信「處於山林，物無天伐」的哲學。因此很明顯的，他退隱的基本動機是要保全性命，要不然，還貿貿然出去做官，必然成爲犧牲品，正如在〈旅中重陽〉中，慶幸自己還生還：

乘時爭路祇危身，經亂登高有幾人？
今歲節唯南至在，舊交墳向北邙新。[14]

[11]〈狂題二首〉之二，《司空表聖詩集》，卷七〇五，頁七。
[12]〈永夜〉，同上，卷七〇六，頁五。
[13]關於司空圖在王官谷及華山之隱居生活，請參考本人之考證，*Ssu-K'ung T'u: A Poet-Critic of the T'ang* pp.21—52.
[14]〈旅中重陽〉，《全唐詩》，彭定求等編（北京：中華書局，一九六〇），第一一册，卷八八五，頁一〇〇一，此詩未收集在《司空表聖詩集》中。

相信他的不少同僚，都變成無辜犧牲品，他自己也險遭柳璨所陷害。

司空圖在天復三年（九〇三），當他六十七歲時，寫了一篇〈休休亭記〉，那是他隱居的最後宣言，他列舉應該藏身山林三大原因，外加三大不合時宜的脾氣：

蓋量其材，一宜休也。揣其分，二宜休也。且耄而聵，三宜休也。而又少而惰，長而率，老而迂，三者皆非救時之用，又宜休也。⑮

司空圖可以說對自己非常瞭解，而且毫無遮掩的，坦誠的說出來。

司空圖後來特別強調他不能應付這危機重重的局面。在〈與惠生書〉，他說「自知不足而為天下贅」，已幾十年，不能再強裝有才幹了⑯。在〈答孫郃書〉中，他形容自己沒能力應付「持危之術，制變之機」，即缺少政治手腕⑰。既然在這時代搞政治鬥爭沒有前途，他要自由自在的生活在山林裏。〈退棲〉那首詩就是這樣說：

宦遊蕭索為無能，移住中條最上層。
得劍乍如添健僕，亡書久似失良朋。
燕昭不是空憐馬，支遁何妨亦愛鷹。

⑮《司空表聖文集》，卷二，頁四—五。
⑯同上，卷二，頁一〇。
⑰同上，卷四，頁三。

自此致身繩檢外，肯教世路日兢兢。⓲

在〈丁巳元日〉詩中，司空圖描寫他寓居華陰時（八九七年），昭宗在華陰徵詔他為兵部侍郎，他以「足疾」為理由辭謝，並說：

自乏匡時路，非沽矯俗名。⓳

至於司空圖行政能力與從政成績如何，都無從考證。不過有一點可以肯定，他是一個內向的人，應該很難應付一個大朝代滅亡前的政治局勢。

二、君子救時雖切，亦必相時度力

除了個人的退隱的原因，司空圖認為客觀政治環境之惡劣，也是造成他拒絕朝廷徵詔的重要原因。他在〈答孫郃書〉⓴說得很清楚，而孫郃好像最反對他退隱山林。司空圖答辯說，卽使他出來為朝廷效勞，也不能挽救當時之危機，又有什麼用？他引用歷史事件來支持他的論點：韓愈

⓲《司空表聖詩集》，卷七〇四，頁一一。
⓳〈丁巳元日〉，此詩未收集於《司空表聖詩集》，只見《全唐詩》，第一二册，卷八八五，頁一〇〇〇〇。
⓴《司空表聖文集》，卷四，頁三。

(七六八—八四二)曾經力勸李渤(李桂州，七七三—八四二)和陽城(陽道州，七三五—八〇五)爲朝廷做事，他責備前者「不行」，後者「無勇」。結果李渤和陽城都從退隱的山林出來從政，可是客觀的環境並不允許他們把自己的理想，有原則的去實現，因此多次被貶放，甚至鋃鐺入獄㉑。

爲空洞抽象的理想而白白犧牲是不值得的。司空圖認爲我們應相時度力去匡時救國，才能達到目的。在〈題東漢傳後〉㉒他指出：

> 君子救時雖切，亦必相時度力，以致其用，不可則靜而鎮之，以道訓服。苟厲鋒氣，果於擊搏，道不能化，力不能制，是將濟時重困。

爲了加強他的立場，司空圖在這篇文章中又進一步以漢代相關的歷史加以印證。漢代末年有一段非常混亂的局勢，朝廷微弱，派系鬪爭激烈，局勢就像晚唐。在這樣紀綱大壞，政治混亂的時代，有節氣道義的人，能夠做些什麼？他引用漢朝末年的幾個知識份子像李膺(一一〇—一六九)，張儉，陳寔(一四九—一八七)和郭泰(一二七—一六九)的決定來說明他主張的救時要

㉑ 韓愈勸李渤出仕之信，〈與少室李拾遺書〉，見《韓昌黎集》(香港：商務印書館，一九六四)，第七冊，外集，卷二，頁六八—六九，韓愈譴責陽城之論文〈爭臣論〉，見《韓昌黎集》，第四冊，卷一五，頁二四—二五。

㉒ 《司空表聖文集》，卷二，頁七。

相時度力的理論。

司空圖批判李膺，爲了爭奪權勢和影響力，不顧被捲入黨爭的危險。李膺在東漢桓帝時，爲司隸校尉，與太學生首領郭泰等結交，反對宦官專權，太學生稱他爲天下之模範。延熹九年（公元一六六年），宦官認爲他們結黨誹謗朝廷，被逮入獄，釋放後禁錮終身。公元一六七年桓帝死後，靈帝立，外戚竇武執政，他又被起用爲長樂少府，與陳藩等謀誅宦官失敗，死於獄中㉓。司空圖認爲參加黨爭是愚蠢的，因爲李膺始終被人利用以謀取個人權勢。他自己一生小心翼翼的不參予節度使、藩鎮大將或宦官之間的鬬爭。司空圖初次出道，就因爲被捲入王凝恩師之考試糾紛而吃盡苦頭，曾流落各地（大約八六九—八七八年間），被朝廷當權派排斥。這次的教訓，相信對他後來影響很大㉔。

司空圖的「相時度力論」所針對的，是那些歪曲他的退隱是自私自利的做法的評論。他說追求安全不是等於怕死，而是一個人不應該毫無意義的被犧牲掉。相反的，如果是爲了道，那就值得一死。因此張儉逃亡怕死的作法，被他指爲不當。像李膺一樣，張儉也是一位正直、有道行的

㉓ 關於李膺之生平，見范曄《後漢書》，武英殿刊本，《二十五史》（臺北：藝文印書館，一九六五），卷九七，頁七一—一二。

㉔ 有關司空圖被捲入王凝與其敵人韋保衡之派系鬬爭，參考本人之考證 *Ssu-K'ung T'u: A Poet-Critic of the T'ang*, pp. 8—20，及本書第二章。

人。他嚴劾宦官侯覽及其家族的罪惡，深得太學生所敬仰。建寧二年（公元一六九年），黨錮之禍又發生，他潛逃保命，所經之處，人們因尊重其名行，都願意給他藏匿，雖然許多人因此而家破人亡，甚至被滅九族。漢獻帝時，他又被用，曾爲衞尉，活到八十四歲。《後漢書》責備他自私，因爲他犧牲了許多人的生命來免自己一死㉕。司空圖因此褒李膺而貶張儉：

至於張儉又不能引決區區之身，雖殘壞天下，何裨於吾道哉？㉖

陳寔和郭太，跟李膺和張儉又不同。當時兩人看見，朝廷腐敗，無法施展抱負，理想與道德沒辦法保存和發揚，他們就引退。雖然他們隱居山林，他們對社會在道德上的貢獻卻更重大。陳寔少年時曾做過縣吏，由於有志好學，爲縣令提拔。他擔任要職時，對他的仇人百般容忍，兩次被黨爭牽連，其他人逃避求免，獨他請求囚禁，反而被宥免。後來知道無法施展抱負，就退隱鄉間，以道德教人，鄉人有爭訟，則求他判決。人人都說「寧爲刑罰所加，毋爲陳君所短」。他活到八十四歲，逝世時，追悼者有三萬多人㉗。

郭太（原名郭泰），博通經典，在家中教授學生，有弟子數千人。曾到洛陽旅行，與李膺成爲好友，同舟共濟，於是名震京師。但他的言論從不激烈，在一次黨錮災禍中，他被免罪，於是

㉕ 張儉生平事跡，見《後漢書》，卷九七，頁二一—二二。

㉖ 《司空表聖文集》，卷一，頁七—八。

㉗ 陳寔傳，見《後漢書》，卷九二，頁一三—一五。

回歸鄉里，送行的車輛有整千乘。他被人稱爲聖人，外號郭有道，因爲教導道德，提倡社會秩序是他終生努力的目標㉘。

對以上兩人的作爲，司空圖覺得，陳太邱頭腦開明，有容忍心，郭有道處處以提倡道德爲己任。儘管兩人對朋友敵人都很友善寬厚，但社會對他們卻不夠厚道，可見當時社會處處都是害人的陷阱：

陳太邱之容衆，郭有道之誘人，其意未嘗沮物，彼亦不厚，其毒利害可見矣。㉙

司空圖的結論，自然是說，與其成爲社會惡勢力的無辜受害者，不如遠離社會，因爲當一個聖賢住在一個戰亂的年代，他不可能成爲一個聖賢，就如猛獸在，麒麟不能代表祥仁之動物，惡鳥滿天，鳳凰代表不了和平祺瑞：

且猛摯不革其暴，麟不足以為仁；惡鳥不息其鳴，鳳不足以為瑞也。㉚

最後他說，只有能屈能伸者，才能做大事：

惟據正而能屈己者，庶可與權。㉛

㉘〈郭太傳〉見同上，卷九八，頁一—二。
㉙《司空表聖文集》，卷二，頁八。
㉚同上。
㉛同上。

如果憑着眞理和勇氣，靠着三幾個人之力量蠻鬪到底，那只有釀成更大的國家悲劇：

> 況彼二三子甘逞於權豪，呶呶以至大亂。㉜

司空圖自己就是這樣能屈能伸的人，他不是曾以耐辱居士自號嗎㉝？

三、亂來歸得道仍存

疾病、無能、個性內向或年老體弱在古代中國都不能用來作爲引退的理由，因爲個人的理由會冒犯當權者。因此當司空圖要退隱時，必須拿出孔孟的權威哲學理論來。司空圖的「相時度力」和「存道」的說法很容易被儒家所接受。應該出仕還是退隱，對儒者來說很容易做出決定：當一個人能實現其抱負時，維護其道德時，他就應該出來。當社會黑白顚倒，其理想無從實現，他就應該退隱。儒家跟道家不同，但有條件的退隱是可以的，甚至是値得稱讚的㉞。

㉜ 同上。

㉝〈休休亭〉，《司空表聖文集》，卷二，頁四—五。

㉞ 有關儒家的退隱哲學，可參考下列兩篇論文：Frederick Mote, "Confucian Eremitism in the Yuan Period", *Confucian Pursuasion*, ed., Arthur Wright (Stanford: Stanford University Presgs, 1960), pp. 202-40; Li Chi, "The Changing Concept of the Recluse in Chinese Literature," *Harvard Journal of Asiatic Studies*, Vol.24 (1962-1963), p. 240.

當司空圖明白「矯世道終孤」[35]，他就退隱，要不然道會與他一起被消滅。他退居山林，是為了保存道：「亂來歸得道仍存」[36]。他最後的座右銘是：「遇則以身行道，窮則見志於言」[37]。我在研究他早年生活時曾指出，他原本瞧不起文學的[38]，前面已引用過這段文字：

> 知非子，雅耆奇，以為文墨之伎，不足曝其名也。蓋欲揣機窮變，角功利於古豪。及遭亂竄伏，又故無有憂天下而訪於我者，曷以自見平生之志？……

他還有一首詩說：

> 本來薄俗輕文字，却致中原動鼓鼙。
> 時取一壺閑日月，長歌深入武陵溪。[39]

司空圖詩文中常提到的「道」，很清楚的是儒家修身治國之道。司空圖的政治理想也是儒家的。像一般儒家學者，他相信只有孔孟之道大行其道，國家才能治好。在〈將儒〉一文中他痛惜武者當權，儒者失勢，才造成晚唐社會之大悲劇：

---

[35] 〈效陳拾遺子昂感遇二首〉之一，《司空表聖詩集》，卷七〇四，頁二。
[36] 〈硐戶〉，《司空表聖詩集》，卷七〇七，頁八。
[37] 〈濯纓集述〉，《司空表聖文集》，卷一〇，頁二。
[38] *Ssu-K'ung T'u: A Poet-Critic of the T'ang*, pp. 23—24.
[39] 〈丁未歲歸王官谷〉，《司空表聖詩集》，卷七〇四，頁一一。

道之不振也久矣。儒失其柄，武玩其威，吾道益孤。[40]

四、結論：遇則以身行道，窮則見志於言

司空圖隱居的重要原因，從以上的分析，現在可以肯定的，是個人之安危、個性之追求，老年病弱，以及朝廷無能，武玩其威。他個人氣質上比較適合過着閒適的山居生活，而不能適應緊張的行政工作。在一連串官場上的挫折和失意之後，他找到最適合性情的退隱生活。

這種退隱是自願自發的。這是個人根據其道德感和性情所做的決定。美國漢學家 Frederick Mote 曾指出，這種退隱有時會觸怒當權者，造成生命之危險。柳璨與朱溫的陷害與彈劾事件就是最好的例子。爲了說明他自己的行爲是對的，司空圖拿出儒者所接受的隱居來替自己辯護。由此可見，司空圖不做官，不是爲了效忠唐室的一種表示，我研究他的生平事跡結果，並沒有發現他是一位忠心耿耿，臣爲君死的臣子[41]。

[40] 〈將儒〉，《司空表聖文集》，卷一，頁一。

[41] Frederick Mote 教授將儒家的隱退分類，共有兩種：一是強迫性的退隱，那是一朝遺老舊臣必須對亡朝之效忠；另一是自願的，出於儒家道德感的一種決定。參考 "Confucian Eremitisim in the Yuan Period," *The Confucian Persuasion*, pp. 203-212. 雖然他是針對元朝而得出的結果，用於唐代，也大同小異。

司空圖的隱居生活方式，不管在中條山王官谷，還是在華山，都不是很傳統的隱士的生活。他並沒有埋名沒姓，把自己藏在深山之中，過着清苦的自耕自給的日子。相反的，他在中條山的別業的生活幾乎近於豪華奢侈的地主享受。他不但有正常完美的家庭生活，而且很明顯的，並與長安或洛陽維持着密切的聯繫，跟一些達官貴人也有一些來往。他對自己的名譽也很重視，退修要在文學中爭一長短，就是很好的說明。因此也有人說他虛僞，用隱居來沽名釣譽。不過他的退隱，從儒家傳統來說，他放棄仕途是不支持腐敗無能的政府的一種表示，他回鄉隱居則是在危亂的社會中，代表他個人生活哲學的抉擇：「遇則以身行道，窮則見志於言。」

第六章　司空圖的詩友考

我在研究司空圖晚年生活的時候曾指出，司空圖是一個永遠把自己看作一個自我放逐或被放逐的人。❶因此黑夜裏在荒野中飛翔的孤螢，是他自己的寫照。晚唐朝廷微弱，綱紀敗壞，而他自己守道有恒，常年以自己的退隱的哲學來照亮自己。所以在他的詩裏，唐末的社會，經常以荒池、破屋、歲闌、黑夜、虎暴荒居來象徵，而被放逐的他，是帶著一點火光的孤螢❷：

孤螢出荒池，落葉穿破屋。（〈秋思〉）

歲闌悲物我，同是冒霜螢。（〈有感〉）

❶ Wong Yoon Wah, *Ssu-K'ung T'u: A Poet-Critic of the T'ang* (Hong Kong: Chinese University of Hong Kong, 1976), pp. 47-52.，及本書第三章。

❷ 《司空表聖詩集》，唐音統籤版本，《四庫叢刊》（上海：商務印書館，一九一九），卷七〇四，頁三；卷七〇五，頁五—六；卷七〇八，頁一。

虎暴荒居迥，螢孤黑夜深。（〈避亂〉）

夜深雨絶松堂靜，一點飛螢照寂寥。（〈贈日東鑑神師〉）

司空圖也常常將卽將滅亡的唐代，用殘陽和殘燈來象徵，他痛苦的生活在一個輝煌的大朝代消息的前夕❸：

疏磬和吟斷，殘燈照臥幽。（〈卽事九首〉之三）

五更惆悵回孤枕，猶自殘燈照落花。（〈華上二首〉之一）

殷勤共尊酒，今歲只殘陽。（〈歲盡二首〉之二）

坐來還見微風起，吹散殘陽一片蟬。（〈携仙籙九首〉之一）

幽瀑下仙果，孤巢懸夕陽。（〈贈步寄李員外〉）

殘陽暫照鄉關近，遠鳥因投嶽廟過。（〈陳疾〉）

司空圖覺得自己聲音微弱，也以殘蟬自比❹：

幽鶴傍人疑舊識，殘蟬向日噪新晴。（〈喜王駕小儀重陽相訪〉）

❸ 彭定求等編《全唐詩》（北京：中華書局，一九六〇），諸詩依次爲：卷六三一，頁七二二五；卷六三三，頁七二六〇；卷六三一，頁七二五八；卷六三三，頁七二六八；卷六三一，頁七二四七，卷六三二，頁七二四八。

❹ 《全唐詩》，卷六三二，頁七二五一。

讀司空圖的詩文，一般人所得到的印象，都以爲他交游廣濶，朋友衆多。他留傳下來的三百多首詩中，有三十多首是贈送給有名有姓的人的應酬之作，此外內容與朋友有關的詩也很多，雖然這些人沒有姓名。在六十多篇散文中，有二〇九篇是書信或傳記，也是爲他們而作，這些人跟他多少都有些交情❺。《舊唐書》說司空圖晚年的時候，「日與名僧高士遊詠其中」。乍看起來，他是一羣高官學者，道士佛僧圈子裏的中心人物。他跟這些人的來往是有的，不過他們之中很少跟司空圖有很深入的交情。他們之間，有些是提拔他的長官、有些是舊同僚、有些是詩友、有些是互相仰慕對方遁世的思想行爲。偶然間聚在一起，都稱不上知己好友。

在唐代，就如《唐才子傳》和《唐詩紀事》兩書所記載，詩人在晚唐特別喜歡組社稱派。而司空圖從來沒有跟任何詩社或流派掛鈎❻，跟他同時代的許多著名的詩人像皮日休（八三三？—八八三）、陸龜蒙（？—八八一）、羅隱（八三三—九〇九）、杜荀鶴（八四六—九〇四），跟司空圖毫無來往。由晚唐編的一些詩集如韋莊（八三六—九一〇）的《又玄集》、韋縠的《才調集》都沒有收入司空圖的作品。這又證明他與詩壇重要人物幾乎沒有來往。他當時主要以高士而贏得身邊幾個人的賞識，作爲一個詩人，似乎知名度不高，他的詩流傳也不廣。

❺《舊唐書》武英殿本，《二十五史》（臺北：藝文印書館，一九六五），卷一九〇，頁三六—三七。

❻有關例子，參看辛文房《唐才子傳》（上海：中華書局，一九六五），卷一〇，頁一七〇；計有功《唐詩紀事》（上海：中華書局，一九六五），卷七〇，頁一〇三九。

出現在司空圖作品中有名有姓的人也有好一些人。他們可歸作兩類：達官貴人和詩友。第一類的朋友包括盧攜、盧渥、王凝、王重榮、王重盈、韓建等人。他們都是司空圖的長官朋友。像前三人是提拔司空圖的恩人，後三人是司空圖前後退隱中條山和華山地區的節度使，因此太深入的友情是不可能，相信主要是上屬與下屬的互相欣賞和尊敬的關係❼。

司空圖第二類朋友是詩人如王駕、李洞等人。他們的友誼建立於共同的寫詩興趣上。只可惜他跟這些人的來往的詳細情形都無法考證，要不然我們可以從中更瞭解司空圖其人及其作品的特點。

一、王駕勳休之後，於詩頗工，於道頗固

和司空圖交游比較深的王駕是河中永濟縣人，也就是司空圖家鄉虞鄉的隔鄰的一個縣，生於公元八五四，比司空圖小十四歲。王駕在公元八九〇年考獲進士，後來在長安做過官，職位包括禮部員外郎，過了幾年，他還鄉退隱，長年住在山林別業中❽。司空圖的文集中有兩封信寫給王

---

❼ 關於與這類長官朋友之交往，請看 *Ssu-K'ung T'u: A Poet-Critic of the T'ang*, pp.7–20, 23, 49.

❽ 《唐才子傳》，卷九，頁一六六－七。「棄官嘉遁於別業，與鄭谷、司空圖爲詩友，才名藉甚。」

駕，其一題名〈與王駕評詩〉，書中評論唐代詩人的得失，已成爲唐代文學批評之重要著作。司空圖對王駕評價甚高，說他的詩「思與境偕，乃詩家之所尙」。他認爲王駕之出現，可謂「河汾蟠郁之氣，宜繼有人」，因此李白、杜甫、王維、韋應物等大詩人之傳統，王駕有資格繼承和發揚。這是司空圖讀了王駕整百首詩後的評價。可是王駕的詩今存只有七首。另一篇題名〈貽王進士書〉，書中大意，是說王駕將所寫作品送司空圖，請他批評。司空圖勸他小心，因爲自己近年來因在文壇有名氣，遭人嫉妒，因此怕人說王駕利用他以擡高地位❾。在另一封致友人的信〈與臺丞書〉中，司空圖說「王駕勳休之後，於詩頗工，於道頗固」❿。司空圖自己相信要詩寫得好，首先必要守道堅固，因爲他自己就是這樣。王駕退休後自號守素，而司空圖在《詩品》中所描繪的高人，都以這種道家平日修養爲座右銘，如「素處以默」（冲淡），「虛佇神素」（高古）。

王駕應該跟司空圖很要好，後者有一首詩〈喜王駕小儀重陽相訪〉⓫，他原來生病之中，聽說他來，馬上感到「病身輕」。可見兩家來往甚密。只可惜王駕詩作幾乎全遺失，要不然可看出司空圖對其評論是否公正，或是見解是否獨到，也可比較兩人作品之異同。據《唐詩紀事》記

❾〈與王駕評詩〉、〈與王進士書〉，見《司空表聖文集》，上海涵芬樓藏舊鈔本，《四部叢刊》（上海：商務印書館，一九一九），卷一，頁九—一〇；卷二，頁八。

❿《司空表聖文集》，卷三，頁五。

⓫《司空表聖詩集》，卷七〇四，頁一三。小儀大概是王駕之妻。

載，王駕讀〈與王駕評詩〉後，「自以譽不虛己，當時價重，乃如此也。」⑫

二、鄭谷，當為一代風騷主也

司空圖和鄭谷兩人的作品中，都沒有涉及彼此的詩文，可是他們的友誼，卻記載在好幾種史料上。鄭谷是袁州宜春人（今屬江西）。公元八八七年考獲進士，擔任過右拾遺都官郎中等職。公元八九七年後，辭官回鄉隱居，卒於北巖別墅。公元八九六至八九七年昭宗皇帝在華陰避難時，鄭谷曾前往朝謁，並住在華山雲臺峯，在閒暇時，努力作詩，並編集《雲臺編》，共有詩三百首⑬。司空圖在公元八八九至九〇二年其間都住在華山，可能這時候他們常相往來，不過都沒有文字記載。

據說鄭谷小的時候，他的父親鄭史在開成（八三六—八四〇）中曾任永州刺史，後來曾經和司空圖共事（同院）鄭谷七歲時就會讀書寫詩，司空圖見了感到驚奇，就問他有沒有讀過他的詩，他說讀過。司空圖又問他的詩有沒有毛病，鄭谷立刻背誦〈曲江晚望〉「村南斜日閒回首，一對鴛鴦落渡頭」兩句詩，並說「此意深矣」。司空圖大為感動欽佩，撫其背說：「當為一代風

⑫《唐才子傳》，卷九，頁一六七。

⑬《唐詩紀事》，卷七〇，頁一〇四〇；《唐才子傳》，卷九，頁一六〇。

騷主也。」⑭

這個故事的可靠性有點問題，因爲從司空圖和鄭谷的年齡來看，情節不該如此。鄭谷大約生於公元八四二年而卒於九一〇年，因此比司空圖只小了五、六歲。故事好像說司空圖已年過三十而鄭谷才七歲。另外鄭史出任永州刺史時，司空圖才出生，不知何時曾「同院」？不過鄭谷所背誦之詩，司空圖確有這兩句，那是〈華上二首〉之二的最後二句，不過詩句有些差別，現存的兩句是「林南寂寞時回望，一隻鴛鴦下渡船」⑮，而且司空圖的詩並非題名〈曲江晚望〉。〈華上〉詩顯然是司空圖寓居華山之作，那時他已大約五十多歲，而鄭谷也年約四十七，已是近隨皇帝的一位大臣。可見這個故事是杜撰的。

鄭谷的詩保留得相當完整，卻沒有一首詩送給司空圖，司空圖也沒詩贈他，但是卻有七首詩同時收集在《全唐詩》中他們的集子裏。編者一向都沒注意到確實作者之問題。現將七首詩之題目抄列出來，並註明它出現在《全唐詩》裏的卷數與頁數⑯：

詩　題	司空圖	鄭　谷
1.寄懷圓秀上人	六三二：七二四六	六七四：七七一〇

---

⑭ 同上。

⑮ 〈華上二首〉，見《司空表聖詩集》，卷七〇七，頁三。

⑯ 《全唐詩》第十册。

2. 次韻和秀上人遊南五臺　　六三三一：七二四六　　六七六：七七五七
3. 贈圓昉公　　六三三二：七二四六　　六七四：七七一一
4. 贈信美寺岑上人　　六三三一：七二四六—七　　六七四：七七一八
5. 重陽日訪圓秀上人　　六三三一：七二四九　　六七五：七七三九
6. 寄題詩僧秀公　　六三三一：七四四九　　六七六：七七五四
7. 贈日東鑒禪師　　六三三三：七二六九　　六七五：七七三三

司空圖與鄭谷年齡相近，同代人自然擁有共同的朋友，到過相同的地方，這些都是造成要確定誰是原詩作者之困難，更何況他們文風相近，又是先做官後退隱，因此語言文字和意象，譬如菊花等等都無法鑒定作者是誰。儘管困難重重，某些跡象有時還是可以幫助鑒定誰是眞正的作者。

上面的第二及第六首詩都是贈送給僧秀。根據《唐詩紀事》，他就是來自江南的僧文秀。出家前，他曾到長安參加科舉考試，並且在京城住過一個時期⑰。司空圖與鄭谷可能在長安就認識。不過這兩首詩看來該是鄭谷所作。在現存的鄭谷詩歌中，另外還有三首贈僧文秀的詩。可是司空圖詩集中並沒有其他和僧文秀有關的詩。《唐詩紀事》僧文秀傳裏，這五首詩都註明爲鄭谷

⑰ 《唐詩紀事》，卷七四，頁一〇八一。

所作。此外兩人的詩集中還有二首送元秀和圓秀的詩（第一及第五首），這也應該是鄭谷所作，因爲元秀和圓秀都是僧文秀的別稱⑱。

第三首〈贈圓昉公〉是寫給一位住在四川（蜀）的僧人。這首詩也該是鄭谷遊蜀時所寫，他那次到四川，還寫了其他相關的詩⑲。在另一首追悼圓昉公的詩中，鄭谷說他曾追隨僖宗皇帝在四川避難，在那裏住了約五年；並成爲圓昉上人之淨侶，一起在長松山寺中生活，離開時，圓昉上人約他日在長松山重聚，可惜未能見面，圓昉上人就逝世了。詩題將這件事說得很清楚⑳：

自亂離之後，在西蜀半紀之餘，多寓止精舍，與圓昉上人為淨侶。昉公於長松上舊齋嘗約他日會。勞生多故，遊宦數年，曩契未諧，忽聞謝世，愴吟四韻以弔之。

在詩中，鄭谷寫道：

常說長松寺，他年與我期。

僖宗皇帝避難四川時，正如司空圖〈自鄠鄉北歸〉所說，他也曾到蜀，不過詩中沒有提到長松寺。相反的，鄭谷除了這首詩，再加上前面那首〈贈圓昉公〉，足於說明這首詩也是鄭谷的作

---

⑱ 同上。

⑲ 這些詩見《全唐詩》第十冊，卷六七五，頁七七三一—七七三五，七七三七；卷六七六，頁七七四一—七七四三。

⑳ 《全唐詩》，卷六七四，頁七七二三。

品。⑳

第七首〈贈日東鑒禪師〉是寫一位訪中國的日本禪師，他住在中條山一個時期。中條山是司空圖的故鄉，此外詩中出現的螢火蟲也是司空圖最常用的智慧或道德之光的意象，鄭谷詩很少寫到螢火蟲。全詩如下：

故國無心度海潮，老禪方丈倚中條。
夜深雨絶松堂靜，一點飛螢照寂寥。

所以很顯然，該是司空圖之作。雖然松堂一詞也出現在鄭谷另一首送給僧人的詩〈西秀上人相訪〉中，這倒不能說明什麼，因爲松堂是一個常用來稱呼僧侶的靜修之屋。

至於第四首〈贈信美寺岑上人〉，句中有「湘南頻有緣」，司空圖曾追隨王凝到過湘南，因後者在八七二年左右曾出任湖南觀察使，那時司空圖涉及公元八六九年的科舉考試糾紛，得進士後，追隨被貶之主考官王凝四處奔走㉑，因此第一句說，「巡禮諸方遍」。由此看來，這首詩可能是司空圖之作。

從司空圖和鄭谷現存詩歌之混淆不清，也許就是證明他們兩人過從甚密之證據。如果兩人沒有互相交換作品，這種現象就不容易產生。

㉑ Wong Yoon Wah, *Ssu-K'ung T'u: A Poet-Critic of the T'ang*, pp. 8-12，及參考本書第一章。

三、李洞之詩，時輩固有難色

李洞曾寫詩歌頌司空圖的高臥和禪心，那時他住在華山㉒：

禪心高臥似疏慵，詩客經過不厭重。
藤杖幾携量磧雪，玉鞭曾把數嵩峯。
夜眠古巷當城月，秋直清曹入省鐘。
禹鑿故山歸未得，河聲暗老兩三松。

李洞生平以仰慕賈島（？—八四三）著名，他不但模仿其詩，還鑄其像，日夜膜拜，事之如神，結果他自己寫的詩比賈島還要僻澀，不過欣賞他的人，則稱他的詩爲奇峭㉓。

司空圖在文學批評的著作中，有一篇題名爲〈與李生論詩書〉的信，由於他提出好詩必有「味外之旨」，詩人必然能「以格自奇」，詩歌必有「韻外之致」，這封短信已成爲中國傳統詩論

㉒〈上司空員外〉，《全唐詩》，卷七二三，頁八二九二，李洞另有贈司空圖之詩殘句，見《唐詩紀事》，卷五八，頁八八七—八八八；《唐才子傳》，卷九，頁一六三—一六四。

㉓同上。

之重要著作㉔。不過信中的李生到底是誰？雖然〈與李生論詩書〉經過許多人注釋和分析，卻至今沒有人探討出作者到底與何人對話。確定李生的身份，能幫助我們更瞭解司空圖信中的論點。

司空圖認爲詩的風格與人格是息息相關，像王維、韋應物都是「格在其中」㉕。賈島詩中有警句，但以整首詩來看，則缺少一種氣勢，那是因爲他太過依賴晦澀的文字，不能造成韻外之致，反而太過空虛（意思殊餒）。信的末尾，他對李生說：「今足下之詩，時輩固有難色」，意思是說，他的詩目前還難於被人接受。最後司空圖希望李生以「全美爲工」，以達到「味外之旨」，意思是要他不要過於模仿，注重整首詩之完整性與創造性，這樣才有自己的獨特風格。

這位李生就是李洞。因爲李洞當時只賣命的學賈島，而且走火入魔，寫出來的詩比賈島更僻澀，引起詩壇之不滿。司空圖向賈島開刀，也是想打破李洞對他的盲目崇拜。李洞曾搜集賈島警句五十聯，加上其他人警句五十聯，編成《詩句圖》。因此司空圖在信中攻擊警句：「賈閬仙誠有警句，視其全篇，意思殊餒，大抵附於蹇澀，方可致才。」我相信《唐才子傳》等書所說「然

㉔《司空表聖文集》，卷二，頁一—三。

㉕有關司空圖的風格論，參考王潤華〈司空圖《詩品》風格說之理論基礎〉，《大陸雜誌》，五三卷，一期(一九七六年七月)，頁二三—二七，及王潤華〈從司空圖論詩的基點看他的詩論〉，《大陸雜誌》，五六卷，五期（一九七八年五月），頁四二—四六。

洞詩逼眞於島，新奇或過之，時人多誚僻澀」㉖，司空圖便是當時其中一個批評他的人。

日本學者村上哲見曾指出，李洞自稱李生，鄭谷有〈哭進士李洞二首〉也自註：「李生酷愛賈閬仙詩」㉗。李洞有一首詩〈鄠郊山舍題趙處士林亭〉，又題名爲〈鄠北李生舍〉。司空圖詩集中〈李居士〉一詩，我看這人就是李洞，詩中說他是精靈，是鶴，只有李洞才配如此形容㉘：

高風只在五峯前，應是精靈降作賢。
萬里無雲惟一鶴，鄉中同看卻昇天。

司空圖作品還有其他人的姓名，不過他們之間的來往，實在沒有什麼記載，沒有資料可以考證。這些人中，除了王駕因爲住得較近，來往較密切，其他人多是萍水相逢，他們的關係多數是文字之交。因此我們可以瞭解到，司空圖經常說自己寂寞孤單。跟他有來往的人，幾乎都做了幾年官之後，便退隱到鄉下去，基本上是屬於同一類型的人。

從司空圖的朋友可以看出，他的氣質與情懷都不適合在官場上明爭暗鬥。用心理學家容格

㉖ 《唐才子傳》，卷九，頁一六四，什麼是僻澀，陳延傑在《賈島詩選》（上海：商務印書館，一九三七）的許多註釋中有明確的指出。

㉗ 周弼《三體詩》，村上哲見譯，二冊（東京：朝日新聞社，一九六八），頁五八—五九。

㉘ 《全唐詩》，卷六三四，頁七二八〇。

(C.G. Jung)的分類，司空圖是屬性格內向，傾向於沉思默想的人[29]。因此與世無爭的寧靜安逸的生活比較適合他。對一個幻想比現實更有意義的人來說，罷官退隱，是必然的，尤其是生活在唐末大混亂的時代。

㉙ C.G. Jung, *The Psychological Types*, tr. H. Godwin Baynes (London: Routledge and K. Paul, 1949), pp. 477-513.

下卷：司空圖的詩歌和詩學研究

第七章　司空圖《詩品》風格說之理論基礎

唐朝司空圖（八三七—九〇八）在文學上的最大貢獻是在詩論方面。他的詩雖然有不少中外學者給予很高的評價，到底流傳不廣，而他所著的《詩品》或稱《二十四詩品》，今天成爲他最爲人熟悉的著作。這部《詩品》和另外幾篇論詩的文章如〈與王駕評詩書〉、〈與李生論詩書〉等，不但是司空圖今天文學聲譽與地位的所在，也是中國文學理論與批評史上極重要的著作，它對後來的中國文學批評和理論發生持久且深廣的影響❶。

《詩品》是由二十四首詩組成，每首均是十二句的四言詩，各冠以兩個字的詩題如〈雄渾〉、〈沖淡〉、〈纖穠〉、〈沉著〉、〈高古〉、〈典雅〉等。《詩品》一方面是二十四首具有耐讀

❶ 作者以英文撰寫的司空圖傳記，書名 Ssu-K'ung T'u: *A Poet-Critic of the T'ang*，一九七六由香港中文大學出版。羅聯添曾著有〈唐司空圖事蹟繫年〉，刊於《大陸雜誌》，三六卷，十一期（一九六九），頁十四—三十。

性的好詩，詩境超越，意味無窮，同時也通過各種形象比喩，描述了詩藝術的各種問題。

很多學者把《詩品》當作詩論來讀，所以詩話之類的書如《詩學指南》和《歷代詩話》沒有不收錄它。不過各家所強調的詩學問題，重點不一樣，譬如有些人認爲它主要是詩的哲學論，注重詩人之人生觀；有些人把它看作是談作詩格律之問題；另一些人主張這是司空圖在辨別詩的韻味的基礎上寫出來的風格論。在許多種讀法中，其中作爲描述二十四種詩的風格的解釋爲最多人採納，而且《詩品》在這方面對後世批評理論家的影響，也特別重大。譬如，後來每種詩的風格如「高古」、「典雅」都被用來作爲評詩之標準❷。

本文的目的，只限於研究司空圖在《詩品》裏面風格說之理論基礎。司空圖在《詩品》裏對風格的定義作何解釋？風格、作品、作者三者之間有什麼關係存在？司空圖是在什麼基礎上寫出這樣的風格論？他的最終目的是什麼？這些問題就是本文嘗試要回答的。在考察這些問題時，除了精細地分析這二十四首晦澀難懂的詩外，也參考司空圖其他的文章的見解，企圖幫助解釋和支持《詩品》風格說的立論基礎。

❷ 有關《詩品》一般性的解釋，可參考郭紹虞的《詩品集解》（香港：商務，一九六五），及祖保泉的《司空圖詩品注釋及譯文》（香港：商務，一九六六）。此外朱東潤、羅根澤及郭紹虞的文學批評史也可參考。有關近年來的注釋，見本書第十二章。

一、風格由個人獨特的情性與生活形成

《詩品》的文字艱深晦澀，要找出詩風格的假定與主張，實在很困難。二十四首詩中有關這方面的涵義很難把握。很少句子是直接討論這問題，主要的手法，是通過奧妙的意象和景物——間接，象徵式地表現出來。因此要明白這問題，我們需要分析暗藏在字裏行間微妙的詩意。

當我們在閱讀這二十四首以形象化的詩的語言來描繪或比喻風格的詩時，首先最引起人注意的特點，是每首詩都含糊的拱出人的形象，以及其生活與精神境界。如果我們將每首詩這部份的詩句互相對照比較，不難看出其中的道理；詩人的個性和氣質是構成風格的基礎。因此作爲風格名稱的詩題和詩中的境界是緊密配合着、連繫着的。

當我們把《詩品》第一首詩〈冲淡〉當作一種風格來閱讀時，就應該特別留意這方面的描寫。〈冲淡〉全詩如下❸：

素處以默，妙機其微，飲之太和，獨鶴與飛。
猶之惠風，荏苒在衣，閱音修篁，美日載歸。

❸本文《詩品》引文錄自唐音統籤本的《司空表聖詩集》，見《四部叢刊》（上海：商務，一九一九）。

遇之匪深，卽之愈希，脫有形似，握手已違。

「沖淡」可指詩人心靈與生活之境界而言，也可作詩的風格解。沖淡的人，素常以靜默自處，養生知足。司空圖將他比作任意在太空中逍遙的「獨鶴」，或一陣溫和的春風。鶴在中國文學裏是仙物，常遨遊天外，因此有純潔寧淡的象徵的涵義。「飲之太和」具有萬物各得其所，與自然之道契合之意思。言下之意，卽是說只有遊心於自然之道的人，過着「素處以默」的人，才能寫出有「沖淡」風格之詩。

同樣的理由，具有「疏野」風格的詩人是順乎天性，任乎自然的人。所以司空圖說他「惟性所宅，眞取弗羈」，而且生活境界是「築室松下，脫帽看詩，但知旦暮，不辨何時。」《詩品》第十一首是〈豪放〉。詩風豪放的詩人，心靈境界與氣質當然應該迥然不同。所以與其「素處以默」，他是「處得以狂」。〈豪放〉全詩如下：

觀花匪禁，吞吐大荒，由道反氣，處得以狂。
天風浪浪，海山蒼蒼，真力彌滿，萬象在旁。
前招三辰，後引鳳凰，曉策六鰲，濯足扶桑。

筆者在〈觀花匪禁之文字及其意象之根源〉❹那篇文章中，曾考證〈豪放〉前四句詩是暗指「恃

---

❹ 王潤華，〈觀花匪禁之文字及其意象之根源〉，刊於《大陸雜誌》，四六卷，三期(一九七三年三月)，頁五三——五六。此文現收入本書第八章。「統籤」本作「觀化匪禁」，現依從多數版本改正過來。

才而放心」，被人推爲「詩豪」的劉禹錫（七七二——八四二），他終生大膽寫詩，觸怒當權者很多次，尤以寫玄都觀看花的詩而遭放逐，因此著名文壇。司空圖拿他作「豪放」詩人的典範是很恰當的。

詩人生活的境界與其詩風相似。《詩品》第六首〈典雅〉的生活情調就很典雅，請看：

玉壺買春，賞雨茆屋，坐中佳士，左右修竹。
白雲初晴，幽鳥相逐，眠琴綠陰，上有飛瀑。
落花無言，人淡如菊，書之歲華，其曰可讀。

玉壺、帶有春字的酒、賞雨、茅屋、修竹、幽鳥——一切事物都有高韻，古色古香，而人也像菊花，淡泊自持地自處，天天觀看花無聲地飄落，瞭望山鳥在雨過天晴的山野互相追逐。在第九首〈綺麗〉中，詩人也生活在一個富貴華美的境界中，該詩其中五行這樣描寫：

紅杏在林，月明華屋，畫橋碧陰。金尊酒滿，伴客彈琴。

配合着華屋、畫橋、金尊，司空圖說這種詩人自已也具有富貴神情（「神存富貴」）。

雖然《詩品》喜歡以典故、意象來描寫和比喻，但是並不是所有詩句都是抽象，虛無飄渺，有時也有比較淸楚的。譬如司空圖在〈超詣〉中，一開頭就說明這種詩人「少有道契，終與俗違。」換句話說，他自少年時，心靈就與道契合，終於能夠超塵拔俗，遺世獨立。在〈飄逸〉中，頭四行也開門見山的點破：「飄逸」詩人如鶴如雲，飛騰於高山之頂：

落落欲往，矯矯不羣，緱山之鶴，華頂之雲。

從上面的分析，我們不難看出司空圖對風格的一個基本定義：它和詩人內在的心靈情性與外在的生活境界是相對應的，換句話說，他相信詩的風格不是機械化的，可以勉強模仿，或作裝飾用途，可以套進作品的東西。正好相反，他認定風格是個有機體，它起源自作者內心氣質以及外在的生活情調，然後成形於由語言構成的詩中。因此兩者是一而二，二而一，是不能分開的。由於人的心象因人而異，所以一旦將情思表達成詩的時候，它出現的基形（Pattern）便各不一樣，因此造成詩風格多采多姿，面貌衆多。

二、風格由語言和表現手法的特性形成

司空圖並沒有認定一切風格都是由個人的獨特性所構成。另一方面，他也承認風格是一種表現的技巧，由語言的特性和表達的手法所形成。風格中如「沖淡」、「豪放」、「悲慨」和「曠達」是作者的獨特氣質所構成，不過其他風格如「縝密」和「洗鍊」是建立於語言和技巧的特色上。

現在讓我們看看屬於第二種風格的詩之面貌和內容。在這些詩裏面，司空圖刻意要表現的，不是心靈情性或生活境界，而是創作過程所牽涉的問題。譬如第七首〈洗鍊〉的前六行是這樣：

> 猶鑛出金，如鉛出銀，超心鍊冶，
> 絶愛緇磷。空潭瀉春，古鏡照神。

司空圖很婉轉的通過一些生動的形象來描寫洗鍊詩之風格誕生經過及其面貌。它是從一堆廢物很多的鑛物中提煉出來的金和銀。過程需要洗緇成白，磨磷爲不磷，經過如此的淘汰和千錘百鍊才能達於純粹。所以洗鍊的詩比喻成一面能「照神」的古鏡，一潭清澈的春水。

「含蓄」的詩的基本結構在於語言的藝術效果：以一取萬，語意不露痕跡，所以開始四句這麼說：

> 不著一字，盡得風流，語不涉難，已不堪憂。

「含蓄」詩的好處，字面上不露一點痕跡，但卻可以涵蓋一切，出語未涉及患難和痛苦，而讀來卻令人痛苦不堪。「委曲」的風格也是由詩的語言之結構所呈現，所以司空圖用「力之於時，聲之於羌」來比喻。有人解釋這兩句的意思是以古代強弓「時力」來形容詩曲折之形，後者以羌笛之聲來形容詩的委婉之態。這不是把「委曲」詩之語言技巧結構描寫得很貼切生動嗎❺？

基於上面的認識，我們知道司空圖的詩的風格的基礎建立在兩大元素上：作者個性和語言特

❺ 祖保泉的解釋，見《司空圖詩品注釋及譯文》，頁一四。「語不涉難，已不堪憂」的異文是「語不涉己，若不堪憂。」

色。以這個標準作原則，我們可以把二十四種風格劃分成兩大類。第一類演繹自詩人獨特個性氣質和生活。屬於這類的有雄渾、沖淡、沉著、高古、典雅、綺麗、豪放、精神、悲慨、疏野、超詣、飄逸和曠達。第二類由語言結構特色所構成的風格有洗鍊、勁健、纖穠、清奇、自然、縝密、委曲、實境、形容、流動和含蓄。由於語意的難於把握，其中有些風格難於歸類，所以上面有些劃分是很勉強的，譬如綺麗、飄逸、典雅、和超詣這每種風格似乎把作者個性和語言特色都包含在內。

我們發現二十四種風格在歸類上的困難，並不等於說上面所分析出來的風格論之系統是言不成理，沒有說服力，剛好相反，這個現象有力的證明前面指出的風格是有機的認識是正確的。司空圖因爲相信作品和風格或作者和風格之間的關係不是機械性的而是有機性的，他自然認爲語言和技巧的結構也是和詩人的內在本性有關連。風格和詩有血肉上的關係，它和語言與作者個性都不能分開。前面說過在〈洗鍊〉中，司空圖把完美的作品比喻成從礦物提煉出來的金或銀，同時他也說詩人本身也是有高度修身養性，保全天性以存其眞純的人。「體素儲潔」這種理論在唐朝已不是新思想，譬如比司空圖早約四百年出生的劉勰(四六五——五二二)，就有系統的在《文心雕龍》裏提出這種看法。在〈體性〉篇中，他提出風格是由各人的氣質本性，或加上冶鍊熏染而定型的主張。「情性所鑠，陶染所凝」，所以他舉出賈誼、司馬相如、揚雄、劉向、班固等人爲例：

是以賈生俊發，故文潔而體清；長卿傲誕，故理侈而辭溢；子雲沈寂，故志隱而味深；子

政簡易，故趣昭而事博；孟堅雅懿，故裁密而思靡。……❻

三、風格由時代共同的作品特色形成

我們可以找出一種作品或一個作家的獨特風格，同樣的，也可以將一派作品概括地以一種風格來表示其特色。風格作更廣泛性的運用時，可以用來形容一個時代或一種文學運動所產生的作品之獨特性。司空圖的風格論的基礎雖然建立在個人的情性或語言特色上，但並沒有阻止他將風格的內涵擴大，用來形容很多詩作共同的風格結構。《詩品》中的二十四種風格就是在這樣的意識下發展出來的。這二十四種風格每一種都代表結構很相近的衆多作家的詩。這些風格在唐朝不但流行，而且被認爲是最好的詩。風格大致上不超出這些樣式，因此如果說某首詩或某某人的詩具有雄渾，或冲淡，或高古的風格，也就等於給予最成功和完美的一種評價。

上面曾提到劉勰很早就有風格如作家之面貌之理論。但是在討論風格和氣質的〈體性〉篇中，他說可以概括當時的文體爲八種，那是典雅、遠奧、精約、顯附、繁縟、莊麗、新奇和輕靡。其中典雅也是《詩品》風格之一種。其他遠奧、精約、莊麗、新奇，依次和司空圖的委曲、

❻引自王利器校箋本《文心雕龍新書》（北京：巴黎大學北京漢學研究所，一九五五），頁八一。

洗鍊、雄渾和清奇相近。

唐朝詩歌繁榮，各種詩體都有，風格也多變化。從中唐末期開始便有很多「詩格」之類的書出現。談論詩的風格的話題在現存的「詩格」或「詩話」中佔很重要的地位。司空圖認識的詩人中，便有好幾位熱衷於討論詩的風格的問題。譬如盧中著有《流類手鑑》，徐夤有《雅道機要》，齊己有《風騷旨格》。和司空圖差不多同時代的詩人的論著，構成今天現存唐代詩話（包括詩格）的主要作品。把司空圖與這些作品中的風格論比較一下，更能肯定我上面的假定：《詩品》的二十四種風格是代表很多詩人很多詩歌中的種種好詩。

在這大前提下，比司空圖早約一百年出生的詩僧皎然（七二〇——八〇〇）的風格說最值得注意。皎然的《詩式》裏面有所謂「辨體有一十九字」一節，將詩的風格區分歸納爲十九種，各以一字標出：高、逸、貞、忠、節、志、氣、情、思、德、誠、閑、達、悲、怨、意、力、靜、遠。他以「體德」或「德體」和「風味」或「風律」來形容詩的風格的面貌和內涵，並且解釋說「風律外彰」及「體德內蘊」，可見皎然和司空圖的風格論的立論點相似。「風律」大概是指詩語言所形成之特色，所以是「外彰」；「體德」是作者本性所致，所以它的存在情況是「內蘊」[7]。

---

[7] 關於皎然生平與《詩式》，見陳曉薔的通論〈皎然與詩式〉，刊於《東海學報》，八卷，一期（一九六七），頁一一三——一二九，又見李壯鷹校注《詩式校注》（濟南：齊魯書社，一九八七），頁一——一五。《詩式》完整版本是收錄在一十萬卷樓叢書一（臺北：藝文印書館，一九六八印）。本文引文卽錄自這版本。

皎然將每一種風格用簡短的句子給予解釋，譬如，「達」的按語是：「心迹曠誕曰達」；「閒」的解釋是：「情性疏野曰閒」。參考這些註釋，我們辨認出皎然所立十九種風格中至少有七種內涵與《詩品》一樣。只是名稱不同而已。現將兩組排列起來，對比一下就淸淸楚楚了（括弧內是皎然的按語）：

司空圖	皎然
高古	高（風韻切暢曰高）
飄逸	逸（體格閒放曰逸）
疏野	閒（情性疏野曰閒）
曠達	達（心迹曠誕曰達）
悲慨	悲（傷甚曰悲）
勁健	力（體裁勁健曰力）
含蓄	思（氣多含蓄曰思）

《詩式》裏有「詩有七德（或得）」，其七德或得（應指好詩的一種特性或風格）爲：識理、高古、典麗、風流、精神、質幹、體裁。其中高古、精神與《詩品》的第五及第十三種風格完全相同。此外《詩式》的典麗已包含在《詩品》的典雅和綺麗兩種風格裏。

我說過《詩品》的二十四種風格是唐朝詩人最好詩作的典範，作詩的人都爭先恐後的模仿或力求這些風格。皎然《詩式》中「詩有六迷」那節便給我們提供最好的證據：他指出追求這些風格成爲詩壇之時髦作風，結果不但叫人摸不清什麼是好詩的標準，同時很多人混水摸魚，以假亂眞，製造不少僞詩。他指出的「六迷」是：

一、以虛誕而為高古

二、以緩漫而為冲澹

三、以錯用意而為獨善

四、以詭怪而為新奇

五、以爛熟而為隱約

六、以氣少而為容易

使人驚奇的是，這裏高古、冲澹正是《詩品》的兩種風格，新奇也相當於後者的清奇。

詩僧齊己在《風騷旨格》中，也將詩分成「十體」。其中也有清奇和高古兩種。齊己特別的地方是各引一句具有同類風格的聯句來將每種風格的內涵標出。譬如「高古」，他引「千般貴在無過達，一片心閒不奈何」來當作解釋。關於「清奇」他引用這聯句：「未曾將一字，容易謁諸侯。」❽

❽ 齊己的《風騷旨格》，收錄於顧龍振（清）編《的詩學指南》（臺北：廣文書局，一九七〇），卷四。

我們不必再舉例下去，單單從上述的幾種風格說中，已足夠斷定一再重複出現的風格如沖淡、高古、疏野等是當時普遍流行的好詩之特徵。所以我們可以說，《詩品》的二十四種風格，固然是司空圖所推崇，但基本上是唐代普遍推崇的風格。

四、建立在風格上的詩論

現在讓我們離開《詩品》，到司空圖其他論詩文章中看看他對風格的見解如何。從他的論詩雜著中，我發現他特別喜歡從風格的角度來看詩，因此他的詩評都是從風格的獨特性的基礎上來立論。

關於這點，〈與李生論詩書〉提供我們一個最方便的出發點。它一開始就說：

文之難，而詩之難尤難。古今之喻多矣。而愚以為辨於味，而後可以言詩也。⑨

司空圖一口肯定「辨於味」在論詩時是很重要的方法。「辨於味」是指領會和辨別詩的風格。「味」在司空圖五篇論詩重要的文章中，出現在其中三篇⑩。「味」是司空圖詩論的關鍵語，所

⑨ 引自《司空表聖文集》，涵芬樓藏舊抄本，收在《四部叢刊》(上海：商務，一九一九)，卷二，頁二。

⑩ 我所指的五篇是：〈與李生論詩書〉、〈與王駕評詩書〉、〈與極浦書〉、〈題柳柳州集後〉及〈詩賦贊〉。味字出現在第一、二及四篇中。

以在〈與李生論詩書〉中，他用一個比喻來說明好的批評家一定能夠欣賞、分辨和確立詩的風格：文化較高的中原人，他們在醋鹽之酸鹹之外，還能辨別和欣賞其他更細緻的滋味。

在另一篇〈題柳柳州集後〉，司空圖一開頭便說：

金之精麄，效（或考）其聲，皆可辨也。豈清于磬而渾於鐘哉？⓫

用來說明人的心象因人而異，所以表現出來的詩的基形亦各不同，這個比喻用得再也恰當不過了。作者、作品、風格三者之間的關係，一如金石、鐘、鐘聲之關係。金石是詩人的氣質；鐘是作品；暗藏在鐘裏，只有在敲擊時才發出的鐘聲是風格，因此金石的屬性決定了聲音的清渾。一個作者寫詩作文，由於同出一人之手，基本的風格還是相同：

然則作者為文為詩，格亦可見，豈當善於彼而不善於此耶？⓬

司空圖的風格論和他的詩觀相輔而成。他的詩觀大致上與中國傳統的「詩言志」或現代西方批評界所謂「表現說」(Expressive Theory) 類似。這種詩觀假定詩人的心靈情性是詩主要的泉源，詩人作詩主要以表達自己的思想感情爲主，在評論詩時，自然常常以詩人的心靈作參考，所以司空圖的風格說也基於詩人之氣質個性的基礎上而成立。不過由於司空圖知道一塊金屬品和

⓫《司空表聖文集》，同上，卷二，頁三。
⓬同上。

鑄成鐘的金屬品的聲音不一樣，而且聲音因此而變化，所以他的風格也有語言的特性的另一層面。

五、詩學的最高原則

當我們把《詩品》當作純文學作品閱讀時，它充滿神秘超世的玄想；可是當作文學理論來研究時，它又是一部構思嚴密，理論系統化的詩學。

基於上面的認識，可以說司空圖這二十四種風格是詩學的最高原則。所謂風格，不是單指通常文學作品文字形式上所形成的關係總和之特色，它也包括內在的風格，即能產生藝術力量的詩的全部內容與形式。這種指示好詩的一種特性的風格，今天西方文學批評術語通稱爲詩的本質結構（Essential Structure）。要創作一首好詩，要欣賞一首詩的成功之處和特徵，或者要比較和評價很多不同作者的詩，《詩品》便提供這方面的需要，因爲每一種風格標誌出好詩的特性，而且是一種批評的標準，可以用來比較和衡量不同類型、不同作者的詩[13]。

[13] 參考王潤華，〈詩的結構〉，刊於《創世紀》，四〇期（一九七五年四月），頁六八——七七。

第八章 「觀花匪禁」之文字及其意象之根源

司空圖（八三七——九〇八）的《詩品》中的第十二首詩題名〈豪放〉，全詩如左：

觀花匪禁，吞吐大荒。
由道返氣，處得以狂。
天風浪浪，海山蒼蒼。
真力彌滿，萬象在旁。
前招三辰，後引鳳凰。
曉策六鼇，濯足扶桑。❶

❶ 司空圖，《二十四詩品》，錄自學津討源叢書（照曠閣刊本）（臺北：藝文印書館，一九六五年），頁三。

這首詩的第一行「觀花匪禁」語意難懂，《詩品》的研究者不是對它迷惑不解，就是各持己見，使得《詩品》的讀者不知何去何從。譬如下面的四種英文翻譯，便是很好的證明：

Herbert Giles: Joying in flowers without let (1901).

Cranmer-Byng: I fevel in flowers without let (1923).

Yang: Free to study Nature's mysteries (1963).

Wile: Looking at flowers near the palace ground (1969).❷

這四種譯文是在一九〇一至一九六九這六十八年內翻譯的，可是都是似是而非的翻譯。第一及第二種譯文避重就輕，只就上下文及主題「豪放」製造適合的解釋，第三種則故弄玄虛，或穿鑿附會，不了了之。第四種雖然敢面對「現實」去直譯，但由於缺乏對這句詩的文字構成及其意象來源的認識，結果還是捕風捉影，並沒有把文字的表層意義及其意象表達出來。這四種譯文，

---

❷ 錄自··Herbert Giles, *A History of Chinese Literature* (New York: D. Appleton and Company, 1901), p. 1830; L. Cranmer-Byng, *A Lute of Jade* (New York: E. P. Dutton and Company, 1923), p. 106; Yang Hsien-yi and Gladys Yang, "Twenty-four Mode of Poetry," *Chinese Literature,* Vol. 7 (July 1963), pp. 78-83; Douglas Wile, "Draft Translation of the Shin P'in," a paper done in Prof. Chow Tse-tsung's class of "Chinese Literary Theory and Criticism," (1969) Department of East Asian Languages and Literature, The University of Wisconsin, Madison.

很顯然的，是根據目前中國學術界對「觀花匪禁」的通行註釋而翻譯的，因此它們本身反映中國學者對「觀花匪禁」的認識。

讓我們試看看幾種中國學者對這句詩的解釋，孫聯奎在其《詩品臆說》中，把「觀花匪禁」的「花」解作「化」，認爲含有「洞悉造化略無滯窒」之意。上面我所舉出第三種楊憲一夫婦的翻譯，大概就是基於這種理論而翻譯的。郭紹虞則認爲「觀花匪禁」是「看竹何須問主人」的另一種說法❸。祖保泉則把它解成「在都城看花，是豪放的行動」之意。「匪」是指示代詞「彼」，「禁」是「禁宮」，這樣「觀」就如上述諸家所解釋，是個動詞，等於白話文的「看」或「欣賞」。祖保泉還引了孟郊（七五一——八一四）的詩〈登科後〉爲旁證：「春風得意馬蹄疾，一日看遍長安花。」祖保泉曾將《詩品》翻譯成白話詩，因此「觀花匪禁」就被他譯成：「放膽地在都城裏看花」❹。上面所舉魏道格先生的譯文，很顯然，是受了祖保泉的註釋的影響。

如果單單從〈豪放〉的主題和上下文來看，上面孫聯奎、郭紹虞和祖保泉等人的說法都行得通。當我們把《詩品》當作一部想像豐富的純文學作品來看，毫無疑問，上述幾種解釋都會被許多人接受。可是當我們除了其象徵意義外，還要知道其創作過程時——即追求其文字及意象之根

---

❸ 見郭紹虞，《詩品集解，續詩品注》（香港：商務印書館，一九六五年），頁二三——二四。

❹ 祖保泉，《司空圖詩品註釋及譯文》（香港：商務印書館，一九六五年），頁四四——四五。

源時，仍然把「花」看成「化」❺，把「匪」讀成「彼」，將「禁」解成「宮禁」，甚至將「觀」視爲「看」，則似乎太過牽強附會，甚有削足適履之嫌了。

依我個人研究的結果，我認爲司空圖這句詩，大概是出自一個有關劉禹錫（七七二——八四二）及其玄都觀看花詩的典故。劉禹錫有兩首關於玄都觀看花的詩，第一首題名〈元和十年（八一五），自朗州承召至京，戲贈看花諸君子〉，全詩照抄如左：

紫陌紅塵拂面來，無人不道看花迴。
玄都觀裏桃千樹，盡是劉郎去後栽。

第二首題名〈再遊玄都觀絕句〉，全詩如左：

百畝中庭半是苔，桃花淨盡菜花開。
種桃道士歸何處？前度劉郎今獨來。❻

劉禹錫在第二首詩之前寫了一篇引子，對上述兩首詩的寫作動機有所說明。他說在唐朝貞元二十一年（八〇五），當他在京城長安做屯田員外郎時，玄都觀還沒有種植花木。後來他被貶謫

❺「嘉業堂叢書」刊本的《詩品》，甚至把「花」改成「化」。見《司空表聖詩集》（嘉業堂叢書）（上海：吳興嘉業堂出版，一九一八年），卷三，頁一六。

❻見《劉夢得文集》，上海商務印書館縮印武進董氏影宋本，在《四部叢刊初集》（臺北：商務，一九六五年），卷四，頁二八。

到朗州（唐時屬江南道，卽今湖南省常德府），十年後他再被召回長安時，他不但聽見京城的人傳說玄都觀有一個道士親手種植千株仙桃的故事，而且親眼目睹仙桃花盛開得如天邊的晨霞一般燦爛。劉禹錫因有感觸，便寫了上述第一首詩。其原文如下：

> 余貞元二十一年為屯田員外郎時，此觀中未有花木，是歲出牧連州，尋貶朗州司馬，居十年，召至京師，人人皆言有道士手植仙桃滿觀，如爍晨霞，遂有前篇以志一時之事。❼

唐朝孟棨的《本事詩》（作於唐光啓二年，卽公元八八六年）對唐代詩人作詩的動機及其牽涉的故事，甚多記述，關於劉禹錫的看花詩，孟棨寫道：

> 其詩一出，傳於都下。有素嫉其名者，白於執政。又誣其有怨憤。他日見時宰，與坐，慰問甚厚。既辭，卽曰：近者新詩，未免為累，奈何！不數日，出為連州刺史。❽

至於第一首詩爲什麼會被視爲詩語譏忿？到底它諷刺到當權者的什麼醜態？孟棨並沒有提到。日本學者森大來基於當時新舊黨爭的歷史背景，因爲往往一相失去權勢，所附屬的人則受盡貶謫；反過來，一人入朝執政，則其人必搶盡高官要職，所以他認爲「詩意所在，似刺當時滿朝之新貴，揚揚得意之態。」他又引述宋朝謝疊山（枋得）之解釋，他說：

---

❼ 見❻。

❽ 孟棨，《本事詩》，在《續歷代詩話》，丁仲祜編（臺北：藝文印書館影印本），見〈事感第二〉，頁六。

此詩有謝疊山之解。（按謝疊山之絕句解注，或謂出於元人僞作，然清阮芸臺採入四庫未收書目中，謂能得唐詩言外之旨，故今復從之。）曰：奔走富貴者，汩沒塵埃，而自謂得志。春日看花，其實紅塵滿面。玄都觀喻朝廷，桃千樹喻富貴新進之無能者，謂劉郎去國後，由宰相之所栽培。劉郎乃禹錫自謂。❾

劉禹錫在第二首詩的引子裏接下去說：

旋左（或作又）出牧，於今十有四年，得為主客郎中，重遊茲觀，蕩然無復一樹，唯兔葵鷰麥動搖於春風耳。因再題二十八字，以俟後遊。時大和二年三月某日。❿

當第二首詩流傳出去後，果然又遭人誣告，於是又遭貶謫，森大來認爲該詩含有譏諷，他說：

蓋文宗之朝，互為朋黨，一相去位，朝士盡易如走馬燈。然此時云：「百畝園中半是苔」，明朝廷之無人也。「桃花淨盡菜花開」，謂前宰相所用之人，盡遭斥逐，新宰相方得時也。「種桃道士今何在，前度劉郎今又來」，謂前宰相培植私人，今已死，而自己又來，如菜花之得時，洵堪笑殺也。⓫

劉禹錫的兩首詩及其引起的風波，在當時大概曾經成爲文人名士一時之美談。上引孟棨的

❾ 森大來，《唐詩選評釋》，江俠菴譯（香港：商務，一九五八年），下册，頁七一〇——七一一。

❿ 見❻。

⓫ 《唐詩選評釋》，頁七一二。

《本事詩》便是個鐵證。《新唐書》及《舊唐書》裏面劉禹錫的傳都有記述這件事。其他較後的記錄如宋朝計有功的《唐詩紀事》，元朝辛文房的《唐才子傳》都有載述⑫，可見在讀書人中，這故事眞是家喻戶曉。

根據五代王溥（九二二——九八二）的《唐會要》，玄都觀「本名通達觀，周大象三年，於故城中置。隋開皇二年，移至安善坊。」⑬清朝徐松（一七八一——一八四八）考證說，所謂「安善坊」大概就是後來唐朝長安的崇業坊的舊址，因爲玄都觀在唐朝一直在崇業坊⑭。司空圖在唐廣明元年（公元八八〇年）年底以前曾住在長安的崇義里，在一篇小傳〈段章傳〉裏，他說：

廣明庚子歲冬十二月，寇犯京，愚寓居崇義里……⑮

---

⑫ 參見《舊唐書》，在《廿五史》，武英殿刋本（臺北：藝文翻版，一九六五年），卷一六〇，頁一五一一九；《新唐書》於《廿五史》，版本同上，卷一六八，頁五——九；計有功，《唐詩紀事》，鉛字校注本（北京：中華書局，一九六五年），第二册，卷三九，「劉禹錫」條，頁六〇一——六〇三；辛文房，《唐才子傳》，鉛字校注本（北京：中華書局，一九六五年），卷五，「劉禹錫」條，頁八七。

⑬ 王溥，《唐會要》，武英殿刋本（臺北：世界書局影印，一九六三年），第二册，卷五〇，頁八七六。

⑭ 徐松，《唐兩京城坊考》，《連筠簃叢書》，道光二八年靈石楊氏刋本（臺北：世界書局，一九六三年），卷四，頁二——三，及圖表一。

⑮ 見《司空表聖文集》，舊鈔本，於《四部叢刋》（上海：商務，一九一九年），第一册，卷四，頁三——四。

根據徐松考定的唐朝「西京外郭城圖」，崇業坊和崇義里相距甚近。這兩個坊都在長安皇城南面的朱雀門和安上門以南，在十二個城坊構成的長方形中，它們先後成爲東北和西南的相對角，試繪其位置於左：

（缺）	開化	崇義
豐樂	安仁	長興
安業	光福	永樂
崇業	靖善	靖安

既然玄都觀和司空圖住過的地方只相距一千多步之遙，司空圖當然會到過玄都觀玩，並熟悉它的故事。

其次司空圖應該對劉禹錫的作品很熟悉，因爲前者在其對少數唐代詩人的評論中，不但提到劉禹錫，而且認爲劉禹錫是唐代最傑出的詩人之一。在一封題名〈與王駕評詩書〉的信中，司空圖說：

> 國初上好文章，雅風特盛。沈宋始興之後，傑出江寧，宏思於李杜，極矣！右丞、蘇州，趣味澄夐，若清沇之貫達。大曆十數公，抑又其次，元白力勍而氣孱，乃都市豪估耳。劉公夢得，楊公巨源，亦各有勝會。浪仙、無可、劉德仁輩，時得佳致，亦足滌煩。厥後所

聞，徒徧淺矣。⑯

因此司空圖大概讀過劉禹錫那兩首看花詩。由於《詩品》的寫作年代是在移居華陰後那十幾年內（約八八九——九〇三），那時他已入晚年，因此當他寫《詩品》時，他的頭腦大概浮現那兩首看花詩，及玄都觀道士手植仙桃的傳說⑰。

說「觀花匪禁」很可能是取典自劉禹錫的看花詩及玄都觀道士的傳說，我還有其他的證據。〈豪放〉這首詩除了「觀花匪禁」外，它的第四句「處得以狂」，也很顯然是對劉禹錫的寫詩之狂熱和大膽作風之影射。劉禹錫一生以詩觸怒當權者很多次。像第一首詩的題目中所言「自朗州承召至京」，也是指曾因爲寫〈竹枝詞〉被斥爲朗州司馬。

司空圖的《詩品》中的〈豪放〉的主題，既然是寫「豪放」的詩境，及詩人作詩應有的豪放精神，一開始就以劉禹錫的玄都觀看花的典故入詩，當然是最恰當不過。劉禹錫和白居易（七七二——八四六）友善，前者詩筆之尖銳，連白居易也怕他三分。所以白居易稱劉禹錫爲詩豪：「彭城劉夢得，詩豪也。其鋒森然，少敢當者。予不量力，往往犯之……」⑱辛文房在《唐才子

⑯ 見《司空表聖文集》，卷一，頁九——一〇頁。

⑰ 關於《詩品》的寫作年代，筆者所著 *Ssu-K'ung T'u: The Man and His Theory of Poetry* 有一章詳論此點，此不贅。本書第四章也有討論，請參考。

⑱ 見白居易的〈劉白唱和集解〉，在《白氏長慶集》，上海商務縮印江南圖書館藏日本活字本，收在《四部叢刊初編》（臺北：商務，一九六九年），卷六〇，頁三三二。

傳》中也說：「公恃才而放心，不能平行，年益晏，偃蹇寡合，乃以文章自適。善詩，精絕，與白居易酎唱頗多，嘗推爲詩豪！」⑲由此可見，劉禹錫是以「豪」和「放」知名。因此司空圖把劉禹錫這個豪放詩人及其毫無忌憚，放膽寫詩的典故寫進〈豪放〉那首詩裏。明乎此，則「觀花匪禁」和「處得以狂」才會形成一個活生生的「豪放」的意象！

如果我的證據不錯的話，則「觀花匪禁」的原意，應該如此：「觀」，應是專有名詞，即是指唐朝長安的玄都觀，不是動詞「看」。「花」原是指傳說中，玄都觀道士手植的仙桃花。「匪」，不也，即《廣雅》〈釋詁四〉所說的：匪，非也。「禁」不是指禁宮，只是用作禁止之意。因此「觀花匪禁」是說：寫玄都觀的花的詩是不可以禁止的，言外之意，是說豪放的詩人，應該像劉禹錫一樣，不被人抑制心裏的聲音，要寫就寫，雖然明明知道會觸怒當權者而被貶謫，他還是去寫玄都觀看花詩。所以「觀花匪禁」以下三句「呑吐大荒，由道返氣，處得以狂」，是稱讚劉禹錫敢怒敢言，豪放的氣魄的話。祖保泉這樣翻譯這三句詩：「那氣魄可以呑吐山川，誰要是道的化身，他的行動才能自在若狂。」⑳

知道〈豪放〉前四句意境之所據，對該詩的主題就有很大的了解。不過話得說回來，即使承

⑲《唐才子傳》，同上，卷五，頁八七。
⑳《司空圖詩品注釋及譯文》，頁四五。

認這是作者的原意，它並未絕對限制這句話作各種不同的解釋，因爲當我們把一首詩當作一件藝術作品去欣賞時，不一定處處都要追隨原作者的原意，更何況成功的詩，作者往往巧妙地把文字變成既靈活又奥妙。一首詩，一句詩，或一個字，往往在讀者的想像力中可千變萬化。司空圖的「觀花匪禁」這句詩，便是具有恩普遜（William Empson）所謂詩的「多義性」（Ambiguity）的美德㉑。事實上，司空圖《詩品》的二十四首詩，每首都具有這種美德和價值。

㉑ William Empson, *Seven Types of Ambiguity* (New York: New Directions), pp. 1–6.

第九章　從歷代詩論看司空圖《詩品》的風格論

我曾經分析司空圖論詩的基點及其《詩品》風格說的理論❶，他的風格說基本上認定詩文風格主要是由個人的獨特氣質所構成，譬如豪放、冲淡、典雅、飄逸等等。風格因此不能勉強模仿，它是有機體，它由作者的內心氣質以及外在的生活境界所形成。另一方面，他也承認其中一些風格如縝密、洗鍊、含蓄等是由語言文字和表現技巧特色所形成。用這個標準作分類原則，我們可以把《詩品》中的二十四種風格劃分成兩大類，演繹自詩人獨特個性、氣質和生活的風格有：雄渾、冲淡、沉著、高古、典雅、綺麗、豪放、精神、悲慨、疏野、超詣、飄逸和曠達，共十三種風格，第二類由語言結構特色所構成的風格，共有十一種：洗鍊、勁健、纖穠、清奇、自

❶王潤華，〈司空圖詩品風格說之理論基礎〉，《大陸雜誌》，五三卷，一期（一九七六年七月），頁二三—二七；〈從司空圖論詩的基點看他的詩論〉，《大陸雜誌》，五六卷，五期（一九七八年五月），頁四二—四六，現收入本書第九、十章。

然、縝密、委曲、實境、形容、流動和含蓄。不過有些風格可能受了作者個性和語言特色之影響，其內涵似乎跨越兩大類，那是綺麗、飄逸、典雅、和超詣等❷。

我們平常所說的風格，有些是概括一個作家的獨特風格，有時是形容一個流派作品之特色。風格用來作更廣泛運用時，可以用來形容一個時代或一種文學運動所產生的作品之獨特性。司空圖在文論與《詩品》中所主張的風格論之基礎，雖然建立在個人的情性生活或語言技巧特色上，他的二十四種風格內涵很廣大，每一種風格代表作品特色很相似的衆多作家的詩歌。這些風格在各朝代不但流行，而且被認爲是最好的詩。因此每一種風格本身，已經是一種評價，至於二十四種風格中，那一種評價最高？司空圖似乎不願加以區分，可能他承認好詩是應該多類型的，不必分高下。

一、劉勰：吐納英華，莫非性情

風格是一個作者個性與氣質所造成的理論，在唐代可以說早已建立起來。遠在六世紀的劉勰（四六五—五二二），他在《文心雕龍》裏面，就有一章〈體性〉，專門闡析，所謂體性就是指

---

❷ Wong Yoon Wah, "A Chinese View of Style: The Theoretical Bases of Style in the Shih-P'in," *Chinese Culture*, Vol. XIX, No.1 (March, 1978), pp. 34-43. 本文所引《詩品》是根據《司空詩品》，照曠閣刊本，見學津討源叢書，張海鵬編（臺北：藝文印書館，一九六五）。

風格與個性。他認為作品的形成，是「因內而符外者也」。因此一個人的作品風格不會跟他的才調、氣質與習性相反。作家寫作時，都是順着心靈去表現，因此作品風格之不同，猶如各人有其自己的面孔一樣：「各師成心，其異如面。」❸

雖然如此，劉勰覺得還是可以將風格的內涵擴大，用來概括一個時代，許多作家風格相似的作品。他說：「若總其歸塗，則數窮八體。」他所列舉的八種風格是：

一曰典雅，二曰遠奧，三曰精約，四曰顯附，五曰繁縟，六曰壯麗，七曰新奇，八曰輕靡。❹

劉勰並不排除語言文字與表現技巧對風格之影響，因為接着他簡要的解釋各種風格的特色時，強調傳統的重要性。譬如他對下列風格作這樣的解釋：

典雅：鎔式經誥。

壯麗：高論宏裁，卓爍異采者也。

新奇：擯古競今，危側趣詭者也。❺

❸ 劉勰，《文心雕龍新書》，王利器箋校（初版一九五一，香港：龍門書店，一九六七再版），頁八一—八三。關於中國古代以「體」或「文體」作風格解，參考徐復觀〈文心雕龍文體論〉，《中國文學論集》（臺北：民主評論社，一九六六），頁一六一—一八。

❹ 同上，頁八一。

❺ 同上，頁八二。

那就是等於承認，風格固然是由性情所造成，但是某種性情的人，他會受某種傳統文學之影響，所以典雅的人，他必受經典制誥那類作品之文字影響。劉勰實在是一位造詣很深的文學理論家，對文藝心理也很瞭解，他雖然深信文如其人，但到底文學是由語言文字所表現，所以當他分析風格時又很重視語言文字。

劉勰所列舉的八體，從典雅、遠奧到輕靡，都是歸納一個時代或許多人共同的風格。既然是作者的氣質決定文章的言詞風格，所謂「吐納英華，莫非性情」，他又列舉十二位作家之十二種風格，現將他們的性情與風格關係排列成一表如下❻：

	作家	性情	風格
1	賈誼	俊發	文潔而體清
2	司馬相如	傲誕	理侈而辭溢
3	揚雄	沉寂	志隱而味深
4	劉向	簡易	趣昭而事博
5	班固	雅懿	裁密而思靡

❻同上，頁八二一。

6	張衡	淹通	慮周而藻密
7	王粲	躁銳	穎出而才果
8	劉楨	氣褊	言壯而情駭
9	阮籍	俶儻	響逸而調遠
10	嵇康	儁俠	興高而采烈
11	潘岳	輕敏	鋒發而韻流
12	陸士衡	矜重	情繁而辭隱

劉勰所說的體清、味深、藻密、調遠、辭隱是比較屬於一個人的風格，因爲他相信照着作者的氣質、性情、去類推他們的文章風格，其內外一定相符而一致：

故情繁而辭隱。觸類以推，表裏必符，豈非自然之恒資，才氣之大略哉！❼

如果我們將司空圖《詩品》中二十四種風格與劉勰的二組風格比較，首先劉勰的八體都可以在司空圖的二十四品中找到相似的風格：

❼ 同上，頁八二。

	劉勰	司空圖
1	典雅	典雅
2	遠奧	含蓄、委曲
3	精約	洗鍊
4	顯附	實境
5	繁縟	纖穠
6	壯麗	豪放、勁健、綺麗
7	新奇	清奇
8	輕靡	飄逸

其中許多術語雖然不同，其實所包涵的風格，大同小異。試比較劉勰與司空圖對其中一些風格的解釋便明白：

顯附（辭直義暢）→實境（取語甚直，計思匪深）

繁縟（煒燁枝派者也）→纖穠（蓬蓬遠春，碧桃滿樹，柳陰路曲）

精約（覈字省句，剖析毫釐）→洗鍊（猶鑛出金，如鉛出銀，超心鍊冶）

顯附與實境的含義完全一樣，劉勰說「辭直」，司空圖說「取語甚直」。兩人都用樹葉茂盛來說明繁縟和纖穠，不知是巧合，還是司空圖受劉勰之影響。

至於十二人的風格，揚雄「志隱而味深」，有司空圖所說的含蓄之風格，張衡「慮周而藻密」有縝密之風，潘岳「鋒發而韻流」，有勁健之勢，阮籍的「響逸而調遠」，也有些豪放之氣。

司空圖的風格論基本上繼承了唐以前的傳統理論，看來所受《文心雕龍》之影響很深。我讀《詩品》時常覺得《文心雕龍》的文字，特別是每篇論文後面以四言古詩寫的〈贊〉，相信給他的《詩品》五言詩有很大的啓發，只可惜沒有資料可以加以考證而已。

二、皎然：風律外彰，體德內蘊

《詩品》據我考證，大約在公元八八九—九〇二年間完成，那時司空圖因爲家鄉中條山王官谷受到戰亂，他寓居華山❽。晚唐討論詩歌藝術的著作特多，這種著作通稱爲詩話、詩格、詩

❽ Wong Yoon Wah, *SSu-K'ung T'u: A Poet-Critic of the T'ang*(Hong Kong: The Chinese University of Hong Kong, 1976), pp. 27-36，又見本書第四章。

式，當時很流行，而司空圖在華山的十多年中，跟他有文字因緣和交情的詩友中，像李洞著有《集賈島詩句圖》、鄭谷有《國風正訣》，不過目前都失傳了。另外像虛中的《流類手鑑》、徐寅《雅道機要》、齊己《風騷旨格》都是詩格中的重要作品❾。因此把司空圖的二十四種風格跟晚唐其他詩評家的風格論比較一下，是一個很有趣的問題，可以打開司空圖風格論形成之時代背景之奧秘❿。

比司空圖早一百多年出生的詩僧皎然（七二〇—八〇〇）的風格說最值得注意。皎然的《詩式》共五卷，作於唐貞元五年（七八九），屬於他晚年的著作⓫。這部比《詩品》早一百多年完成的詩論中，有一章叫〈辯體有十九字〉，他將詩的風格區分歸納為十九種，各以一字標出。皎然將每一種風格用簡短的句子給予解釋⓬：

---

❾ Wong Yoon Wah, *Ssu-K'ung T'u: The Man and His Theory of Poetry*, (Unpublished Ph-D. thesis, University of Wisconsin, Madison, 1972), pp. 114-118.

❿ 目前比較容易得到的一本收集詩格之書是清朝顧龍振編輯《詩學指南》（臺北：廣文書局，一九七〇）。不過此書所錄詩格，多數有所刪減，不是原本。

⓫ 本文所引《詩式》原文，出自《詩式》《十萬卷樓叢書》（臺北：藝文印書館，一九六八），最近出版的李壯鷹校註《詩式校注》（濟南：齊魯書社，一九八七）極佳。關於皎然生平，可參考此書，頁一—一五。

⓬ 《詩式》《十萬卷樓叢書》，卷一，頁一〇，辯字在《詩學指南》和《歷代詩話》中作辨字。

高　風韻朗暢曰高

逸　體格閑放曰逸

貞　放詞正直曰貞

忠　臨危不變曰忠

節　持操不改曰節

志　立性不改曰志

氣　風情耿介曰氣

情　緣境不盡曰情

思　氣多含蓄曰思

德　詞溫而正曰德

誡　檢束防閑曰誡

閑　情性疏野曰閑

達　心迹曠誕曰達

悲　傷甚曰悲

怨　詞調凄切曰怨

意　立言盤泊曰意

力　體裁勁健曰力

靜　非如松風不動、林〇未鳴，乃謂意中之靜。

遠　非如渺渺望水、杳杳看山，乃謂意中之遠。

皎然在一小段近似序文中認爲，每首詩並非只有一種風格，而是多種風格之集合體，當他說某一首詩風格屬於高，這是指高是其主導風格，也就是說這首詩的總體面貌呈現「高」的風格。正因爲每首詩總有自己的主導風格，所以可以用一字來標示它的風格特色。皎然所定的十九種「體」，也就是十九種風格，他說可以概括詩（或文章）所有的「德體風味」。所謂德體（或體德）風味（或風律），又有所分別。「風律外彰」，也就是說，風律呈現於詩的外部，偏重於詩的語文藝術表現之格調。根據一般人的瞭解及分類，十九體中像情、思、意、力、靜、遠是皎然所說的風律。至於所謂體德，它是蘊含於詩之內部，屬於詩中所抒發的情思的內容，很多人認爲像高、逸、貞、忠、節、志、氣、德、誠、閒、達、悲、怨等屬於體德⑬。

由此可見，皎然和司空圖的風格論的立論點很相似，因爲上述其中六種風格，大概是指語言所形成之特色，它被皎然稱爲風律，而且是「外彰」，卽表現在語言之外。另外十三種屬於體德，

⑬《詩式》，卷一，頁一〇。參考《詩式校注》中李壯鷹之意見，頁五六。王玄（唐末至五代人）在其《詩中旨格》中，曾給皎然的十九種風格各引兩句詩作爲例子，譬如「逸」，王玄就引用齊己「閒欹太湖石，醉聽洞庭秋」作爲解釋，見《詩學指南》，卷四，頁一一。

是由作者性情氣質所形成，所以它是「內蘊」，因爲它暗藏詩中。

如果細心的比較皎然的十九體與司空圖的二十四詩品，我們很容易辨認出皎然所列的十九種風格至少有九種內涵與《詩品》的一樣，只是名目稍有差異而已。我現在把兩組相同的排列於下（括弧內是皎然的按語）：

	司空圖	皎然
1	高古	高（風韻朗暢曰高）
2	飄逸	逸（體格閒放曰逸）
3	疏野	閒（情性疏野曰閒）
4	曠達	達（心迹曠誕曰達）
5	悲慨	悲（傷甚曰悲）
6	勁健	力（體裁勁健曰力）
7	含蓄	思（氣多含蓄曰思）
8	實境	情（緣境不盡曰情）
9	豪放	氣（風情耿介曰氣）

以上七種，其中包括「氣」，表面看與豪放無關，但「風情耿介」即指風情慷慨，而司空圖的豪放說「由道反氣，處得以狂」，可見是說豪放之氣。同樣的，境就是爲了表現情，司空圖〈實

境〉中也說「情性所至，妙不自尋」。皎然說他的十九體（風格），包括「文章德體風味盡矣」，那就是說，這是代表很多詩人很多詩歌中的好作品，每一種風格本身就是一種好詩的評價。這一點又跟司空圖的《詩品》的風格論相似。

另外一點值得注意的是皎然比較強調個性中道德的風格如節、貞、忠、誠並沒有被司空圖所用，這又說明司空圖的風格前後一致強調他在詩論中主張的「表現論」。他一向認為詩應該坦誠表現自己的感情，重自然，他多少受了道家的思想所影響，因此不主張把道德帶進風格論中。

皎然的《詩式》第一卷中，還有一章叫〈詩有七德〉，他在這裏所說的「七德」（又作「七得」），也是指詩的德性，也就是風格。七種詩德是：一識理；二高古；三典麗；四風流；五精神；六質幹；七體裁。作者只把七德排列，沒有加予詮釋⑭。拿這組風格和司空圖的《詩品》比較，其中高古、精神與《詩品》中第五及第十二種風格完全相同，另外「典麗」大概是司空圖典雅和綺麗之混合。第四種「風流」使人推想，大概等於司空圖的含蓄，因為含蓄之風格是指「不著一字，盡得風流」。

除了十九體、七德，皎然《詩式》還有一章叫〈詩有六至〉。所謂「至」應該是指「詩成篇之後，觀其氣貌，有似等閒不思而得」的好詩。其實也就是指風格。這六種風格稱為險、奇、

⑭《詩式》，卷一，頁三。

麗、苦、近、放，皎然還作簡要之解釋：

至險而不僻；至奇而不差；至麗而自然；至苦而無迹；至近而意遠；至放而不迂。⑮

這裏所說的奇、麗、放大概與司空圖的清奇、綺麗、曠達很相近。六項中除了這三項相同，另外「苦」，應該與司空圖之悲慨很相似。唐朝末年流行險而不僻之詩，賈島和李洞最喜歡，司空圖在〈與李生論詩書〉中，批評賈島的詩蹇澀，勸李生（李洞）不要模仿賈島，所以司空圖不把「險」放進二十四種好詩的風格裏面⑯。

《詩品》中的二十四種風格，是司空圖所認爲好詩之典範，寫詩的人都爭先恐後的模仿或力求這些風格。皎然《詩式》中〈詩有六迷〉證實晚唐詩人眞的如此，追求這些風格的詩已成爲詩壇之時髦作風，因此許多詩人混水摸魚，以假亂眞，寫了不少僞詩。皎然所謂「六迷」，是指有六組風格的詩，面貌含糊不清，往往被人誤認⑰：

一、以虛誕而為高古

二、以緩縵而為冲淡

⑮ 同上。

⑯ 王潤華，〈從司空圖論詩的基點看他的詩論〉，《大陸雜誌》，五六卷，五期（一九七八年五月），頁四二—四六。現收入本書第十章。

⑰ 《詩式》，卷一，頁二—三。

三、以錯用意而為獨善

四、以詭怪而為新奇

五、以爛熟而為隱約

六、以氣少而為容易

使人驚奇的是，這裏的高古、沖淡正是《詩品》中的兩種風格，新奇也相當於司空圖的清奇。

綜合上面的分析，我們現在知道在司空圖二十四種風格之中，沖淡、高古、典雅、勁健、綺麗、含蓄、豪放、精神、疏野、清奇、實境、悲慨、飄逸、曠達等十四種與皎然的相同。由這一點可見司空圖該受了唐代詩格之影響，同時也說明《詩品》二十四種風格，確是唐代人好詩的典範，在當時已成爲寫詩的人的最高創作目標。

三、齊己：詩有十體、二十式、四十門

司空圖住在華山時，有一批詩僧對他極其崇拜，齊己便是其中一位[18]。他最稱讚司空圖拒絕接受皇上徵詔，「空見使臣還」的勇氣：

---

[18] Wong Yoon Wah, *Ssu-K'ung T'u: The Man and His Theory of Poetry*, pp. 105-111.

天下艱難際，全家入華山，幾勞丹詔問，空見使臣還。
瀑布寒吹夢，蓮峯翠溼關。兵戈阻相訪，身老瘴雲間。⑲

齊己的《風騷旨格》是晚唐很重要，而且很風行的一本詩格著作。他曾到長安、中條山及華山數年，後又到宜春與鄭谷交游，可見他和司空圖、鄭谷等人都是對詩格有共同興趣的詩友，只可惜無法考證他們這方面的交流情形⑳。

齊己的《風騷旨格》其中一章有〈詩有十體〉論。就如晚唐詩論家的習慣，這裏所謂「體」就是指詩的風格。這十體是：高古、清奇、遠近、雙分、背非、無虛、是非、清潔、覆粧、闔門。齊己在每一體之後，都舉出兩句詩爲例，作爲解釋。譬如在「高古」和「清奇」等體之後，他的例句是這樣：

高古：千般貴在無過達，一片心閒不奈何。
清奇：未曾將一字，容易謁諸侯。
遠近：已知前古事，更結後人看。

⑲ 彭定球等編《全唐詩》（北京：中華書局，一九六〇），卷八四〇，頁九四八二。
⑳ 有關齊己生平事蹟，見辛文房《唐才子傳》（上海：古典文學出版社，一九五七），卷九，頁一六一；計有功《唐詩紀事》（上海：中華書局，一九六五），第二冊，卷七五，頁一〇九二—一〇九三。

雙分：船中江上景，晚泊早行時。㉑

從這些例子可看出，齊己爲了建立新說，他的詩體的立論點主要不是根據詩人之個性氣質，或語言文字和技巧，而是基於敘事與內容之性質。由於「千般貴在無過達，一片心閒不奈何」兩句的主題是涉及清高，因此其體定爲高古；而「未曾將一字，容易謁諸侯」，由於其故事富有傳奇性，也就稱它爲清奇。

齊己這種新說，與司空圖之《詩品》立論點很不同，雖然第一及第二體（高古與清奇）與《詩品》兩種風格名稱相同。我想主要差別在於：齊己的〈詩有十體〉比較傾向指導作詩的方法，而《詩品》是涵義廣泛的帶有評價性的風格論。

《風騷旨格》除了〈詩有十體〉，還有〈詩有十勢〉、〈詩有二十式〉及〈詩有四十門〉說㉒。各說都沒解釋，只是引用例句。十勢是指詩的表現手法，都以動物的姿態取名，如「獅子反擲勢」或「鯨吞巨海勢」，前者用「離情徧芳草，無處不萋萋」，後者用「袖中藏日月，掌上握乾坤」作例句。可見「勢」之定名與內容也有密切關係。所謂詩式，包括高逸、達時、知時、返本、靜與等二十種，都是指詩的境界，請看下面這些例句：

㉑ 齊己，《風騷旨格》《詩學指南》（臺北：廣文書局，一九七〇），卷四，頁二。

㉒ 同上，卷四，頁二十四。

高逸：夜過私竹寺，醉打老僧門。

達時：高松飄雨雪，一室掩香燈。

知時：前村深雪裏，昨夜一枝開。㉓

另外詩的「四十門」包括皇道、始終、悲喜、隱顯、道情、是非、清潔、傷心等等，試看兩種例句：

悲喜：兩行燈下淚，一紙嶺南書。

清潔：大雪路亦宿，深山水也吞。㉔

可見所謂「門」，主要是指主題特色。

我覺得齊己想盡各種方法，企圖捕捉詩的形式、內容、表現手法與風格特色。因此我們發現「二十式」的高逸、達時和「四十門」中的隱顯、悲喜、清苦也與《二十四詩品》中某些名目相似。這一事實也足於說明司空圖的風格論不是純粹根據語言文字，或作者氣質而形成，也有考慮主題、表現手法的特色。

㉓ 同上，卷四，頁三。

㉔ 同上。

四 王夢簡：詩有二十六門

以「門」論詩，在晚唐相當流行，有一位王夢簡，大概是晚唐至五代間的詩評家，著有《詩要格律》，也提出二十六門之說，其中與齊己《風騷旨格》有五種相同。其他有君臣門、富貴門、忠孝門、含蓄門、象外門、今古達觀門、宇宙達觀門、高逸門等等。王夢簡之分類，有些近於主題，如富貴、君臣，有些又是語言特色，如含蓄和象外，有些又像由於詩人之性情所表現出的精神面貌，如今古達觀。像含蓄、今古達觀和宇宙達觀、高逸也有類似司空圖的含蓄、曠達，和飄逸的地方。

五 徐寅：體者詩之象，如人之體象，須使形神豐備

徐寅對司空圖的爲人與道德，推崇備至。他寫給司空圖的詩都是後者住在華山的時候，也就是在寫《詩品》的時期。徐寅在〈寄華山司空侍郎〉稱讚他把皇帝的詔書放在一旁，懶於拆讀，陶醉在吟風弄月的歲月裏：

非雲非鶴不從容，誰敢輕量傲世蹤。
紫殿幾徵王佐業，青山未拆詔書封。

閑吟每待秋空月，早起長先野寺鐘。

前古負材多為國，滿懷經濟欲何從。㉕

司空圖被認爲是一條龍，朝廷是一張蛛網，無法留得住他：

金闕爭權競獻功，獨逃徵詔臥三峯。

雞羣未必容於鶴，蛛網何繇捕得龍。

清論盡應書國史，靜籌皆可息邊烽。

風霜落滿千林木，不近青青澗底松。㉖

司空圖在華山寫好《詩品》後，徐寅大概有機會拜讀，因爲他有一首致司空圖的詩，開玩笑的說，不要因爲自己過着疏野的生活就逍遙無事，其實還是逃不了清風明月之騷擾。徐寅這首詩題爲〈寄華山司空侍郎〉，全詩如下：

山掌林中第一人，鶴書時或問眠雲。

莫言疏野全無事，明月清風肯放君。㉗

㉕ 〈寄華山司空侍郎二首〉之二，《全唐詩》，卷七〇九，頁八一六六—一六七。徐寅在《全唐詩》中寫作徐夤，同爲一人。

㉖ 〈寄華山司空侍郎二首〉之一，《全唐詩》，卷七〇九，頁八一六六。

㉗ 《全唐詩》，卷七一一，頁八一八九。

很顯然的，徐寅是對《詩品》中〈疏野〉一詩有感而發。司空圖在這首詩中說：

> 惟性所宅，真取弗羈。拾物自富，與率為期。
> 築室松下，脫帽看詩。但知旦暮，不辨何時。
> 倘然適意，豈必有為。若其天放，如是得之。㉘

徐寅的《雅道機要》也是唐末極重要的一本詩格，他也有四十門、二十式、十勢及十體之論，大致上與齊己雷同，甚至有抄襲之嫌。不過《雅道機要》其他部份，所論詩之法門較細，很有新意㉙，羅根澤認爲比齊己的《風騷旨格》和僧虛中的《流類手鑑》要進步㉚。其中像〈明體裁變通〉、〈敍體格〉、〈敍搜覓意〉、〈敍通變〉，新意很多，許多論詩文字，尤其把詩的風格比作詩之像貌，一如人體之像貌，還說要形神豐備，不露風骨。像這種精闢之見，使人想起司空圖論詩之作㉛：

1. 夫詩者，儒中之禪也。一言契道，萬古咸知。

㉘《司空詩品》，頁四。
㉙《雅道機要》，《詩學指南》，卷四，頁一三—一六。
㉚ 羅根澤，《中國文學批評史》，第二册（上海：古典文學出版社，一九五八），頁一九七—一九九。
㉛《詩學指南》，卷四，頁一三—一六。

2.凡為詩，先須識體格……語多與味，惟知十一不，則得之矣。

3.體者詩之象，如人之體象，須使形神豐備，不露風骨，斯為妙手。

4.凡為詩，搜覓未得句，先須令意在象前，象生意後，斯為上手矣。不得一向只構物象，屬對全無意味……

5.凡為詩，須能通變體格……凡欲題詠物象，宜密布機情，求象外。

6.凡為詩，須明斷一篇終始之意。未形紙筆，先定體面。若先達理則百發百中，所得之句，自有趣味……

看過這些句子，馬上令人想起司空圖論詩的文章，如〈與李生論詩書〉、〈與王駕評詩書〉、〈與極浦書〉，因爲司空圖的重要詩論，除了《詩品》，就是在這些著作中所建立的象外象，景外之景，味外味之理論。〈與王駕評詩書〉作於八八七年，其他篇章雖年代不確定，不過都是華山時期之前所作。以此推斷，如果不是司空圖影響徐寅，那他們兩人大概都受到一個共同的文學觀念的影響。

六　虛中：善詩之人，心含造化，言含萬象

還有一位常寫詩贈送住在華山時期的司空圖的詩格作者就是僧虛中。他也是僧齊已與尙顏的

好朋友。據說他曾因天下仰懷司空圖，曾去拜見未果，贈詩給他㉜，現存〈寄華山司空侍郎二首〉，其中一首是這樣：

門徑放莎垂，往來投刺稀，有時開御札，特地掛朝衣。
嶽信僧傳去，仙香鶴帶歸。他年二南化，無復更衰微。㉝

虛中在另一首詩中，把司空圖描繪成一個道者之形象：㉞

逍遙短褐成，一劍動精靈。白晝夢仙島，清晨禮道經。
黍苗侵野徑，桑椹汚閑庭。肯要為鄰者，大南太華青。

司空圖讀後，深爲感動，便回贈一詩，稱他爲知己：

十年太華無知己，只得虛中兩首詩。㉟

晚唐詩人，喜歡以象徵入詩，往往以僧道比高尚，虛中所撰的一本詩格著作《流類手鑑》中的〈物象流類〉就有一條說「僧道煙霞比高尚也」。《流類手鑑》以一小段序言開始：

㉜《唐詩紀事》，卷七五，頁一〇八八；《唐才子傳》，卷八，頁一四七。
㉝〈寄華山司空侍郎二首〉之一，《全唐詩》，卷八四八，頁九六〇六。
㉞同上。
㉟《司空表聖詩集》上海涵芬樓藏舊抄本，《四部叢刊》（上海：商務印書館，一九一九），卷七〇八，頁一一。此詩只殘存二句，題目已失。

夫詩道幽遠，理入玄微，凡俗罔知，以為淺近。善詩之人，心含造化，言含萬象。天地日月，草木煙雲，皆隨我用，合我晦明。此則詩人之言，應於物象，豈可易哉？㊱

這無異是一篇象徵主義的宣言，他主張詩人以具體的象徵符號來表達心中之意。〈物象流類〉就是列舉當時詩人共同使用的象徵景物及其意義，一共有五十五項，令人驚奇的是，許多他所列舉的物象，是司空圖在詩中所常使用，而且含義也多數相同，這裏試舉出一些例子：㊲

1. 夜比暗時也。
2. 殘陽落日比亂國也。
3. 百花比百僚也。
4. 浮雲殘月煙霧比佞臣也。
5. 蟬子規猿比怨士也。
6. 金石松竹嘉魚比賢人也。
7. 僧道煙霞比高尚也。
8. 蛩螻蛄比知時小人也。

㊱ 虛中，《流類手鑑》，《詩學指南》，卷四，頁六—九。

㊲ 同上，卷四，頁六—七。

9. 孤雲白鶴比貞士也。

10. 野花比未得志君子也。

記住這五十五類物象及其所象徵之意義，再讀司空圖之詩，更能瞭解司空圖心含之造化！譬如，讀司空圖之詩，處處都有殘陽落日，因爲他是生活在唐代之末日裏：㊳

夕陽似照陶家菊，黃蝶無窮壓故枝。（〈歌者十二首〉之最後一首）

銜寒出洞口，猶校夕陽多。（〈歲盡二首〉之一）

殷勤共尊酒，今歲只殘陽。（同上之二）

殘陽暫照鄉關近，遠鳥因投嶽廟過。（〈陳疾〉）

幽瀑下仙果，孤巢懸夕陽。（〈贈步寄李員外〉）

〈物象流類〉之後，是〈舉詩類別〉，共十七項，譬如舉「螢從枯樹出，蛩入破階藏」之詩說：「比小人得所也」。這是〈物象流類〉的擇要舉例，因爲上面第八項物象例子中，「蛩」代表小人：「蛩螻蛄比知時小人也」。

㊳ 引自《司空表聖詩集》。

七、結論：風格就是作者的個性、表現技巧、文學之最高成就

從梁朝的劉勰到唐代末年與司空圖在生活上或在交遊上有關係的作者的一些風格論中，經過一番比較後，我們可以得出一些結論。正如劉勰和皎然所歸納的風格論，大致上是建立於作者性情和語言技巧上。像沖淡、曠達、豪放、悲慨、高古、疏野等風格，是由作者的氣質所形成。另一方面，像含蓄、典雅、淸奇是由語言及表現技巧的特色所形成。所以我們可以把司空圖的《詩品》中二十四種風格分成二大類。第一類屬於作者性情氣質等元素所造成，這些風格包括：雄渾、沖淡、沉着、高古、典雅、豪放、精神、疏野、悲慨、超詣、飄逸和曠達等十二種。第二類屬於語言及表現技巧的特色所形成，包括纖穠、洗鍊、勁健、綺麗、自然、含蓄、縝密、淸奇、委曲、實境、形容和流動等十二種。

司空圖的基本論詩理論，與西方的表現論者（Expressive Theory）很相似，英國詩人華滋華斯說，「一切好詩都是強烈感情之自然流露」，司空圖也說「直致所得」之詩才是佳作。兩者皆主張作者本人是詩之產生的基本泉源，它與中國傳統之詩言志理論很相似[39]。司空圖就是一個

---

[39] 關於表現論與詩言志之比較，請參考本人的〈從司空圖論詩的基點看他的詩論〉，《大陸雜誌》，五六卷，五期，頁四二—四六。現收入本書第十章。

「言志」的表現論者，他的風格說以作者本人之性情氣質爲基礎。但是我在這裏所說的二元論的風格基礎並沒有跟我在〈司空圖《詩品》風格說之理論基礎〉一文中所指出的相衝突，因爲卽使在第二種語言與表現技巧形成的風格中，人品還是扮演着重要的因素❹⓿。劉勰說「吐納英華，莫非性情」，所以賈誼俊發，才能寫出「文潔而體清」的文章，揚雄個性沉寂，所以文章比較含蓄有味（志隱而味深）。同樣的，司空圖《詩品》中典雅風格的詩，詩人過着的是這樣的優雅生活：

玉壺買春，賞雨茆屋。坐中佳士，左右修竹。

白雲初晴，幽鳥相逐。眠琴綠陰，上有飛瀑。

落花無言，人淡如菊。書之歲華，其曰可讀。[41]

詩風洗鍊的詩人，是一位「體素儲潔」「明月前身」的人。文筆勁健的詩人，是「行神如空，行氣如虹」的人，決不會是一個慢條斯理的人，同樣的劉勰說，潘岳性情「輕敏」，他的文章才「鋒發而韻流」。

基於上面的分析，我們得到第三層的認識：個性與風格正如血肉之不可分割，孿生兄弟之難於分辨。我在上一段將風格分成兩大類是極其勉強和武斷。譬如典雅是該屬人的氣質還是文字特

---

[40] 王潤華，〈司空圖《詩品》風格說之理論基礎〉，《大陸雜誌》，五三卷，一期（一九七六年七月），頁二二三—二二七。現收入本書第七章。

[41] 《司空詩品》，頁二。

色？高古、沖淡、豪放、精神都是界限不明，很難歸類成性情氣質或語言表現的風格。

從齊己、王夢簡到徐寅，他們用「門」、「勢」、「體」、「式」來論詩的風格。他們企圖建立新的風格論，擴大風格的結構，把帶有評價性的風格，擴大到指導作詩途徑的領域。像齊己的清奇高古，以詩中的故事性來決定其名目，齊己的「十勢」是以詩的表現結構和程序來定其風格，王夢簡的分類，有些以題材或主題來論定，像他的「忠臣門」就是如此。司空圖的《詩品》雖然立論主要基於性情與語言表現特色，但是有了這種認識後，倒是使人不得不再重新認識一下二十四品中的高古、典雅、豪放、疏野、實境、悲慨、飄逸。這些名目，也可能出自主題或題材之歸類。

比較過各家的風格論後，我們得到另一個重要認識，這就是《詩品》中的二十四種風格都是唐代末年最被重視的詩歌特色。我曾指出，皎然的〈詩有六謎〉，李洪宣（唐末五代人）的《緣情手鑑詩格》中也有〈詩有五不〉一節，他所說的「五不」和皎然的「六迷」很相似：

一曰不得以虛大為高古；

二曰不得以緩漫為淡濘；

三曰不得以詭怪為新奇；

四曰不得以錯用為獨善；

五曰不得以爛熟為隱約。[42]

可見當時人人想寫具有高古、淡濘、新奇、隱約（含蓄）等風格的詩，造詣不高的詩人，自然會產生許多僞詩。因此引起許多詩論家不滿，徐寅的《雅道機要》也提出詩的「十一不」，其中包括不時態、不才調、不沉靜、不怪異、不僻澀、不文藻等十一體。徐寅說「古今詩人製作體格，罕有離得此病，若得脫此，則眞仙矣。」㊸可見徐寅的目的，也是在警告當時的詩人，不要魚目混珠，動不動以爲自己寫的詩是屬於高古、典雅之風格。

由於一般詩人因爲能寫出《詩品》中所列入的詩風而稱霸文壇，正如徐寅所說，已經成爲「眞仙」，成爲衆人所崇拜，唐末江南詩人張爲在《詩人主客圖》中，歸納中晚唐詩人流派時，也以這種詩風作爲劃分的根據。他把中晚唐詩人分成六大派：廣大敎化、高古奧逸、清奇雅正、清奇僻苦、博解宏拔、瓌奇美麗。相信張爲比司空圖早一代，因爲與司空圖同代的詩人都沒被列進這些流派之內㊹。

風格作爲評價詩歌優劣的標準，不但影響到詩人創造的路線，也同時影響到詩評家。他們因此常使用這些風格去評論詩歌，皎然在他的《詩式》中，認爲那十九種「體」（風格）可以「括

㊷ 羅根澤，《中國文學批評史》第二册，頁一九一，引文出自《詩法統宗》。《詩學指南》所收《緣情手鑑詩格》因有所删減，沒有〈詩有五不〉條。

㊸ 《詩學指南》，卷四，頁一四。

㊹ 張爲，《詩人主客圖》，《續歷代詩》，丁福保編，第一册（臺北：藝文印書館，一九六八），頁一一一五。

文章德體風味盡矣」。高仲武的《中興間氣集》是唐人選唐詩中一部重要選集，他大約在大曆末年（七七九）所編，共收中唐前一七〇年二十人之一三二首詩㊺。高仲武在其中一些人的作品前簡略介紹其生平及評價其作品，譬如對錢起，他用「新奇」、「清贍」等字眼評定其價值，下面是一些例子㊻：

錢　起：體格新奇，理致清贍。

李節仲：李詩輕靡，華勝於實，此所謂才力不足，務為清逸……

皇甫冉：冉詩巧於文字，發調新奇，遠出情外。

朱　灣：詩體幽遠，興用洪深。

劉長卿：詩體雖不新奇，甚能鍊飾。

殷璠的《河嶽英靈集》也是一部唐人選唐詩之選集，編輯年代比高仲武的早，作者評論每位詩人之作品，手法大致上也是一樣，論李白，以「縱逸」稱讚他，論王維說他「秀雅」，論岑參，則說「語奇體峻」㊼。

從唐代末年的詩格，我們知道流行或被重視的詩的風格，至少幾十種。而司空圖的《詩品》

㊺《中興間氣集》，《唐人選唐詩》（香港：中華書局，一九五八），頁二五七—三一六。

㊻同上，頁二六五、二七〇、二七五、二七八—七九及二九〇。

㊼殷璠，《河嶽英靈集》，《唐人選唐詩》（香港：中華書局，一九五八），頁五三、五八及八一。

只採納二十四種，由二十四這個數目字所具有的含義來看，司空圖大概認爲這是詩的所有風格中之最上品。二十四在中國歷代都具有最偉大，天下第一的含義，歷代凡最偉大的選擇往往以二十四爲限，如二十四孝、二十四友、二十四賢㊽。這個數目字在唐代也很流行。唐太宗選天下賢臣繪畫在淩煙閣的牆壁上，也只選二十四人。殷璠的《河嶽英靈集》所選唐代詩人中之英靈者，也只限二十四人，表示個個皆爲精英。司空圖在與〈李生論詩書〉自選最傑出的詩作，也只選二十四首㊾。所以司空圖用具有神聖性的數目字來表示，他這二十四種風格是天下第一者。

西方現代文學理論家給風格（style）的定義是：「風格有時是作者個性之表現，有時是作品表現的技巧之特色，有時是文學作品之最高成就之表現。」(style, as personal idiosyncrasy; style, as technique of exposition; style, as the highest achievement of literature)㊿。除了風格的三層論之外，西方學者也加以簡化，把風格只看作一個人作品或一派作品的共同特色(51)。由此可見唐代的風格論和西方的風格說大致上是相似的。

㊽《中文大辭典》（臺北：中國文化學院，一九六二），第二册，頁一〇〇—一〇一。

㊾《司空表聖文集》，上海涵芬樓藏舊抄本，《四部叢刊》（上海：商務印書館，一九一九），卷二，頁一。

㊿ John M. Murray, *The Problem of Style* (London: Oxford University Press, 1922), see esp. Chapter 1, "The Meaning of Style," pp. 1-22.

(51) Amado Alonso, "Stylistic Interpretation of Texts," *Modern Language Notes* (No. V. 1942), pp. 490.

第十章 從司空圖論詩的基點看他的詩論

唐朝司空圖（八三七—九〇八）在文學上的最大成就，是他對文學批評與理論的貢獻。中國文學批評史家，都一致給予他很高的地位。今天他著名世界，主要也是以詩評家的成就。他的詩，一直到目前，還沒有受到普遍之研究與重視。

司空圖雖然在文學批評史上很重要，可是他的批評與理論著作之數量卻少得令人驚奇。主要的只有《二十四詩品》及三封論詩的信：〈與李生論詩書〉，〈與王駕評詩書〉及〈與極浦書〉。此外，還有幾篇雜論，裏面也提出他的詩觀，其中以〈詩賦〉、〈《一鳴集》自序〉、〈擢英集述〉等較爲重要。司空圖在這些文章所討論詩的種種問題，多數和他的創作有關。雖然所牽涉的範圍很小，篇章數目又非常有限，他在詩論方面的影響卻廣闊且深長。他對欣賞詩的見解，評詩的標準，以及其他文學思想，對後代批評家都有影響。

本文的目的，主要是要找出司空圖在評論詩的時候，在解釋作品時所站的基點。知道他站在什麼立場說什麼話，則容易瞭解他論詩之原則與標準。因此研究司空圖批評的基點（Co-ordinates of Criticism），是探討他整個批評體系的起點。

一、文學批評的四大基點

美國康乃爾大學教授艾伯塞斯（M. H. Abrams）會設計一套方法，用來比較各家藝術批評的中心❶。他歸納的結果，認爲一切文學藝術批評，通常不外出自四個批評基點。他的理論出發點是，首先文學藝術作品不是天然的東西，它是人所創造，所以任何作品都會和至少四種元素有相關。譬如說，一首詩，必由一位詩人所創作，題材取自人類萬物的世界，而且有某個寫作的對象。

所以任何內涵比較廣泛的文學藝術批評與理論，一定會牽涉到這四種元素：作品（Work）、藝術家（Artist）、世界（Universe）、與讀者（Audience）。雖然在各家各派討論文學藝術時，總會涉及這四種元素，但是四者之重要性往往因人而異。一個批評家或理論家，通常只持其中之

❶ M. H. Abrams. *The Mirror and the Lamp: Romantic Theory and the Critical Tradition.* London: Oxford University Press, 1953. 請參考該書第1章。

一作爲其論據之基點，而把其他三者放在次要之位置。換句話說，一個批評家在解釋或分析文學作品，立論評價時，往往選取其中之一作爲他的指導原則與批評。

艾伯塞斯所定的四個批評或理論之基點，第一個「作品」是指文學作品本身。第二個「藝術家」即文學或藝術作品之創作人。第三個「世界」是指作品直接或間接的題材或描寫對象——有時可能是大自然的萬物，有時可能是事件或抽象的思想哲學。第四個「讀者」是指作品的對象。選取「作品」作爲評詩的基點的批評家，其詩觀與批評標準自然與選取「藝術家」爲基點的批評家之詩論不同。因此從上述四個基點出發，結果依次演變成四種內涵廣泛的詩論：(一) 藝術論(Objective theory)，(二) 表現論(Expressive Theory)，(三) 模擬論(Mimetic Theory)，(四) 實用論 (Pragmatic Theory)。這四種理論的內涵與標準分別簡述如下：

(一) 藝術論：其他三種理論，都是離開作品本身，到外面尋求一種決定性的標準，上面已看到，他們不是以「讀者」就是以「世界」或「作者」爲依據。藝術論者的基點就在作品上，看問題也以作品爲觀點，所以它是以文學論文學，反對把作品看作其他東西的附屬品或工具。藝術論者，肯定文學作品，一如繪畫，雕塑等藝術，有它獨立自主的藝術生命，所以評價的手法，主要是小心細密的考察作品的內在藝術性之完整。作品的結構，語言的成功是分析作品、評價作品的要點。

(二) 表現論：以作者爲基點的批評理論稱爲表現論。當這種批評家從作者的基點來看文學作品時，他的指導原則，以作者爲基準。英國詩人華滋華斯所說「一切好詩都是強烈感情之自然流露」(all good poetry is the spontaneous overflow of powerful feelings)❷，就是主張作者本人是詩之產生的基本泉源，因此要衡量詩之好壞，一切也以詩人爲依據。模擬論所強調的世界，這派批評家認爲是次要的，因爲外物的角色頂多是幫忙「感人」或「搖蕩性情」❸而已，在表現論的眼中，讀者非常不受注意，因爲主張這派理論的詩人的代表作，多數是抒情詩(Lyric)，而這種形式的詩，絕大多數是作者自言自語的「獨白」，讀者簡直就是作者自己。既然寫作的中心是表達作者的性情思想，衡量作品好壞的尺度則是「眞」(Genuine)，「誠」(Sincere)和「自然」(Spontaneous)。一首好詩，一定要完全表露詩人寫詩的心意、情感與精神狀態。

（三）模擬論：藝術主要是模仿宇宙間萬物之形態聲音，這大概是最原始、最早成立的藝術論。當然它所模擬的，不止於涵蓋萬物的自然世界，還包括抽象的理念等等。亞里斯多德就主張詩是模仿萬物，悲劇模擬人類行爲事件。這派批評家以「世界」爲出發點，一切批評以「模擬」爲標準，所以評價一篇作品時，一定要考驗「像不像」原來模擬的對象。不能符合這原則，就不

❷ 見華滋華斯，Preface to *Lyrical Ballads*.

❸ 見鍾嶸，《詩品注》，陳延傑註，臺北開明書店再版，頁一。

是上乘之作。因此現實主義就經常以「反映現實」爲批評作品好壞之原則。模擬論雖然在今天還繼續在文學藝術批評中扮演重要之角色，但很多時候，模擬本身不是目的，只是作爲其他用途所要之工具而已。

(四)實用論：以讀者爲出發點，實用論者視作品爲一種工具，因此認爲作品要有說服力，對社會道德觀念或人的行爲要有所影響，或宣傳某種政治思想，無形中，作品價值的決定，要由外在的因素來肯定：根據作品影響讀者之深淺程度而定。實用性是指什麼？它不是一個永恒不變的常數，有時是禮義道德，有時是政治思想，要看假定的讀者而定。

艾伯塞斯所設計的這一套方法，具有很高的客觀性，適合用來探討其他國家各家各派批評之重點與異同，近年來很受學者之注意。譬如在中國文學研究中，已有人運用來研究劉勰《文心雕龍》的批評與理論❹。劉若愚教授把艾伯塞斯這套方法稍加修改，用來寫了第一部以英文撰寫的《中國文學理論》專書❺。

司空圖的詩評有沒有以上述的其中一個基點作爲中心論據？他的理論可以歸納進那一種詩

❹ Donald Gibbs 於一九七〇年畢業西雅圖華盛頓大學時，博士論文便是以這方法探討《文心雕龍》的文學理論。原題：*Literay Theory in the Wen-hsin Tiao-lung.*

❺ James J. Y. Liu, *Chinese Theories of Literature.* Chicago: University of Chicago Press, 1975. 劉若愚教授革新的方法，陳述於該書第一章。中文版由杜國清譯，《中國文學理論》(臺北：聯經一九八一)。

論？爲了回答這問題，我們需要研究他的文學見解，詩歌創作上的傾向，以及實際批評的文章。

二、「言志」說的表現論

在《唐朝詩人兼詩評家司空圖》(*Ssu-K'ung T'u: A Poet-Critic of the T'ang*) 一書中，我曾指出，他性格內向，喜歡沉思默想，是一個樂於孤獨和清靜生活的人。對他來說，玄思幻想、白日夢，要比外在的現實世界來得重要和有意義❻。他自己說過，寫詩是追捕「幽夢」，把它記錄下來。這兩句詩「此身閒得易爲家，業是吟詩與看花」❼，可說是他的座右銘。他的氣質原來不適合做官，但是他還是依順社會習慣做去，結果一無所成，最後才退下來寫作。他在《一鳴集》自序中說：

> 知非子（他的自號）雅嗜奇，以為文墨之伎，不足曝其名也。蓋欲揣機窮變，角功利於古豪。及遭亂竄伏，又故無有憂天下而訪於我者，曷以自見平生之志哉？……❽

---

❻ Wong Yoon Wah, *Ssu-K'ung T'u: A Poet-Critic of the T'ang* (Hong Kong: The Chinese University of Hong Kong, 1976), pp. 38-39, and pp. 47-49.

❼ 見司空圖的〈閒夜〉二首之二。

❽ 見《司空表聖文集》，《四部叢刊》涵芬樓本（上海商務，一九一九），頁一。《一鳴集》原是司空圖在一八八七年編的詩文集，目前現存的文或詩集便是這集子的一部份。

司空圖很顯然的說明寫詩是要表達自己的「志」，在〈擢英集述〉，他也再次說明寫作之目的是爲了表現個人之「志」：「遇則以身行道，窮則見志以言。」❾

「詩言志」可說是中國傳統之詩論，歷史最悠久，最早出現於《尚書》的〈堯典〉中❿。有關《尚書》對於詩之定義之重要性，周策縱教授在〈中國詩字之早期歷史〉中說：

> 從周代開始，多數學者討論詩字之意義時，都引用《尚書》中「詩言志」來解釋，或者至少作相似的解釋。這個定義已成為幾百年來中國詩論及普通文學批評最多人接受的中國詩觀。⓫

劉若愚教授在《中國詩學》書中稱這種詩論爲「個人主義的詩觀」，因爲這些人認定詩「是個人情感的表現」，「而不是技巧或學識或模仿」，而且強調「自發的感情」和「眞摯性」⓬。劉若

---

❾ 〈擢英集〉已遺失，這篇序收集在現存《司空表聖文集》，卷十，頁二。

❿ 屈萬里在《尚書釋義》（臺北：中華文化，一九五六），把〈堯典〉定期爲公元前第五至第三世紀之作品。

⓫ 見 "Early History of the Chinese Word Shih (Poetry)," *Wen-lin* (Madison: University of Wisconsin Press, 1968), p. 153.

⓬ James J.Y.Liu, *The Art of Chinese Poetry* (Chicago: University of Chicago Press, 1966), pp. 70, 74, and 75. 中文譯文取自杜國清所譯〈中國的傳統詩觀〉，刊於《幼獅月刊》，四四卷，三期，頁一四—二一。

愚教授在一九七五年出版的《中國文學理論》一書，也借用艾伯寒斯的名詞，直呼這派詩論為「表現論」⑬。

司空圖的第一本作品定名《一鳴集》，書名也暗示出「言志」的文學觀。「一鳴」的典故出自《史記》淳于髡一鳴驚人的故事⑭。「鳴」字本身便含有「從內而出」，內在感情思想之表現之意義，而且強調作者個人之自我中心。表現論者正是批評立論，處處都以作者自己為依歸。

三、適合表現論的形式與題材

司空圖是一個「詩人批評家」(Craft-critic)，這種批評家的理論批評方向經常是以自己創作的傾向為準則。所以從他所寫的詩的題材與形式的特色，也可窺探其表現論的主張。更何況每一首詩本身就是代表一種詩觀，因為它是詩人對詩的本質、功能、技巧的體現。

熟悉司空圖的生平及其詩作的人，會知道司空圖的思想感情及生活際遇，是構成他詩創作取

⑬ 見 James J. Y. Liu, *Chinese Theories of Literature* (Chicago: University of Chicago Press, 1975), pp 1-15.

⑭ 司馬遷《史記》中〈滑稽列傳〉之淳于髡傳，見廿五史（武英殿本，藝文印書館）之《史記》，卷六六，頁一三〇九。

材的泉源。很多可靠的資料可以證明，他詩中的憂愁哀傷和事件，有極高的眞摯性與眞實性。因此他的詩，多數是他的生活的眞實紀錄，今天成爲很好的自傳性資料。

司空圖的詩都是五七言律絕，其中以絕句佔絕大多數。晚唐的詩壇，篇幅較長的詩如樂府和排律還是很流行，這種形式的詩適合敍述事件和說教。與司空圖同時的詩人如聶夷中（大約生於八三七），皮日休（八三三？—八八三）和杜荀鶴（八四六—九〇四）寫了很多樂府詩和排律，反映現實生活和諷刺時政⑮。

司空圖現在存留的詩共有近四百首，其中篇幅較長者還不足半打。這個事實，正好說明表現論者最喜歡的詩體是短小的抒情詩，而唐朝的絕句，自然被司空圖視爲最理想的表現自我的工具了。

四、風格說中的表現論

接下來再從一些批評文章中，分析司空圖的批評基點。在一篇討論到書法之風格與作者個性氣質之關係的〈書屏記〉中，有一段這樣寫道：

⑮ 參考許文雨，〈晚唐詩的主流〉，《文史哲》，九期（一九五四），頁一〇—一四。

人之格狀或峻，其心必勁，心之勁，則視其筆跡足見其人矣。歷代入書品者八十一人，賢傑多在其間，不可誣也。⑯

司空圖認爲書法是一個人內心之表徵，眞所謂字如其人，同樣的，我在〈司空圖《詩品》風格說之理論基礎〉一文中，已經指出，他認爲詩的風格也如此，有怎樣氣質的人，就會有怎樣的詩風，不可勉強模仿，全是本性和生活所致⑰。

由於論書法或詩的時候，都以詩人爲立論之基點，自然會導致以非文學的元素作爲評詩的標準之結果。在談到他的朋友王駕寫詩有所成就時，他竟以修身養道爲理由，在〈與臺丞書〉裏有這樣的看法：「又有王駕者，勳休之後，於詩頗工，於道頗固。」⑱又在〈與李生論詩書〉中，他很稱讚王維（七〇一？—七六一）和韋應物（七三七—八〇四），他的批評尺度是「直致所得，以格自奇」，意思是說，自然地把自己的思想感情抒寫出來，而且以其獨特風格自樹一幟。所以他認爲王維與韋應物都符合這個基本要求，因爲他發現「王右丞韋蘇州澄澹精緻，格在其中。」相反的，由於李洞不符合「直致」的標準，所以被他貶得很低。我們知道李洞生平講

---

⑯ 〈書屛記〉現收集於《司空表聖文集》，卷三，頁六。

⑰ 見王潤華，〈司空圖《詩品》風格說之理論基礎〉，見《大陸雜誌》，五三卷，一期（一九七六年七月），頁二三—二七，又見本書第七章。

⑱ 見《司空表聖文集》，卷三，頁五〇。

究技巧，崇拜賈島，因此苦心模仿賈島的風格。這種寫作主張，自然已越出表現論的規範之外了[19]。

表現論者反對模仿論，不主張詩是模擬外在自然景物或人間事件。表現論者卽使寫景，也不是要眞實反映事物，只是借它來表現作者之內心情況而已。所以在〈與王駕論詩書〉中，他稱讚王駕的五言詩[20]，說他的作品「思與境偕」，是「詩家之所尙者」。意思是說，王駕善於在大自然界中選取景象，作爲內在思想感情之表徵。

在〈與極浦書〉中的第二段，司空圖把景分成心象化身之景與模仿之景：

戴容州云：「詩家之景，如藍田日暖，良玉生煙，可望而不可置於眉睫之前也。」象外之象，景外之景，豈容易可談哉？然題紀之作，目擊可圖，體勢自別，不可廢也。[21]

所謂「可望而不可置於眉睫之前」之景是內心之景象，「題紀之作」之景，「目擊可圖」是可模

[19] 〈與王駕論詩書〉，見同上，卷二，頁一。此處之解釋，我採用祖保泉的《司空圖詩品注釋及譯文》（香港：商務，一九六六），頁六八—七二（附錄中有三篇司空圖論詩文章）。鍾嶸也主張詩言志，力求自然，他就使用「直尋」和「直致」之字彙，論陸機時，他說：「尙規矩，不貴綺錯，有傷直致之奇。」見陳延傑《詩品注》，頁一五。

[20] 王駕的詩作現存《全唐詩》，只有六首，全是七言絕句，未見五言之作。

[21] 《司空表聖文集》，卷三，頁三。

擬景物。司空圖在〈與極浦書〉中舉了兩首自己作的以「著題」爲特點的詩，馬上說「誠非平生所得者」，可見他自己非常少寫以模仿外景的詩，現存的詩集也很少，理由很簡單，他自己認爲那是非「詩家之所尙」。

五、《詩品》中的表現論

在《二十四詩品》中，很多地方也題示司空圖的表現論。它的風格說以作者本人之氣質爲基礎，主張詩如其人㉒。其他地方也有提供證據，第一首〈雄渾〉的頭兩句是：

大用外腓，真體內充。

這兩句詩有各種不同的解釋。祖保泉的白話翻譯是這樣：「詩的震憾人的力量向外伸張，是由於雄渾之氣充滿着詩人的胸膛。」㉓「內充」和「外腓」有特殊的意義。「內充」暗示詩人心靈充滿感情思想，便流露成詩，正符華滋華斯作爲表現論之名言：「一切好詩都是強烈感情之自然流露」。

㉒ 參考本人之〈司空圖《詩品》風格說之理論基礎〉，見《大陸雜誌》，五三卷，一期，頁一三—一七，又見本書第七章。

㉓ 見祖保泉，《司空圖詩品注釋及譯文》，頁一三。

《詩品》第七首詩〈洗鍊〉有反映詩之功能的一句：「古鏡照神」。司空圖將一首洗鍊的好詩比作一面古鏡，它可以把「神」反映出來。「神」這裏可解釋爲「人的神態」，卽人的內在精神面貌，而不是外在形態。在第二十首〈形容〉中，司空圖認爲最會形容的人，不求外形相同，但求神似，所以「離形得似，庶幾斯人。」但《詩品》中，「神」，是最重要的東西，故有〈綺麗〉詩中「神存富貴，始輕黃金」之句。

六、結論

如果我們單單看《二十四詩品》，也許會爲許多難解的字彙所迷惑，譬如我在上一節所引的「神」，或者如〈自然〉一詩中的「俱道適往，著手成春」，〈豪放〉一詩中的「由道返氣，處得以狂」，裏面的「道」，因此而作比較玄虛的解說㉔。如下面的分析所展示，如果我詳細考察他的主要與詩觀的著作，尤其是以散文撰寫，意義較顯著的論述文章，我們可以斷定司空圖的是屬於中國傳統的言志說，而且與艾伯塞斯所說的西方表現論很相似。他評詩立說，無不以詩人爲基點，而且處處以言志爲中心，講求眞摯和「直致」。

㉔ 劉若愚教授在他的《中國文學理論》一書中，將司空圖放在 Metaphysical Theories 裏面。見該書頁三五—三六，他主要的根據，卽依賴《詩品》中之某些詩句。

第十一章　晚唐象徵主義與司空圖的詩歌

一、司空圖詩歌研究的新起點

司空圖不但是詩論家，本身也是詩人。他的詩歌作品流傳至今，據《全唐詩》所載，共有三七九首，另外還有補遺部份十首，如果再加上十四首殘缺的和《詩品》中的二十四首，則總共有四一七首❶。

司空圖的詩在唐詩中的地位不高，不過古今學者，都還沒有對他的詩歌作過有系統的研究，我在〈司空圖研究的發展及其新方向〉一文中，曾指出，過去現代學者所注意的，主要是他的生

❶見彭定求等編，《全唐詩》（北京：中華書局，一九六〇），第一〇册，卷六二一—六五，頁七二四三—七二八七，又見一二册，卷八八五，頁一〇〇〇〇—一〇〇〇二。

平思想和詩論，最近才有跡象顯示，他的詩歌已開始受注意了❷。

唐代末年出現的唐人選唐詩的選本，像韋莊（八三六——九一〇）的《又玄集》、韋縠的《才調集》都有收錄司空圖同時代的詩人之作，獨沒有他的作品。其他歷代的重要詩選，像明代高棅的《唐詩品彙》、曹學佺的《晚唐詩選》、李攀龍的《唐詩選》，還有從清末至今流傳最廣的《唐詩三百首》都沒有收錄司空圖的詩作。晚唐另一位詩人李賀，也同樣被這些詩選學家摒棄，不過今日學術界早已為李賀翻了案，將他列為唐代重要詩人❸。在歷代詩選中，也有少數重視司空圖的詩選，像清代周弼的《三體唐詩》，收錄司空圖十首詩，以所選詩的數目而論，名列第四。宋代彭叔夏等編輯的《文苑英華》，選錄了二十首，另外清沈德潛的《唐詩別裁》也選取二首。司空圖詩歌的評價，歷代詩論家基本上也有兩種極不同的意見。像蘇軾和許彥周，對他的詩歌創作評價很高，蘇軾說司空圖「詩文高雅，猶有承平之遺風」，許彥周說他的詩「誠可貴重」及「意甚委曲」。而潘德與與翁方綱則持相反意見，前者說他「善論詩而自作不逮」，後者說

---

❷ 王潤華，〈司空圖研究的發展及其新方向〉，收入本書第十二章。（定一九八九年發表）。

❸ 羅聯添編，《唐代文學論著集目》中之李賀研究部份，見《書目季刊》，一一卷，四期（一九七八年三月），頁B五八—B六一。

❹ 有關歷代詩論家對司空圖詩之評價，為方便起見，可參閱下面二本著作所收集的集評：江國貞，《司空表聖研究》（臺北：文津出版社，一九七八），頁二三九—二三八；杜黎均，《二十四詩品譯注評析》（北京：北京出版社，一九八八），頁二七五—二八四。

他的詩「全無高韻，與其評詩之語竟不相似」。❹這些學者的評語都是讀司空圖詩的一些片面感受，要深一層的認識其作品，更公正的給予評價，則需要更全面性，更有系統性的研究。

我在〈司空圖研究的發展及其新方向〉曾指出，在一九九〇年代，司空圖研究的重點，可能擴大到探討他的詩歌作品上。吳調公在一九六二年發表〈司空圖的詩歌理論創作實踐〉，是現代學者最早開拓這研究領域的一篇論文，他打破過去許多人的偏見，說司空圖的佳作和他的詩論的「味外之旨」的境界是符合的❺。吳調公在一九八五年出版的《古典文論與審美鑒賞》一書，也有兩篇論文，細入的分析了幾首司空圖的詩。他的寫作動機是：

> 提到司空圖，人們都很容易想起他用四言詩寫成的一部非常優美的詩歌理論著作《詩品》，但對他的詩往往忽略。其實在他的律、絕詩中，並不乏體物深切和韻味悠然的佳作。〈退棲〉這首七律便是其中之一。❻

臺灣的蔡朝鐘早在一九六九有《唐司空圖詩集校注》之完成，可惜是自印本，流傳不廣❼。一九七九年江國貞的《司空表聖研究》也有評介司空圖詩歌之一章❽。最近杜黎均的《二十四

---

❺ 此文現收集於《古代文論今探》（西安：陝西人民出版社，一九八二），頁一二四—一四一。

❻ 吳調公，《古典文論與審美鑒賞》（濟南：齊魯書社，一九八五），頁四四九—四五八。這兩篇論文題名：〈壯士拂劍，浩然彌哀：讀司空圖〈退棲〉詩〉及〈讀司空圖〈退居漫題〉第一、三首〉。

❼ 蔡朝鐘，《唐司空圖詩集校注》（臺北：中國文化學院中文系研究所碩士論文，自印本，一九六九）。

❽ 江國貞，《司空表聖研究》，同註❹，頁一九五—二二六。

詩品譯注評析》，也有一章通論〈司空圖的詩歌〉，另一章選注了七十五首詩。杜黎均說理論家的詩歌，是認識理論家的理論的一把鎖匙。他也指出「多年來，學術界對司空圖詩歌評價偏低」❾。

近年來，司空圖的詩歌逐漸引起注意，是一件好事。譬如目前唐詩選析之類的書，已收錄他的代表作了，像《晚唐詩歌賞析》也分析了〈獨望〉和〈河湟有感〉二首詩❿。在普遍化之前，我想重新作一些較有系統性的研究，是目前研究司空圖的學者急切的研究工作。

二、象徵：通過象外象去表現韻外之致、味外之旨

研究司空圖的詩歌，固然可以提供一把鎖匙，打開他的詩學要訣，反過來，司空圖的詩論，也可以利用來作爲打開他的詩歌秘密之大門。在過去研究司空圖詩歌的論著中，有一些學者已證實這一層關連性。吳調公在〈司空圖的詩歌理論與創作實踐〉裏，認爲「味外之味」一方面貫穿在司空圖的全部詩論中，另一方面他的詩歌也是盡量向這一個方向追求的，雖沒有完全和詩論符合。司空圖是唐代興象派詩歌理論的繼承。在理論上，他追隨劉禹錫的「境生象生」，用象外之

❾　杜黎均，《二十四詩品譯注評析》，同註❹，頁四七。
❿　韋鳳娟，《晚唐詩歌賞析》（南寧：廣西人民出版社，一九八六），頁一四五—一四七。

境來解釋詩歌，而在自己的詩中，司空圖特別注意捕捉景物的「細微現象」⑪。相隔二十多年之後寫〈壯士拂劍，浩然彌哀：讀司空圖〈退棲〉詩〉及〈讀司空圖〈退居漫題〉第一、三首〉兩篇文章中，他一再肯定「通過具有象徵意義的典型事物來表現」，是司空圖詩的重要結構之一。分析〈退居漫題〉第一首時，吳調公說，「落紅滿地，花瓣殘缺，這固然是春光消逝的象徵。」另外他又指出：

> 「奈細聽」相當於「耐細聽」。它表示三層意思：樂意聽；別有會心地去聽；聽後深切領會到彼此同感的傷春之情。因此這「惜春」之「春」，就不僅僅指王官谷大自然的春天，也是自傷詩人自己韶華已去的春天，同時還暗喻着唐王朝繁華事散的春天，涵蘊相當豐富。⑫

由此可見，吳調公有意無意間，已看到司空圖詩歌的象徵主義表現手法了。

司空圖的詩論核心，建立在「味外之旨」或「韻外之致」上。他在〈與李生論詩書〉提出「韻外之致」說：

> 近而不浮，遠而不盡，然後可以言韻外之致耳。

⑪ 吳調公，《古代文論今探》，同註⑥，頁一二四—一四一。

⑫ 《古典文論與審美鑒賞》，頁四五六。

在信的最後一段，司空圖對李洞（卽李生）說：

蓋絕句之作，本於詣極，此外千變萬狀，不知所以神而自神也，豈容易哉？今足下之詩，時輩固有難色，倘復以全美為工，卽知味外之旨矣。⓭

這裏所謂「韻外之致」與「味外之旨」，簡單的說，都是指詩歌的語言，能達致「言外之意」，而言外之意，就如上面吳調公所舉例說明「奈細聽」和「惜春」所具有多層次的意義。

要詩歌具有「韻外之致」，「味外之旨」，卽多層次的意義，首先詩歌必須包含「象外象」，因爲兩重的意義或多層的意義，是寄寓在「象外之象」中，它不能脫離「象外之象」而存在。司空圖在〈與極浦書〉一開始便說：

戴容州云：「詩家之景，如藍田日暖，良玉生煙，可望而不可置於眉睫之前也。」象外之象，景外之景，豈容易可談哉？⓮

司空圖引用中唐詩人戴叔倫（七三二——七八九）的話作比方，說陝西藍田山石含美玉，經太陽曬照，便產生淡淡的煙氣，看去如輕煙籠罩，朦朧飄忽。司空圖的「象外之象」，其所包含的意義，就如藍田之景，深藏隱蔽，有朦朧飄忽的意境，這樣「韻外之致」，「味外之旨」才能產生。

⓭《司空表聖文集》，見《欽定全唐文》，董誥等編（臺北：滙文出版社翻印，一九六一），卷八〇七，頁七—八。

⓮《司空表聖文集》，同上，卷八〇七，頁一一。

用現代詩歌的批評術語來說，司空圖主張含蓄，間接的表現手法，那就是通過象外象去表現意義。這種詩往往含意捉摸不定，意境朦朧。這種詩，其實就是西方所說的象徵詩。象徵詩強調間接的通過聯想、暗示的象徵去表現其意義。這些富有啓發聯想性象徵，往往能發揮一般語言所不能具有的魔力，它能呼喚起各種複雜的意義。

明白這種關係，我們就明白司空圖的「韻外之致」或「味外之旨」是通過「象外象」才能產生的。

三、自然象徵：「四時物象節候，詩家之血脈」

言外之意的詩論，在中國文學史上，正如黃維樑在〈中國詩學史上的言外之意說〉[15]所指出，很早就已經被提倡。劉勰（大約四六五—五二二）在《文心雕龍》〈隱秀〉篇中，有「文外之重旨」之說，後來鍾嶸在〈詩品序〉中也有「文已盡而意有餘」的理論。到了唐代，尤其晚唐的時候，提倡言外之意的理論之風氣更濃，特別在詩格那一類的著作中。司空圖的《詩品》大約在公元八八九—九〇二年間所寫，他的重要論詩的文章，也屬這時期的作品[16]。司空圖從虞鄉

[15] 黃維樑，《中國詩學縱橫論》（臺北：洪範書店，一九七七），頁一一九—一八五。

[16] Wong Yoon Wah, *Ssu-K'ung T'u: A Poet-Critic of the T'ang* (Hong Kong: The Chinese University of Hong Kong, 1976), pp. 27-36. 又見本書第四章。

中條山王官谷移居華山的十多年間，我在〈司空圖隱居華山生活考〉曾指出，跟他有文字因緣和交情的詩友中，像李洞著有《集賈島詩句圖》、鄭谷有《國風正訣》，不過目前都已失傳了。另外像虛中的《流類手鑑》、徐寅《雅道機要》、齊己《風騷旨格》都是詩格中的重要作品。研究司空圖的詩論和詩歌，這些著作都是極其重要的參考資料，往往提供打開許多奧秘的鎖匙。

比司空圖早一百多年出生的詩僧皎然（七二〇——八〇〇），他所著《詩式》中有一則〈重意詩例〉，在舉例一重意、二重意、三重意、四重意的詩句之前，他有一則說明文字，這是主張詩應該具有多義性(ambiguities)的宣言⑰：

評曰：兩重意已上，皆文外之旨，若遇高手如康樂公覽而察之，但見性情，不睹文字，蓋詣道之極也。

根據李壯鷹《詩式校注》，「重意」，即「指詩句具有多重意蘊」。凡是有二重意以上的詩或詩句，都是「文外之旨」。李壯鷹對整句的解釋，我覺得很貼切：

那種蘊含多重意旨的詩句，若遇謝靈運這樣的高手覽而讀之，則不拘攣於詩句的文辭之內，而能透過文辭，直造其文外之旨，得其精而忘其粗，得其性情而忘其文字，如此讀詩，方是詩歌欣賞之最高境界。⑱

⑰ 王潤華，〈司空圖隱居華山生活考〉，參考本書第四章。

⑱ 皎然著，李壯鷹校注，《詩式校注》（濟南：齊魯書社，一九八七），頁三一。

「文外之旨」是劉勰「文外之重旨」之廻響，後面「但見性情，不睹文字」簡直是司空圖「不著一字，盡得風流」詩律之所祖。

白居易（七七二——八四六）的《金針詩格》，雖說可能是僞作⑲，他逝世時，司空圖已九歲，因此時代距離不遠。《金針詩格》也是提倡詩應有多義性的著作：

> 詩有內外意，內意欲盡其理，理謂義之理；……外意欲盡其象，象謂物象之象，日、月、山、河、蟲、魚、草、木之類是也。內外含蓄，方入詩格。……⑳

所謂「外意」很清楚的，是指具體物象（卽象徵物）所含之意義。所以《金針詩格》已指出，言外之意，需要通過詩中的象徵來傳達。

賈島（七七九——八四三）的生活時代與司空圖也很相近，在〈與李生論詩書〉和〈與王駕評詩書〉兩篇文章中，司空圖都有論及賈島，對他的詩，褒貶各半㉑。《二南密旨》也有內意外意之說：「外意隨篇自彰，內意隨入諷刺」。不過以論「物象」最値得注意。在〈論物象是詩家之作用〉一則，他說「造化之中，一物一象，皆察而用之。比君臣之化，天地同機。比而用之，得不宜乎。」在另一則〈論引古證用物象〉中，又說：

---

⑲ 同上，頁三五。

⑳ 白居易，《金針詩格》，引自《中國歷代詩話選》（長沙：岳麓書社，一九八五），頁六二。

㉑ 我在〈從歷代詩論看司空圖《詩品》的風格論〉一文中已有討論這點。

四時物象節候者，詩家之血脈也。比諷君臣之化，《毛詩》云：「殷其雷在南山之陽」，雷比教令也。……陶潛詠貧士詩：「萬族各有托，孤雲獨無依」。以孤雲比貧士也。[22]

《二南密旨》是早期強調通過物象（即象徵物）來表達「外意」的重要著作。上引的文字，都在強調詩歌中的象徵主義。在象徵主義詩人中，上引「造化之中，一物一象，皆察而用之」，及「四時物象節候者，詩家之血脈也」，都是他們的金科玉律。《二南密旨》在〈論總例物象〉及〈論總顯大意〉二則中，列舉許多象徵及其言外之意的實例，作爲象徵詩人的手册。下面試選錄一些例子，都是讀司空圖詩歌時，對瞭解其言外之意，會很有幫助：

1. 水深石磴石徑怪石比喻小人當路也。
2. 幽石好石比喻君子之志也。
3. 亂峯亂雲寒雲翳雲碧雲比喻佞臣得志也。
4. 白雲孤雲孤煙比喻賢人也。
5. 澗雲谷雲比喻賢人在野也。
6. 煙浪野燒重霧比喻兵革也。

---

[22] 舊題《二南密旨》，爲賈島所作，不一定可靠，引文自清朝顧龍振編輯，《詩學指南》（臺北：廣文書局，一九七〇），卷三，頁四。

7. 江湖比喻國也，清澄為明，混濁為暗也。
8. 荊棘蜂蝶比喻小人也。
9. 百草苔莎比喻百姓衆多也。
10. 百鳥取貴賤，比喻君子小人也。
11. 泉聲溪聲比賢人清高之譽也。
12. 黃葉落葉敗葉比小人也。
13. 燈、孤燈比賢人在亂而其道明也。
14. 積陰凍雪比陰謀事起也。
15. 片雲晴靄殘霧殘霞蝃蝀此比佞臣也。
16. 木落比君子道消也。㉓

由此可見，《二南密旨》有一套完整的象徵主義理論。在西方的象徵主義的表現結構中，意象（imagery）的來源，可來自自然界，這一點正與《二南密旨》所說「造化之中，一物一象，皆察而用之」及「四時物象節候者，詩家之血脈也」之見解正是完全相同。《二南密旨》所舉的象徵，絕大多數屬於這種自然象徵（natural symbolism），上引十六條便是最好的說明。其

㉓ 同上，卷三，頁四—五（八〇—八一）。

次也有些象徵是人與物及其他東西 如書中所舉「同志知己故人鄉友友人皆比賢人亦比君臣也」，及「金玉珠珍寶玉瓊瑰比喻仁義光輝也」便是，只是在數目上比自然象徵少。作品中的意象之出現，有時屬於一件眞實的經驗（actual experience），所引「螢影侵階亂」比「小人道長，侵君子之位」便是。在西方象徵主義文學作品中，象徵物或事件所以能產生各種聯想和暗喩，主要由於它具有普遍性的人類共同經驗，或某種歷史典故、或作品中情節意象所形成的內在關係（internal relationships）。上面所引述的一些例子，足以說明《二南密旨》所說的象徵意義之產生，也與西方象徵主義相當。

有了上面《二南密旨》所提供的象徵及其意義，我們讀司空圖的詩的時候，就如得到了密碼，很準確的能解釋深含在詩中的言外之意。譬如〈華上二首〉之一：

故國春歸未有涯，小欄高檻別人家。
五更惆悵回孤枕，猶自殘燈照落花。㉔

表面上看，這是一首作者在逃難到華山時，懷念虞鄉中條山王官谷的詩，午夜醒來，在孤燈下看見落花，不免自我憐憫起來。不過對象徵主義詩人來說，言外之意，無處不在。根據《二南密旨》，「故鄉、故國、家山、鄉關，比喻廊廟也」，同時「樓臺殿閣比喻君臣名位消息而用也」。

㉔ 彭定求等編《全唐詩》（北京：中華書局，一九六〇），卷六三三，頁七二六〇。

因此司空圖之「故國未有涯」不止於寫自己未能回到家鄉，也是指皇帝被迫狩巡，不知何年何日才能回到長安。「小欄高檻別人家」不單是說家園爲別人佔領，也是訴說佞臣得志，因爲「樓臺林木比上位也」。根據虛中《流類手鑑》，「夜比暗時也」，「五更」自然暗示唐朝正處於最黑暗動亂的時候。而「燈、孤燈比賢人在亂而其道明也」，因而確定司空圖「猶自殘燈照落花」，是在表明自己歸隱山林，而其道就能保存，而且還能瞭解亂時，他所謂「亂來歸得道仍存」。「落花」卽指不得志之君子，有才華的人被殘踏。由此可見，司空圖的詩是從這種象徵語言生長起來的。

四、虛中的象徵主義理論：心含造化，言含萬象

與司空圖有來往的晚唐詩人中，虛中、齊己、徐夤、尚顏等人比較密切，而這批人之中，多數是詩格的作者。我在〈司空圖隱居華山生活考〉一文中，發現司空圖當時的隱居生活愈來愈傳奇化，個人形象逐漸神話化，主要原因，是因爲這些詩僧寫了許多詩篇歌頌他。譬如徐寅在〈寄華山司空侍郎二首〉中，第一首把衆臣比作雞羣，司空圖是鶴，朝廷是一張脆弱的蛛網，他是猛龍：

> 金闕爭權競獻功，獨逃徵詔臥三峯。
> 雞羣未必容於鶴，蛛網何繇捕得龍。㉕

㉕《全唐詩》，卷七〇九，頁八一六六。

第二首說司空圖只顧寫詩看月，堅持高臥松林，連皇帝的詔書也放着不拆：

非雲非鶴不從容，誰敢輕量傲世蹤。紫殿幾徵王佐業，
青山未折詔書封。閑吟每待秋空月，早起長先野寺鐘。
前古負材多為國，滿懷經濟欲何從。㉖

徐寅還有一首詩〈寄華山司空侍郎〉，把司空圖譽爲山林之掌門人：

山掌林中第一人，鶴書時或問眠雲。莫言疏野全無事，明月清風肯放君。㉗

虛中詩中的司空圖形象，被描繪成一個道家詩人：

逍遙短褐成，一劍動精靈，白晝夢仙島，清晨禮道經。
黍苗侵野徑，桑椹汚閒庭，肯要為鄰者，西南太華青。㉘

不過虛中在詩中，還是把他描繪成一位忠心耿耿的朝廷舊臣：

門徑放莎垂，往來投刺稀。有時開御札，特地掛朝衣。
嶽信僧傳去，仙香鶴帶歸。他年二南化，無復更衰微。㉙

㉖ 同上。
㉗ 同上，卷七一一，頁八一八九。
㉘ 〈寄華山司空侍郎二首〉之二，《全唐詩》，卷八四八，頁九六〇六。
㉙ 〈寄華山司空侍郎二首〉之一，同上。

司空圖讀了虛中的詩後，大爲激動，並回贈一詩，把他當爲知音，現在這首詩只留存兩句：

十年太華無知己，只得虛中兩首詩。㉚

齊己最稱讚司空圖拒絕接受皇帝的徵詔，每次下詔請他，都「空見使臣還」：

天下艱難際，全家入華山。幾勞丹詔問，空見使臣還。

瀑布寒吹夢，蓮峰翠濕關，兵戈阻相訪，身老瘴雲間。㉛

齊己著有《風騷旨格》，是晚唐很重要，而且很風行的一本詩格著作。我在〈從歷代詩論看司空圖《詩品》的風格論〉中，比較過他的風格論與司空圖之異同點。他的風格論中高逸、達時、隱顯、悲喜和清苦也與《二十四詩品》中某些名目相似。不過齊己的《風騷旨格》對象徵主義的理論的建設不多㉜。

虛中的詩格著作《流類手鑑》是晚唐最重要的象徵主義宣言。他一開始便強調詩人要言含萬象，運用天地間的日月草木來表達心內之意：

夫詩道幽遠，理入玄微，凡俗罔知，以為淺近。善詩之人，心含造化，言含萬象，且天地日月，草木煙雲，皆隨我用，合我晦明。此則詩人之言，應於物象，豈可易哉？㉝

㉚《全唐詩》，卷六三四，頁七二八九。
㉛同上，卷八四〇，頁九四八二。
㉜《中國歷代詩話選》，第一卷，選錄本文所引之詩格著作，是一本很好的入門書。
㉝本文所引虛中《流類手鑑》，皆根據《詩學指南》所收，卷四，頁六—九。

虛中這一小段文字，可視爲晚唐象徵主義宣言，而且完全概括了西方象徵主義的理論與實踐。在虛中之前，已有賈島的「造化之中，一物一象，皆察而用之」之理論。而這裏所謂「心含造化」是指詩人心中想表現的意（ideas），「言含萬象」就是要使用象徵性的語言。至於萬象，作者特別主張採用自然象徵主義（natural symbolism），那就是「天地日月，草木煙雲」。如果恰當巧妙的使用象徵手法，各個象徵會「合我晦明」。寫詩之道是「幽遠」，理意之表現更「玄徵」，只是「凡俗罔知，以爲淺近」而已。這裏作者強調詩表達之時間接手法（indirection）之重要。因此我覺得虛中的這段文字與西方學者對象徵主義的詮釋很相近，試拿它與下面這段出自《普林斯頓詩與詩學百科全書》的解釋：

> Symbolist poetry is a poetry of indirection, in which objects tend to be suggested rather than named, or to be used primarily for an evocation of mood. Ideas may be important, but are characteristically presented obliquely through a variety of symbols and must be apprehended largely by intuition and feeling.[34]

---

[34] Alex Preminger (ed.), *Princeton Encyclopedia of Poetry and Poetics* (Princeton: Princeton University, 1972), pp. 833-839.

虛中在第二部份〈物象流類〉中列舉了五十五類象徵的實例，下面試舉出一些，我們更清楚的明白，像賈島那樣，他也是一個自然象徵主義者㉟：

1. 夜比暗時也。
2. 殘陽落日比亂國也。
3. 百花比百僚也。
4. 浮雲殘月煙霧比佞臣也。
5. 蟬子規猿比怨士也。
6. 金石松竹嘉魚比賢人也。
7. 僧道煙霞比高尚也。
8. 蛩螻蛄比知時小人也。
9. 孤雲白鶴比貞士也。
10. 野花比未得志君子也。
11. 故園故國比廊廟也。
12. 野花比未得時君子也。

㉟《流類手鑑》，見《詩學指南》，卷四，頁六—七。

13.百草比萬民也。

14.樓台林木比上位也。

另外第三部份〈舉詩類例〉，虛中更具體的引用別人的詩句說明，有時詩中描述的經驗過程，也具有超字面的意義，而造成象徵的結果㊱：

1.「日落月未上，鳥棲人獨行」，比小人獲安，君子失時也。

2.「白雲孤出岳，清渭半和涇」，白雲比賢人去國也。

3.「螢從枯樹出，蛩入破階藏」，比小人得所也。

4.「園林將向夕，風雨更吹花」，比國弱也。

這些眞實的經驗（actual experience），如第四個例子，黃昏的園林遭到風雨吹襲，落花滿地，是西方詩人學者所說世人皆知的象徵（universally understood symbols）。

五、徐夤的象徵結構：意在象前，象生意後

徐夤（今多寫作寅）所著詩格《雅道機要》，前半部有抄襲齊已的《風騷旨格》之嫌，但後

㊱ 同上，卷四，頁七。

半部有許多精闢之見解，深入的對象徵詩之結構加以分析。正如盧中所說「詩人之言，應於物象」，自然萬象「皆隨我用，合我晦明」，賈島也說「一物一象，皆察而用之」，徐寅首先也認爲寫詩應注重「象外」，也就是象徵意義：

> 凡欲題詠物象，宜密布機情，求象外。

意與象在象徵的關係是怎樣的？

> 凡為詩，搜覓未得句，先須令意在象前，象生意後，斯為上手矣。不得一向只搆物象，屬對全無意味……

欣賞一首詩需要瞭解內外之意，這種詩當然是指象徵詩，在〈明意包內外〉一則，徐寅說：

> 內外之意，詩之最密也。苟失其轍，則如人之去足，如車之去輪，其何以行之哉？㊲

因爲象徵能引起聯想、暗示，它往往具有好幾層的意義，自然它如人和車，能將意義載去很遠的地方。徐寅把象徵性比作足和輪，實在將象徵詩之特性形容得很靈活。

我在〈從歷代詩論看司空圖《詩品》的風格論〉那篇文章中曾說過，徐寅似乎是最早讀過司空圖《詩品》的人，因爲上引他〈寄司空侍郎〉詩中「莫言疏野全無事，明月清風肯放君」兩句，很顯然，是讀了《詩品》中〈疏野〉一詩有感而發。現在我們讀徐寅《雅道機要》，處處都

㊲ 徐寅，《雅道機要》，見《詩學指南》，卷四，頁一四及一五。

叫人想起司空圖的詩學。

六、徐衍論象徵：物象不用，如登山命舟，行川索馬

徐衍著有《風騷要式》，書內引用齊己、虛中、鄭谷等人之詩，他大概是晚唐最末期時候的人。他的詩學與虛中的《流類手鑑》相似，重視通過象徵，表現多重意思。所以書中〈君臣門〉一開始就引用皎然對古詩「行行重行行，與君生別離」，具有四重意之解釋。詩所以能發出多重意義，那是由於象徵具有暗示、聯想之功能。徐衍因此又引用虛中《流類手鑑》之象徵主義理論來說明「物象」之重要：

> 虛中云：物象者，詩之至要，苟不體而用之，何異登山命舟，行川索馬？雖及其時，豈及其用？㊳

徐衍也舉出許多象徵物或象徵事件㊴：

> 1. 登高遠望，比良時也。

㊳《風騷要式》，見《詩學指南》，卷四，頁一。

㊴同上，卷四，頁二。

2. 野步野眺，賢人觀國之光也。
3. 病中賢人，不得志也。
4. 病起君子，亨通也。

另一些是引用別人的詩句來說明的㊵：

1. 司空曙〈自恨〉：「長沙謫去江，潭春草萋萋」，比小人縱橫也。
2. 劉得仁〈秋望〉：「西風蟬滿樹，東岸有殘暉」，比小人爭先而據位。
3. 齊己〈落照〉：「夕陽背高臺，殘鐘殘角催」，比君昏而德音薄矣。
4. 鄭谷〈冬日書情〉：「雲橫漢水鄉魂斷，雪滿長安酒價高」，比佞臣橫行也。

從上述賈島《二南密旨》、虛中《流類手鑑》及徐衍的《風騷要式》所提供常用的象徵手法來看，晚唐詩實在不容易讀懂，因爲在大量採用自然象徵之同時，當時詩人也發明和使用了不少西方批評所說的私營象徵 (private symbolism)，這些象徵成爲某一羣晚唐詩人所使用，不過不容易被別個流派或圈子的人所瞭解。這就是爲什麼晚唐詩比較難爲後人所接受。譬如徐衍所引劉得仁「西風蟬滿樹，東岸有殘暉」，爲什麼可作「小人爭先而據位」解?要讀懂這種表面上淺顯的詩句，我們需要動用虛中、徐衍所提供的密碼：

㊵ 同上。

1. 西風商雨比兵也。
2. 蟬、子規、猿，比怨士也。
3. 井、田、岸、涯，比基業（或平原、古岸，帝王基業也）。
4. 殘陽落日比亂國也。

用這些密碼翻譯出來的答案是：在兵亂之中，怨士在野，國家社會在混亂黑暗中，因此必定小人當道，佞臣弄權。

七、司空圖的詩歌反映晚唐象徵主義的新趨勢

閱讀司空圖流傳至今的四百多首詩，我們很容易發現，許多意象如夕陽、殘燈等等，經常重複出現在他的詩中，它不但表現某些意義，也成爲某些意義的符號，因此這些夕陽、孤螢不止是一個象徵物，簡直就是作者象徵性的語言符號（symbolic system）。

從上述幾家象徵主義的理論系統，我們已看出，他們使用象徵的方法與西方詩人大同小異。首先是大量自然象徵的使用，在西方現代詩人中，美國的佛洛斯特（Robert Frost, 1875-1963）以運用自然象徵性的語言而突破西方象徵傳統，獲得好評，擁有大量的讀者。他有一首題名〈雪夜林畔〉(Stopping by Woods on a Snowy Evening)的詩，其中像「還要趕好幾哩路才安

睡」，對一個旅途中的人來說，是一件眞實的事，但在象徵主義的語言，「安睡」就是「死亡」。所以整首詩，字面上是寫一個人要趕路，言外之意，是敍說他因爲想到還有許多工作要完成，但是自己又快要死亡，那種生與死的矛盾與衝突。像虛中所舉例子中「園林將向夕，風雨更吹花」比國弱，夜比暗時，賈島以孤燈比賢人在亂世而其道明，這些都是自然象徵主義的語言㊶。

晚唐詩人盡一切可能想擺脫傳統象徵（conventional symbols），當然那是不可能做到的，因爲那已經成爲中國語文的一部份，像蟬、子規、猿比怨士，孤雲、白鶴比貞士便是，唐代編的一些寫詩用的書如《藝文類聚》給傳統象徵發揮了廣大的影響。不過晚唐象徵主義一個新發展與新趨勢，是喜歡運用私人象徵。上面的舉例，雖然多是自然象徵，但很多已不是廣泛爲人所瞭解的。像「潭春草萋萋」，徐衍解作「小人縱橫」，已是屬於私營的象徵了。過去「百草比萬民」（虛中），「草草苔莎比喻百姓衆多」（賈島），現在晚唐詩人可以自由的隨着自己的意思更改語言符號的內涵。

在晚唐詩人中，司空圖的詩歌相當能反映晚唐象徵主義的新趨勢，他的詩歌語言，就是在上述理論基礎上生長起來的。要理解司空圖的詩，《二南密旨》、《流類手鑑》、《風騷要式》等著作，幾乎成爲密碼，很容易的幫忙我們將其意義翻譯出來。

㊶這首詩的中文翻譯參見林以亮編，《美國詩選》（香港：今日世界，一九六一），頁一六七—一六八。

在盛唐的詩歌中，夕陽、返景、斜日、落暉，也很常出現詩歌之中，它特別吸引了王維。根據小川環樹的考證，夕陽的描寫，主要受了佛經《日想觀》所影響。因爲詩中描寫夕陽，爲《日想觀》的佛教信仰所導致㊷。夕陽更常出現在司空圖的詩中，但它所代表的意義，就大大不同了。這是一個自然象徵，所以盧中在《流類手鑑》中點明「殘陽落日比亂國也」，同時也說「夜比暗時」。同時徐衍把「西風蟬滿樹，東岸有殘暉」比作「小人爭先而據位」，另外「夕陽背高臺，殘鐘殘角催」解作「君昏而德音薄矣」。在晚唐象徵符號中，岸代表帝王基業，「樓臺林木」也象徵「上位」，因爲夕陽在東岸和高臺都說明宮廷微弱，皇帝昏庸。從這一層面去認識司空圖的詩中的夕陽，便可瞭解爲什麼處處他都看到夕陽㊸：

1.危橋轉溪路，經雨石叢荒。幽瀑下仙果，孤巢懸夕陽。（〈贈步寄李員外〉）

2.籜冠新帶步池塘，逸韻偏宜夏景長，扶起綠荷承早露，驚迴白鳥入殘陽。（〈華下〉）

3.幾處白煙斷，一川紅樹時。壞橋侵轍水，殘照背村碑。（〈閒步〉）

4.明日添一歲，端憂奈爾何。衝寒出洞口，猶校夕陽多。（〈歲盡二首〉之一）

5.莫話傷心事，投春滿鬢霜。殷勤共尊酒，今歲只殘陽。（〈歲盡二首〉）

㊷ 小川環樹，《論中國詩》（香港：中文大學出版社，一九八六），頁一二三—一二六。

㊸ 司空圖詩，皆引自《全唐詩》，卷六三二—六三四。

6. 重陽阻雨獨銜杯，移得山家菊未開。猶勝登高閒望斷，孤煙殘照馬嘶回。（〈重陽阻雨〉）

7. 嶽北秋空渭北川，晴雲漸薄薄如煙。坐來還見微風起，吹散殘陽一片蟬。（〈攜仙籙九首之一〉）

8. 昨日流鶯今日蟬，起來又是夕陽天。六龍飛轡長相窘，更忍乘危自著鞭。（〈狂題十八首〉之十五）

9. 閒韻雖高不衒才，偶抛猿鳥乍歸來。夕陽照箇新紅葉，似要題詩落硯臺。（〈偶詩五首〉之一）

10. 渡頭殘照一行新，獨自依依向北人。莫恨鄉程千里遠，眼中從此故鄉春。（〈楊柳枝壽杯詞十八首〉之二）

以上所隨意列出之詩，說明司空圖生活在晚唐朝廷君昏，社會腐敗，國家黑暗，他不管在何時何地，都感覺到夕陽如影子跟隨着他。

試分析第一首描述野步或野眺之作。根據徐衍《風騷要式》，野步或野眺象徵賢人觀望國土之風光，思考國情，作者走到野外，橋斷無路可走，只好涉水在河道上，四處有荒石擋路。他在幽瀑中找到仙果，舉頭看見樹梢的鳥巢上，卻盛滿了夕陽。讀這首詩，如果能知道晚唐人的象徵語言，那更能捉住言外之意。我從《二南密旨》、《流類手鑑》、《風騷要式》找到以下這些密碼[44]：

---

[44] 所引各條，都是根據《詩學指南》。

1.野步、野眺，賢人觀國之光也（解主題）

2.橋梁、枕簟，比近臣也（解危橋）。

3.舟楫、橋梁，比上宰，又比進攜之人，亦皇道通達也（解危橋）。

4.西風、商雨，比兵也（解雨）。

5.飄風、苦雨、霜雹、波濤，比國令，又比佞臣也（解雨）。

6.水深、石磴、石徑、怪石，比喻小人當路（解溪路與石叢）。

7.泉聲、溪聲，比賢人清高之譽（解幽瀑）。

8.殘陽、落日，比亂國也（解夕陽）。

9.夜，比暗時也（解夕陽）。

10.巖嶺、岡樹、巢木、孤峯，比喻賢臣在位也（解孤巢）。

由此可見〈贈步寄李員外〉詩，象徵的符號，卽危橋、溪路、經雨、石叢、幽瀑、仙果（聲名、政績）、孤巢及夕陽，緊密的結合在一次野步或野眺的經驗之中。讀這首詩，除了要感受在野外散步時，遇到橋斷無路，被迫涉水而前進，處處被怪石阻擋去路，最後在悠悠之瀑布水流中，發現仙果，擡起頭，卻見夕陽佔據了樹梢的鳥巢，另外也把我們帶進晚唐動亂社會，一個在野賢人的遭遇經驗裏：他舉目遠看全國，上宰近臣都被貶放，皇道毀壞（危橋），年年戰亂，佞臣作亂（溪路、經雨），四處小人當道（石叢），於是回到山野，保全自己的名節，堅守修身之道（幽瀑、仙果），可是在朝廷賢臣聚集的地方（孤巢），卻被亂國之臣佔據，一片黑暗（夕陽）。司空圖詩中的危橋、石叢、幽瀑、仙果、孤巢、夕陽，雖是自然象徵，但是卻接近私營象徵。大概只有當時那羣象徵主義者才熟悉，要不然虛中、徐衍、賈島他們也不必列舉出來，編成小冊子了。

我們再看上列第三首〈閒步〉，主題與前一首相似，字面意義是到野外散步，象徵意義是遠看祖國山河。「幾處白煙斷，一川紅樹時。壞橋侵轍水，殘照背村碑」，在寫實之外，我們需要瞭解白煙、一川、紅樹、壞橋、水侵之轍、殘陽和村碑的象徵，因爲「四時物象節候者，詩家之血脈也」：

1. 烟浪、野燒、重霧，比喻兵革也（比白煙）
2. 寺宇、河海、川澤、山岳，比喻國也（比一川）
3. 黃葉、落葉、敗葉，比小人也（比紅樹）
4. 橋樑、枕簟，比近臣也（比壞橋）
5. 舟楫、橋樑，比上宰，又比攜進之人，亦皇道通達也（比壞橋）
6. 九衢道路，比喻皇道也（比水侵之轍）
7. 殘陽落日，比亂國也（比殘照）
8. 故鄉、故國、家山、鄉關，比喻廓廟也（比村碑）

通過這些《二南密旨》與《流類手鑑》所提供的密碼，便能進入更深一層的象徵語言裏面去：全國土地四處在戰火之中，祖國土地上小人佞臣洋洋得意，皇道被毀，賢臣被迫退隱山林，這時國家廊廟被黑暗與動亂籠罩着。因此字面上雖說是〈閒步〉，實際上是社會意識極強的一次散步。

我在〈論司空圖的退隱哲學〉一文中曾指出，他原來是一個急於建功立名的人。可是他「一舉高第」之後，就遭到官場鬪爭之禍、戰亂之苦。就在五十歲時，便決定退隱山林，回到故鄉虞鄉縣，住在中條山王官谷別業中。我也考證出來，他曾因逃避戰火，移居華山十餘年㊺。

司空圖眞正棄官退隱的原因是一來感到「自乏匡時路」，二來明白「乘時爭路祇危身」的哲理。最後他安慰自己說，既然「矯世道終孤」，他就退隱，因爲只有這樣才能保存道：「亂來歸得道仍存」。他的生活哲學是以「遇則以身行道，窮則見志於言」這大原則來做抉擇。當我寫完〈論司空圖的退隱哲學〉後，才完全明白他在詩中常有的一些象徵，如孤燈、孤螢、病中賢人等，這些都是植根在他生活與思想中的意象。請看〈即事九首〉中的第三首：

明時那棄置，多病自遲留。疏磬和吟斷，殘燈照臥幽。

這一組詩很顯然是司空圖移居華山時所作，上面所引「十年華山無知己，只得虛中兩首詩」就是

㊺ Wong Yoon Wah, *Ssu-K'ung T'u: A Poet-Critic of the T'ang*, pp. 27–36.

這個時期所寫。虛中《流類手鑑》中有「晝比明時也」與「夜比暗時」，可見詩一開始「明時那棄置」即點明如果不是國家黑暗，社會動亂，在政治清明之日，那會把虞鄉中條山王官谷的別墅棄置，跑來華山長久居住?整首詩的敍事背景是作者臥病在黑夜裏。黑夜代表唐代末年政治腐敗，國家動亂，即所謂「暗時」。司空圖在華山避難，長達十多年，故有「自遲留」之句。他在一首〈僧舍貽友〉也有「舊山歸有阻，不是故遲遲」之句。他多次受詔回朝廷做官，但都以病辭去。徐衍《風騷要式》有「病中賢人不得志也」一條，意外之意，是指不得志，司空圖自己也承認，「自乏匡時路」，而且「遇則以身行道，窮則見志於言。」退休以後，他的聲價很高，像徐寅稱他爲華山第一掌門人，虛中、齊己都齊聲歌頌他的人品氣節。虛中《流類手鑑》有「琴鐘磬比美價也」，賈島《二南密旨》也有「石磬賢人聲價，變，忠臣欲死矣。」這裏「疏磬和吟斷」最恰當的解釋，應指司空圖和詩僧們的來往與唱和，本文前面所提到他和虛中、齊己、徐寅等人的交遊便是最好的例子，《舊唐書》說他退隱後，「日與名僧高士遊詠其間」㊻。詩中的「臥幽」不但指司空圖自己也泛指許多像他那樣，執行「亂來歸得道仍存」的高人。賈島的《二南密旨》說，「燈、孤燈，比賢人在亂而其道明也。」這個不得志的賢人，在黑暗的社會，因爲「道仍

㊻ 劉昫等編修，《舊唐書》，武英殿刋本，《廿五史》（臺北：藝文印書館，一九六五），卷一九〇下，頁三六。

存」，因此他的理想抱負，仍然像燈一樣，照亮黑夜的每個角落。他說由於「矯世道終孤」，因此退隱，孤燈就是孤道。

司空圖半生自嘆不得志，因此詩中生病的意象特別多，例如㊼：

身病時亦危，逢秋多慟哭。(〈秋思〉)

亂來已失耕桑計，病後休論濟活心。(〈丁巳重陽〉)

喪亂家難保，艱虞病懶醫。(〈亂後三首〉之一)

病來勝未病，名縛便忘名。(〈雜題九首〉之一)

三十年來辭病表，今朝臥病感皇恩。(〈狂題十八首之一一〉)

因爲司空圖自稱守道有恆，孤燈經常陪伴着他，再看下面兩首詩㊽：

故國春歸未有涯，小欄高檻別人家。五更惆悵回孤枕，猶自殘燈照落花。(〈華上二首〉之一)

由來相愛只詩僧，怪石長松自得朋。却怕他生還識字，依前日下作孤燈。(〈狂題十八首〉之六)

〈華上二首〉也是在華山避難時所寫，他有家歸不得，因此常有鄉愁。這首詩並不只停留在惆

㊼ 引自《全唐詩》，卷六三二—六三四。

㊽ Wong Yoon Wah, *Ssu-K'ung T'u: A Poet-Critic of the T'ang*, pp. 27-35.

悵、懷鄉之上，它也有更遠的意義。第一句「故國春歸未有涯」，超越個人思鄉之愁的感情，進入國家和社會的關懷。虛中說「日午春日比聖明也」，又說「故園故國比廊廟也」，賈島《二南密旨》也說「故鄉、故國、家山、鄉關，比喻廊廟也」。司空圖在華山時候，節度使互相火拼，輪流搶奪皇帝以令天下，像僖宗就常巡幸鳳翔，也曾到過韓建重兵所控制下的華陰縣。可見第一句開始於個人感情而終於悲嘆國家大事。第二句也是如此，「小欄高檻」象徵君臣或上位，現爲「別人家」，卽宮廷爲小人佞臣所佔據。《二南密旨》有「樓臺殿閣比喻君臣名位消息而用也」，《流類手鑑》也說「樓臺林木比上位也」。在五更夢醒時，他想起皇帝的「近臣」，這可能是他自己或他的同僚，我們知道司空圖前後做過禮部員外郎、中書舍人、諫議大夫，兵部侍郎等職。《流類手鑑》說「橋樑、枕簟，比近臣」，而「百花比百僚」，可知詩中的這些同僚現在都如同風雨後滿地落花，被人踐踏。只因爲「賢人在亂而其道明」（孤燈所比），司空圖才會在黑夜裏（亂國）想起他們，看見他們，瞭解他們的遭遇和處境。

七、從自然象徵到私營象徵：孤螢、殘蟬、殘菊

司空圖雖然擔任過幾朝高官，他的中條山王官谷別墅，曾一度成爲文人雅士避難之所，《舊唐書》說他歸隱後，「日與名僧高士遊詠其中」，但是根據我個人的考證，大概只因他是幾朝

大臣，許多路過中條山或華山的人，與他應酬交際而已，都不是深交。唐末詩壇喜歡講流派，他卻不屬任何詩派或小圈子，作品流傳也不廣。他的詩與散文，都充份表現出他的內心是孤寂的。他一直把自己看作一位先被社會放逐，才自我流放的人。他就是《詩品》中那位與世隔絕的幽人。

隔離、孤獨在司空圖的詩歌之中，是最常表現的主題，尤其是歸隱後的作品。他常常在詩中把自己比作黑暗中的螢火蟲、枯萎凋零的菊花、垂死的蟬、或乾枯水池中的魚，現試舉菊花、蟬和魚的詩句如下：

菊殘深處迴幽蝶，陂動晴光下早鴻。（〈重陽山居〉）

幽鶴傍人疑舊識，殘蟬向日噪新晴。（〈喜王駕小儀重陽相訪〉）

魚在枯池鳥在林，四時無奈雪霜侵。（〈雜題二首〉）

我們說過，「百花比百僚」，而菊花更指退隱後的做過官的高士，當像司空圖這樣的人官位消退，生命受到殘害時（殘菊），那些小人自然得意洋洋（《二南密旨》：「荊棘、蜂蝶，比喻小人也」）。在第二個例子裏，我們知道「鷺、鶴、鸞、鷄，比喻君子也」（《二南密旨》），而「蟬、子規、猿，比怨士也」（《流類手鑑》），這裏幽鶴暗指久隱山林的君子（作者自己），當他的好友王駕來探望他時，幾乎不認識了，也許因爲出乎意外。那殘蟬比作怨士，不得志的人，即作者自己，因有好友來訪，如雨後放晴，重見天日，他在詩中另一句說「聞君相訪病身輕，樽前且撥傷心事。」「殘蟬向日噪新晴」，即指作者向難得出現的友人傾吐心聲。第三個例子中的魚和鳥都是作者自比，牠們是賢人君子，《流類手鑑》說「金、石、松、竹、嘉魚，比賢人也」，《二南密旨》也有「百鳥取貴賤，比君子小人也」之解釋。樹林四季都有雪霜封鎖着，可知君子賢人之處境之危險。樹林長年爲風雪所侵襲，其實也是指晚唐之國家社會常年有動亂和政治鬪爭，因爲《流類手鑑》說：「樓臺林木，比上位也」。

螢火蟲帶着火光生活在黑夜中，常年寂寞孤獨的憑着自己身體上的微光，在黑夜裏飛翔。它像那些隱居山林的高士，或者像《詩品》中的那些畸人、幽人、高人、碧山人、可人、淡泊如菊之人，隱隱約約的出現。黑夜，根據虛中《流類手鑑》暗指「暗時」，這樣，黑夜裏的孤螢，不是正象徵一個堅持高尚人格，不願生活在腐敗的社會中，而自我放逐到山林裏的人嗎？請注意下面幾首詩中螢火蟲的象徵意義㊾：

身病時亦危，逢秋多慟哭。風波一搖盪，天地幾翻覆。孤螢出荒池，落葉穿破屋。勢利長草草，何人訪幽獨。（〈秋思〉）

離亂身偶在，竄跡任浮沉。虎暴荒居迥，螢孤黑夜深。（〈避亂〉）

燈影看鬚黑，牆陰惜草青。歲闌悲物我，同是冒霜螢。（〈有感〉）

故國無心度海潮，老禪方丈倚中條。夜深雨絕松堂靜，一點飛螢照寂寥。（〈贈日東鑒禪師〉）

㊾　引自《全唐詩》，卷六三二—六三四。

稻畦分影向江村，憔悴經霜只半存。昨日流鶯今不見，亂螢飛出照黃昏。（〈楊柳枝壽杯詞十八首〉之八）

第一首〈秋思〉以「身病」開始，卽喚起「病中賢人」比「不得志」之意。「荒池」暗示朝廷重要職位，甚至皇位懸空，也就是說皇上逃命，要臣隱居而去。《二南密旨》有「池井寺院宮觀，此乃喻國也」。孤螢在荒廢的朝廷飛出，這象徵賢人高士，紛紛辭官歸隱，因爲「亂來歸得道仍存」。孤螢的火光，便是他們的道。破屋是國家毀壞之象徵（因爲寺宇比於國），而落葉則是小人，《二南密旨》有「黃葉落葉敗葉比小人也」一條，司空圖言外之意，是說朝廷腐敗無能，賢人都歸隱，以守其道，破壞之社會，充滿了小人，既然惡人到處都得勢（勢利長草草），那會有人去尋找山林中的賢能之人去做官或交游？

第二首〈避亂〉，詩題已清楚點明在亂世（荒居）、黑暗的社會裏（黑夜深），四處都有殘暴的君主、佞臣、軍閥在吃人。偶而只有一二隻孤單的螢火蟲攜帶着微弱的燈火，在黑暗中照亮一個角落。孤螢象徵像司空圖那樣「亂來歸得道仍存」的人。第三首詩的燈和冒霜螢，都是象徵「賢人在亂而其道明」。第四首「一點飛螢照寂寥」，更明顯的象徵在夜深雨後，高僧賢人在對話中所表現出的道與智慧。

上面四首詩中的荒池、破屋、荒居、夜深、歲闌，都是自然象徵晚唐政治腐敗、社會動亂和黑暗、道德敗壞的時代。在卽將崩潰的晚唐社會裏，除了小人縱橫（落葉、長草草、草青），當還有賢人高士（身病、幽獨、老禪方丈），以及其道愈堅的隱居山林舊臣（孤螢）。

孤螢在司空圖的象徵語言符號中，應該算是私營象徵法，因此之故，我在上面，一直沒有引述《流類手鑑》或《二南密旨》之解釋。前者有引賈島詩：「螢從枯樹出，蛩入破階藏」，並解作「比小人得所也」，後者也把「螢影侵階亂」解作「比見小人道長」。不過很顯然的，司空圖卻打破傳統用法，理由很簡單，他生活在晚唐之山林，寂寞，但因爲堅守其道，就像黑夜中的流螢，寂寞的攜帶着一點亮光生活着。上面「勢利長草草」及「牆陰惜草青」的草，已不作老百姓解，而象徵小人，也是一私營象徵，我在上面已引用過，司空曙在「潭春草萋萋」已比作「小人縱橫」。

八、傳統、自然象徵個人化之傾向

司空圖的象徵方法，表面看來，往往因襲傳統的手法，傾向於自然象徵，自然易懂。其實他也大量運用個人化的象徵語言。沒有詩格那類的著作之指南，實在不易讀懂他的詩，更何況他又往往將傳統或自然象徵加以個人化。剛才所分析的螢便是打破傳統的象徵。又如：

> 昨日流鶯今不見，亂螢飛出照黃昏。（〈楊柳枝壽杯詞十八首〉之八）

流鶯是好鳥，代表賢人，今日都消失了，剩下四處逃避戰爭的孤螢，在黑暗的社會中發出一點亮光。螢在司空圖詩中，往往和菊一起出現：

> 燕辭旅舍人空在，螢出疏籬菊正芳。堪恨昔年聯句地，念經僧掃過重陽。（〈憶中條〉）

因爲這兩樣東西都是在社會最動亂時（燕辭旅舍人空在），最受人注意。在司空圖的詩中，菊花代表隱居、高潔、孤芳自賞，是道在白天的象徵，而螢是道在晚上的象徵，再看下面幾首詩中菊花的象徵㊿：

鵁鶄花香搭槿籬，枕前蛩迸酒醒時。夕陽似照陶家菊，黃蝶無窮壓故枝。（〈歌者十二首〉之十一）

簷前減燕菊添芳，燕盡庭前菊又荒。老大比他年少少，每逢佳節更悲涼。（〈重陽四首〉之一）

詩人自古恨難窮，暮節登臨且喜同。四望交親兵亂後，一川風物笛聲中。菊殘深處迴幽蝶，陂動晴光下早鴻。明日更期來此醉，不堪寂寞對衰翁。（〈重陽山居〉）

陶潛的菊愛生長在對名利淡泊的人家門口，它是淡泊人生的化身，隱居田園的象徵。司空圖的菊花除了因襲這些傳統的內涵外，由於它愛生長在戰火中，在沒落富豪家燦爛開放，在螢火羣飛，夕陽滿山河，小人（黃蝶無窮壓故枝）縱橫時盛開，它更具有社會意識了，這是司空圖把傳統象徵個人化、私有化之一大例子。明白司空圖的象徵結構，才是研究司空圖詩歌的第一步。

㊿ 同上。

第十二章 司空圖研究的發展及其新方向

一、從一個冷僻的研究題目開始

我在美國威斯康辛大學讀研究所的時候，便開始對司空圖產生興趣。當時我的老師周策縱教授主講中國文學批評，曾評析過司空圖的詩學。後來在另一門中國文學研討課上，我提出要寫一篇研究司空圖的報告，周策縱老師聽說後，很興奮的同意，並且說：「我去年班上有一位美國學生的報告是關於《詩品》及其翻譯」❶。我的老師以博學強記聞名歐美漢學界。平常如果我們要研究某個作家或作品，他馬上告訴你一些權威性專書或單篇論文，叫你去參考某些目錄。由此可

❶ 這篇作業題名 Draft Translation of the Shih P'in，既是翻譯《詩品》，也有分析，作者是 Douglas Wile。

見，司空圖研究在當時還是一個冷僻的課題，〈司空圖研究論著目錄〉要二十年後才出現❷。選擇沒什麼參考書的題目作報告，對一般學生來說是吃力不討好的，我當時感到有點猶疑。不過我不但選擇司空圖作報告，後來還以司空圖作爲博士論文研究的題目，一九七二年初完成時，定名爲 Ssu-K'ung T'u: The Man and His Theory of Poetry（司空圖及其詩學研究）❸。

二、從文學批評史到專門論著

現在回想起來，我在一九六〇年代末期開始研究司空圖的時候，實在孤單寂寞。當時除了歷朝的史料，以及對《詩品》及其他作品注釋和序跋題記外❹，現代學者的論著，實在很少。在一九六〇年代以前，雖然郭紹虞、羅根澤、朱東潤等人在其中國文學批評史中，由於給予司空圖

❷ 陳國球，〈司空圖研究論著目錄〉，見《書目季刊》，二十卷，三期（一九八七年十二月），頁九三—一〇〇。這目錄只收一九三二至一九八六年有關司空圖研究的中文專書或單篇論文。

❸ Wong Yoon Wah, *Ssu-K'ung T'u: The Man and His Theory of Poetry*, Ph. D. Thesis, University of Wisconsin, Madison, 1972.

❹ 關於歷代學者對司空圖的品評，可參見江國貞，《司空表聖研究》（臺北：文津出版社，一九七八），頁二二七—二四七；又見杜黎均，《二十四詩品譯注評析》（北京出版社，一九八八），頁二四九—二八四。

的詩論很高的評價，已引起廣泛的注意，不過從一九三一至一九五九，重要的論文只有石遺的〈《詩品》評議〉、李戲魚〈司空圖《詩品》與道家思想〉及朱東潤〈司空圖詩論綜述〉，而朱東潤這篇的要點，與他的《中國文學批評史大綱》雷同❺。臺灣方面，雖然只有一篇杜呈祥的〈司空圖〉❻，卻是那時探討司空圖生平思想最詳盡的文章，引發了我繼續挖掘其他史料，重建更完整的司空圖傳之動機。

到了一九六〇年，中國大陸開始有好些論文發表，最重要者，應該是郭紹虞的《詩品集解・續詩品注》（北京：人民文學出版社，一九六三），這本集解，給研究《詩品》的人帶來很大的方便，另一方面祖保泉出版《司空圖《詩品》注釋及譯文》（香港：商務印書館，一九六四），同時也有〈讀司空圖《詩品》札記〉之發表❼。他們二人後來便成爲中國大陸司空圖研究的權威。在這時期比較有系統，有見解的，初次發表成果的學者，以吳調公最特出。他在一九六二年，一口氣發表了四篇很有深度的論文：

❺ 陳國球，〈司空圖研究論著目錄〉，見《書目季刊》，頁九三。

❻ 杜呈祥〈司空圖〉，見張其昀編《中國文學史論集》，第二册（臺北：中華文化出版社，一九五九），頁四六七—四八三。

❼ 《司空圖《詩品》注釋及譯文》，初版於一九六一年，由安徽人民出版社出版；〈札記〉，見《合肥師範學院學報》，一九六一年第二期。

〈詩品、構思、風格——司空圖《詩品》風格論〉，見《南京師範學院學報》，一九六二年第一期。

〈詩品、詩境、詩美——司空圖《詩品》的美學觀〉，見《江海學刊》，一九六二年第三期。

〈略談司空圖及其《詩品》〉，見《文滙報》，一九六二年八月二十九日。

〈司空圖的詩歌理論與創作實踐〉，見《新建設》，第九期（一九六二年九月），頁五七—六四。

一九六三年，北京外文出版社的英文雜誌《中國文學》又發表一篇吳調公的〈司空圖及其詩學〉⑧。當時我在美國研究司空圖，需要用英文撰寫論文，這樣的英文論文，眞是如獲至寶。我覺得吳調公這五篇論文在司空圖研究的發展上，開拓了新天地。探討司空圖的風格論、創作論、鑒賞論、美學論及其詩歌等方面的成就，一直到今天還是最主要的課題。他恐怕是第一個人，研究司空圖的詩學及其在詩歌創作上的實踐。這方面的研究，今天仍然是極其需要加以探討的問題。

一九六〇年代臺灣的司空圖研究的學者不多，有著作發表者不過三人而已。像陳曉薔有作品

---

⑧ Wu Tiao-Kung, "Ssu K'ung T'us Poetic Criticism," *Chinese Literature*, July 1963, pp. 78-83.

三種，算是本時期最有表現者：

〈司空圖與《詩品》〉，見《現代學苑》，第一卷第四期（一九六四年七月），頁一四七—一五二。

〈談司空圖的詩論：韻外致與味外旨〉，見《現代學苑》，第一卷第十二期（一九六五年三月），頁四七五—四七九。

《司空圖二十四詩品校注》，東海大學（作者自印），一九六五。

可惜以後就沒有見到她發表任何研究司空圖的著作。另外一九六九年有蔡朝鐘〈唐司空圖詩集校注〉（臺北：文化學院中文系碩士論文）（自印本）及羅聯添〈唐司空圖事跡繫年〉[9]。這兩篇著作都是司空圖研究之基礎。

從以上的概述可看出，一九六〇年代，中國大陸和臺灣的司空圖研究工作，已打下了基礎。有了像上述郭紹虞、祖保泉、蔡朝鐘和羅聯添等人的參考價值極大的著作，加上吳調公、陳曉薔等人的評論，司空圖研究本可積極展開，可惜一九六五年中國大陸發生文化大革命，司空圖本來就被劃分為唯心論者，再加上他被指認為提倡玄遠超然的虛無論，宣揚詩人應該逃避現實，他也

---

[9] 羅聯添，〈唐司空圖事蹟繫年〉，見《大陸雜誌》，三十六卷，十一期（一九六九年十二月），頁一四—一三一。

就被打成有所禁忌的一個古代文人。因此朱東潤、羅根澤、郭紹虞、吳調公、祖保泉所開拓的研究，到六五年後就停滯下來了。上述郭紹虞的《詩品集解》，一九六三年初版由北京人民文學出版社出版，一九六五年再版時，已移交香港商務印書館出版。祖保泉的《司空圖《詩品》注釋與譯文》，原來在一九六四年由安徽人民出版社印的，文革發生後，一九六六年在香港商務印書館再版❿。上述吳調公的四篇論文，到了一九八二年才收集在《古代文論今探》（陝西人民出版社）一書中。這些事實可證明文革對司空圖研究在大陸所造成的破壞。

三、從中國詩學到比較文學

當文革在大陸阻礙了司空圖研究之發展，六〇年代的後半期，臺灣各大學的中文系已開始有教授和研究生潛心探研司空圖。譬如東海大學有陳曉薔、臺灣師範大學有蕭水順、中國文化學院有蔡朝鐘、臺灣大學有羅聯添、政治大學有李豐楙，還有較後的東海大學的彭錦堂。由於研究所之培養人材，因此造成一九七〇年代一開始，臺灣的學術刊物便突然發表不少研究司空圖的論著。譬如蕭水順，他在一九七三年內，一共有五篇論文發表：

❿ 其他未列擧的論文，見陳國球〈司空圖研究論著目錄〉，同❷。

〈司空圖《詩品》研究〉，見《國立臺灣師範大學國文研究所集刊》，第十七輯（一九七三），頁六六五—七三〇。

〈司空圖與《詩品》〉（上、下），見《中華文化復興月刊》，第六卷第四、五期（一九七三年四、五月），頁三一—四〇；四七—五六。

〈司空圖《詩品》淵源探討〉，見《中華文化復興月刊》，第六卷第七期（一九七三年七月），頁五〇—五五。

〈司空圖《詩品》體系探討〉，見《中華文化復興月刊》，第六卷第八期（一九七三年八月），頁三九—四三。

〈司空圖《詩品》特質探討〉，見《中華文化復興月刊》，第六卷第十期（一九七三年十月），頁三五—四〇。

蕭水順的論著相當深入的將《詩品》放在中國文學史中去探討它的理論體系之來龍去脈。

我自己也前後在臺灣的學術刊物上發表了三篇：

〈「觀花匪禁」之文字及其意象根源〉，見《大陸雜誌》，第四六卷第三期（一九七三年三月），頁五三—五六。

〈《詩品》風格說之理論基礎〉，見《大陸雜誌》，第五三卷第一期（一九七六年七月），頁二三—二七。

〈從司空圖論詩的基點看他的詩論〉，見《大陸雜誌》，第五六卷第五期（一九七八年五月），頁四二—四六。

我嘗試從比較的觀點來透視司空圖的詩學。這時期的其他重要論著，除了江國貞的專書《司空表聖研究》（臺北：文津出版社，一九七八）及彭錦堂的《司空圖詩味論》（東海大學中國文學研究所，一九七六年碩士論文，一九七七年印行），還有下面的一些重要論文：

李豐楙〈司空圖《詩品》試評〉，見《中國詩季刊》，第三卷第二期（一九七二年六月），頁一—一九。

李豐楙〈司空圖《詩品》述評〉，見《夏聲》，第一三九期（一九七六年六月）。

杜松柏〈司空圖、嚴羽以禪論詩之影響〉，見《禪學與唐宋詩學》（臺北：黎明文化，一九七六），頁四〇七—四三六。

蕭韻〈司空圖的詩論〉（上、下），見《今日中國》，第四八期、四九期（一九七五年四、五月）。

任日鎬〈司空圖與嚴羽之詩論〉，見《東方雜誌》復刊，第十二卷七期（一九七九年一月），頁四八—五九。

司空圖在臺灣，一九六〇年代以前爲很少人所熟悉，一九七〇年以後，由於一系列的論著之發表，引起廣泛的注意。在大學裏，不但中文系師生有研讀的興趣，比較文學和外文系的師生也把司空圖的詩學列爲熱門的比較課題。另外搞美學和從事現代詩創作的人，經常把司空圖《詩品》或論詩書信中的名句當作引言或口頭禪。葉維廉的一本比較文學論文集以《飲之太和》爲書名，王建元的一本書名《雄渾觀念：東西美學立場的比較》，其中「雄渾」一詞也是出自司空圖的《詩品》⑪。

四、從《詩品》到詩歌研究

一九七六年以後，中國大陸的學術研究逐漸放鬆起來，許多研究禁區也跟著解除，大陸熱愛司空圖的讀者和學者又開始想念《詩品》及其他作品。像祖保泉在《司空圖詩品解說》的「再版後記」中這一段話就是最好的例子：

> 粉碎「四人幫」後，有十來個同志以不同的方式問我：在安徽，現在能否買到這冊書？我把這種情況反映給安徽人民出版社文藝編輯室。最近，編輯室通知我：同意再版這本書。⑫

---

⑪ 《飲之太和》（臺北，時報文化出版社，一九七八）；《雄渾觀念：東西美學立場的比較》（臺北：東大圖書公司，一九八四年）。

⑫ 這本書，《司空圖詩品解說》（合肥：安徽人民出版社，一九八〇），原書名爲《司空圖《詩品》注釋及譯文》，原在一九六一年安徽人民出版社初版，一九六六年由香港商務再版。這次修訂本，增加了每首詩「解說」部份。

文革結束後，搶先出版的第一本書，是大陸詩人蔡其矯的白話譯本《司空圖《詩品》》一九七九年出版。他在「前言」中，承認是在「不自由的日子」裏，冒著風險，秘密進行翻譯工作：

一九六七年，我被限制在「牛棚」裏，那是堆放廢舊報紙雜誌的潮濕的房間。在雨季過後，四壁發出霉味……在翻曬雜誌時，偶然翻到一本英文版的《中國文學》，載有楊憲益和他的英籍妻子合譯的《詩品》，產生了用現代的詩句來譯古文的《詩品》的想法。後來又參考兩本國內大學編的《詩品》注釋，在不自由的日子裏，秘密地寫下了初稿。⑬

司空圖在幻想、語言、超現實主義精神等方面既然吸引住港臺的詩人，當然對大陸詩人同樣有魔力。

一九八〇年搶先出版的，首先是一些舊書的重印，如《司空圖《詩品》解說二種》（內收清朝孫聯奎〈《詩品》臆說〉，楊廷芝〈《廿四詩品》〉）⑭及上面提過的祖保泉《司空圖《詩品》解說》。接著新書一本本的出個不停，下面是我手邊所有的就足於說明司空圖研究之熱烈：

詹幼馨《司空圖《詩品》衍繹》（香港：華風書局，一九八三）

喬力《二十四詩品探微》（濟南：齊魯書社，一九八三）

⑬ 蔡其矯，《司空圖《詩品》》（西安：河北人民出版社，一九七九）。

⑭（清）孫聯奎、楊廷芝著，孫昌熙、劉淦校點，《司空圖《詩品》解說二種》（濟南：齊魯書社，一九八〇）。

蔡乃中、吳宗海、羅仲鼎，《《詩品》今析》（江蘇人民出版社，一九八三）

祖保泉，《司空圖的詩歌理論》（上海古籍出版社，一九八四）

弘征，《司空圖《詩品》今譯、簡析、附例》（寧夏人民出版社，一九八四）

趙福壇箋釋、黃能升參證，《《詩品》新釋》（廣州：花城出版社，一九八六）

杜黎均，《二十四詩品譯注評析》（北京出版社，一九八八）

在大陸學者中，祖保泉和吳調公兩位對司空圖的研究，持之有恒，他們的研究成果最受注意。祖保泉前後出版過三本專著，吳調公在一九八二年出版《古代文論今探》（陝西人民出版社），內收他在一九六二年所發表的四篇中文論文⑮，另外一九八五年出版的《古典文論與審美鑒賞》（濟南：齊魯書社），內有三篇研究司空圖之新作：

〈司空圖的生平、思想及其文藝主張〉（頁一九五—二一二）

〈壯士拂劍，浩然彌哀——讀司空圖〈退棲〉詩〉（頁四四九—四五四）

〈讀司空圖〈退居漫題〉第一、三首〉（頁四五五—四五八）

在中國大陸，一九八〇年以來在各種學報上發表的有關司空圖研究的論文，實在多得驚人，

---

⑮ 見該書〈司空圖和他的《詩品》〉，頁八八—九五；〈詩品・構思・風格—司空圖《詩品》的風格論〉，頁九六—一〇七〈詩品、詩境、詩美—司空圖《詩品》的美學觀〉，頁一〇八—一二三；〈司空圖的詩歌理論與創作實踐〉，頁一二四—一四一。

根據陳國球所編的〈司空圖研究論著目錄〉，其中收集在論文集或發表在學報上的單篇論文，從一九八〇到一九八六年，就有七十二篇。此外一般討論美學和文學理論與批評的書，也常有章節分析司空圖的理論，譬如敏澤的《中國文學理論批評史》（北京人民文學出版社，一九八一）和郁沅《中國古典美學初編》（湖北：長江文藝出版社，一九八六）便是，前書有一節，後者有一章。一些唐詩賞析的書，在八〇年代出版的，也開始注意司空圖的詩，譬如韋鳳娟的《晚唐詩歌賞析》（南寧：廣西人民出版社，一九八六），也選析了司空圖的二首詩〈獨望〉及〈河湟有感〉。

一九八〇年代中國大陸的司空圖研究，首先反映出司空圖的《詩品》及其詩學，深為從事新詩創作者所喜好，名詩人蔡其矯的今譯，再加上杜黎均和較早的祖保泉的今譯，共有三種，這顯示把《詩品》當作新詩和新詩理論來閱讀，都深受一般人所喜愛。通常古代文論的書籍印刷量，都在數千本。我看祖保泉的《司空圖《詩品》解說》印一萬四千五，《詩品今析》有二萬一千，祖保泉的《司空圖的詩歌理論》也印一萬三千。在印數受到管制的大陸，准許印刷這個數量，表示讀者反應特別熱烈。

其次不少論文把司空圖放在美學的層面來研究，這是一種新的研究方向。上面已指出，郁沅的《中國古典美學初編》已有一章專論司空圖，在一九八〇年代的這方面的論文，試舉以下數篇作為例子：

皮朝綱，〈司空圖的韻味説及其審美理論〉，見《南京師範學院學報》，一九八一年第一期，頁六二—六八。

王世德，〈詩味醇美在咸酸之外——司空圖提出的一條美學原理〉，見《廣州文藝》，一九八一年第五期。

羅仲鼎、蔡乃中，〈司空圖美學思想例釋〉，見《杭州師院學報》，一九八三年第一期。

黃保貞，〈司空圖美學理論芻議——讀「《二十四詩品》」，見《文史知識》，一九八三年第二期，頁三一—三六。

周來祥，〈「不着一字，盡得風流」——論司空圖的美學思想〉，見《美學問題論稿》（西安：陝西人民出版社，一九八四），頁四八一—四九三。

王屛，〈司空圖美學思想初探〉，見《思想戰線》，一九八四年十二月第六期，頁八〇—八六。

胡曉明，〈論司空圖雄渾冲淡的美學思想〉，見《安徽師大學報》，一九八五年第三期。

由此可見，自從吳調公在一九六二年發表〈詩品、詩境、詩美——司空圖《詩品》的美學觀〉後，從美學的角度探討司空圖的詩學已形成一股潮流。

一九八〇年代司空圖研究另一新方向，是開始注意司空圖的詩歌創作。過去由於受到傳統文學批評的影響，司空圖的詩歌一直受到不應有的漠視對待。一九六二年吳調公發表〈司空圖的詩歌理論創作實踐〉，是現代學者中最早開拓這個領域的一篇論文。他打破過去人的偏見，說「司空圖的佳作和他詩論的『味外之旨』的路子還是符合的。」⑮接着一九六九，臺灣的蔡朝鐘有《唐司空圖詩集校注》，一九七九江國貞的《司空表聖研究》也有評介司空圖詩文之一章。吳調公在一九八五年出版的《古典文論與審美鑒賞》一書中，就有二篇論文分析〈退居漫題〉及〈退棲〉二詩，杜黎均的《二十四詩品譯注評析》一書，一章通論司空圖的詩歌，一章選注七十五首詩作。一九八六出版的《晚唐詩歌賞析》，也分析了司空圖〈獨望〉和〈河湟有感〉二首詩。本人最近也寫了一章〈晚唐象徵主義與司空圖的詩歌〉。所以在未來司空圖研究中，他的詩歌是一塊大有發展的園地，許多過去對其詩歌之見解，可能因此而改觀，他在唐代詩壇之地位，也可能需要重新調整。

五、一九八〇年代臺灣的司空圖研究

臺灣在一九八〇年代的有關司空圖的論著，跟中國大陸相比之下，自然顯得很少，專書有呂興昌的《司空圖詩論研究》（臺南：宏大出版社，一九八〇）及導讀式的《二十四詩品》⑰；羅

---

⑯《古代文論今探》，頁一三一。

⑰此書（臺北：金楓出版，一九八七）內文採用郭紹虞的集解，前陳國球「導讀」論文。

聯添《唐代詩文六家年譜》（臺北：學海出版社，一九八六）收有〈司空圖年譜〉，那是一九六九年❾〈唐司空圖事跡繫年〉之修訂；黃美鈴的《唐代詩評中風格論之研究》（臺北：文史哲出版社，一九八二），有一章論〈司空圖《詩品》之風格論〉；張錯、陳鵬翔編的《文學史學哲學》（臺北：時報出版社，一九八二）也收錄王建元的〈雄偉乎？崇高乎？雄渾乎？〉（頁一六七—二〇〇）一文。此外，比較重要的論文還有⓲：

江國貞，〈司空圖思想研究〉，見《臺北商專學報》，第十五輯（一九八〇年十月），頁一三—九八。

賴美香，〈從司空圖《詩品》談「存質究實，鎮浮勸用」的淑世文學論〉，見《孔孟月刊》，第十九卷第九期（一九八一年五月），頁三四—三六。

原德汪，〈司空表聖的人品與《詩品》〉，見「中華文化復興月刊」，第十四卷第七期（一九八一年七月），頁三八—三九。

吳彩娥，〈論象徵批評與司空圖《詩品》的批評方法〉，見《幼獅學誌》，第十七卷第二期（一九八二年十月），頁五六—七五。

臺灣學術界基本上跟大陸一樣，已把司空圖的作品，特別是《詩品》，視為經典之作，上述

⓲ 至於其他書目，參考陳國球，〈司空圖研究論著目錄〉，見❷。

導讀式的《二十四詩品》就列爲「經典」叢書之一，黃維樑《中國詩學縱橫論》（臺北：洪範書店，一九七七），也極重視他的理論，大陸出版的祖保泉《司空圖的詩歌理論》也列爲「中國古典文學基本知識叢書」之一，這些都是在現代學者的司空圖研究影響下，司空圖才受到如此注意。

六、世界各國對司空圖的研究

在其他國家，司空圖很早就受到注意，只是沒有什麼廣泛留傳的權威之作，因此至目前爲止，還沒有出現過重大影響力的學者或著作。

蘇聯漢學家阿列克謝耶夫在一九一六年在彼得堡大學東方語言系的碩士學位論文，以研究司空圖的《詩品》爲主題。翟理斯在他的世界上第一本中國文學史*A History of Chinese Literature* (London: D. Appleton and Company, 1923, 初版於 1901)裏，居然把司空圖的《詩品》當作哲理詩，史無前例的給予極高的地位，而且將二十四首詩翻譯出來。翟理斯之後，楊憲益夫婦一九六三在英文《中國文學》裏亦把它翻譯成英文，其他人包括葉維廉、懷·德格拉斯(Douglas Wile)及托普都曾英譯《詩品》⑲。在美國，以司空圖研究作博士論文者，據我所

---

⑲ Yip Wai-lim, trans. "Sclections from the 24 Orders of Poetry," *Stony Brook*, 3/4 (1969), pp. 280-281; Douglas Wile, Draft Translation of the Shih P'in. Department of East Asian Languages and Literature, University of Wisconsin, Madison, 1969, pp. 20

知，除了我自己的一篇，還有托普（Barbara Tropp）的〈司空圖評論作品研究〉，那是一九七六年完成[20]。以下是過去二十年來見到的一些以英文撰寫的論文：

Wu T'iao-kung, "Ssu-K'ung T'u's Poetic Criticism," *Chinese Literature*, July 1963, pp. 78-83.

Maureen A. Robertson, "To Convey What Is Precious: Ssu-K'ung T'u's Poetics and The Erh-shih-ssu Shih-P'in," in *Translation and Permanence: Chinese History and Culture*, ed. D. Buxbaum and F. Mote (Hong Kong: Cathay Press, 1972) pp. 323-357

Wong Yoon Wah, "A Chinese View of Style: The Theoretical Bases of Style in the *Shih-p'in*," *Chinese Culture*, Vol. XIX, No. 1 (March 1978), pp. 33-43.

Pauline Yu, "Ssu-k'ung T'u's Shih-P'in: Poetic Theory in Poetic Form," *Studies in Chinese Poetry and Poetics*, Vol. 1, ed. Ronald C. Miao (San Francisco: Chinese Materials Center, 1978), pp. 81-103.

---

[20] Barbara Tropp, *A Study of the Critical Writings of Ssu-K'ung T'u* (837-908), Princeton University, East Asian Studies, Ph. D. thesis, 1976. 論文附有《詩品》英譯。

Wang Chien-Yuan, "The Sublime in the Taoist Aesthetics: An Interpretation of Ssu-k'ung T'u's 'Ching-chien,' 'Hao-fang' and 'Hsiung-hun'," *Tamkang Review*, Vol. 14 (1983/84), pp. 535-54.

其他國家如德國的戴博思（Gunther Debon），韓國的車柱環都有研究司空圖，不過著作上的貢獻不大。日本方面許多漢學家在詩論批評史的專書上，通常都有論及司空圖，單篇論文也時有發表，不過也都沒有一家之言者㉑。

七、展望新方向

從過去二十年研究的主題與成果來看，司空圖研究的方向會從注釋、考證、探源、舉例、翻譯、解說，走向更有深度的文學理論與批評、美學及比較文學等領域。研究的重點也會從司空圖的生平、思想、《詩品》、論詩書信，轉移到他的詩歌及散文創作上，深入的、全面的去分析他的詩歌及散文藝術，將是一個有趣而又有價值的學術問題，因爲司空圖是中國極少數擁有極有系

㉑ 關於司空圖的一些日文論文，見羅聯添《唐代文學論著集目》，《書目季刊》，十一卷，四期（一九七八年三月），頁一三九七—一三九八。

統的文學理論的詩論家兼創作家，他在創作中也追求與實踐他的詩歌理論。從這個角度，必然能夠看到司空圖詩學與創作的另一種境界。

司空圖研究在大陸從一九六〇年代初期卽開始展開，可是遭受到二大限制。其一是思想框框，如研究時，標明「主觀唯心主義必須反對」或「玄虛空寂思想應該剔除」的思想掛帥的立場，則很難作出客觀深入的分析。其次中國大陸的研究論文，特別是刊登在內地學術刊物上的，在一九七六年以前，流傳到外面不多，而臺灣及其他國家的學者的研究成果更流不進中國大陸，因此這兩大地區的學者是在沒有交流和互相吸收彼此研究成果之情形下進行研究。現在中國大陸學者愈來愈敢突破思想禁區，兩大地區學者愈來愈容易掌握到彼此的著作，我相信未來的十年，司空圖研究將會有更新的、突破性的研究成果。

滄海叢刊已刊行書目(八)

書名	作者	類別
文學欣賞的靈魂	劉述先	西洋文學
西洋兒童文學史	葉詠琍	西洋文學
現代藝術哲學	孫旗譯	藝術
音樂人生	黃友棣	音樂
音樂與我	趙琴	音樂
音樂伴我遊	趙琴	音樂
爐邊閒話	李抱忱	音樂
琴臺碎語	黃友棣	音樂
音樂隨筆	趙琴	音樂
樂林蓽露	黃友棣	音樂
樂谷鳴泉	黃友棣	音樂
樂韻飄香	黃友棣	音樂
樂圃長春	黃友棣	音樂
色彩基礎	何耀宗	美術
水彩技巧與創作	劉其偉	美術
繪畫隨筆	陳景容	美術
素描的技法	陳景容	美術
人體工學與安全	劉其偉	美術
立體造形基本設計	張長傑	美術
工藝材料	李鈞棫	美術
石膏工藝	李鈞棫	美術
裝飾工藝	張長傑	美術
都市計劃概論	王紀鯤	建築
建築設計方法	陳政雄	建築
建築基本畫	陳榮美、楊麗黛	建築
建築鋼屋架結構設計	王萬雄	建築
中國的建築藝術	張紹載	建築
室內環境設計	李琬琬	建築
現代工藝概論	張長傑	雕刻
藤竹工	張長傑	雕刻
戲劇藝術之發展及其原理	趙如琳譯	戲劇
戲劇編寫法	方寸	戲劇
時代的經驗	汪琪、彭家發	新聞
大眾傳播的挑戰	石永貴	新聞
書法與心理	高尚仁	心理

滄海叢刊已刊行書目(七)

書名	作者	類別
印度文學歷代名著選(上)(下)	糜文開編譯	文學
寒山子研究	陳慧劍	文學
魯迅這個人	劉心皇	文學
孟學的現代意義	王支洪	文學
比較詩學	葉維廉	比較文學
結構主義與中國文學	周英雄	比較文學
主題學研究論文集	陳鵬翔主編	比較文學
中國小說比較研究	侯健	比較文學
現象學與文學批評	鄭樹森編	比較文學
記號詩學	古添洪	比較文學
中美文學因緣	鄭樹森編	比較文學
文學因緣	鄭樹森	比較文學
比較文學理論與實踐	張漢良	比較文學
韓非子析論	謝雲飛	中國文學
陶淵明評論	李辰冬	中國文學
中國文學論叢	錢穆	中國文學
文學新論	李辰冬	中國文學
離騷九歌九章淺釋	繆天華	中國文學
苕華詞與人間詞話述評	王宗樂	中國文學
杜甫作品繫年	李辰冬	中國文學
元曲六大家	應裕康 王忠林	中國文學
詩經研讀指導	裴普賢	中國文學
迦陵談詩二集	葉嘉瑩	中國文學
莊子及其文學	黃錦鋐	中國文學
歐陽修詩本義研究	裴普賢	中國文學
清真詞研究	王支洪	中國文學
宋儒風範	董金裕	中國文學
紅樓夢的文學價值	羅盤	中國文學
四說論叢	羅盤	中國文學
中國文學鑑賞舉隅	黃慶萱 許家鸞	中國文學
牛李黨爭與唐代文學	傅錫壬	中國文學
增訂江皋集	吳俊升	中國文學
浮士德研究	李辰冬譯	西洋文學
蘇忍尼辛選集	劉安雲譯	西洋文學

滄海叢刊已刊行書目㈥

書名	作者	類別
卡薩爾斯之琴	葉石濤	文學
青囊夜燈	許振江	文學
我永遠年輕	唐文標	文學
分析文學	陳啓佑	文學
思想起	陌上塵	文學
心酸記	李喬	文學
離訣	林蒼鬱	文學
孤獨園	林蒼鬱	文學
托塔少年	林文欽編	文學
北美情逅	卜貴美	文學
女兵自傳	謝冰瑩	文學
抗戰日記	謝冰瑩	文學
我在日本	謝冰瑩	文學
給青年朋友的信(上)(下)	謝冰瑩	文學
冰瑩書柬	謝冰瑩	文學
孤寂中的廻響	洛夫	文學
火天使	趙衛民	文學
無塵的鏡子	張默	文學
大漢心聲	張起鈞	文學
回首叫雲飛起	羊令野	文學
康莊有待	向陽	文學
情愛與文學	周伯乃	文學
湍流偶拾	繆天華	文學
文學之旅	蕭傳文	文學
鼓瑟集	幼柏	文學
種子落地	葉海煙	文學
文學邊緣	周玉山	文學
大陸文藝新探	周玉山	文學
累廬聲氣集	姜超嶽	文學
實用文纂	姜超嶽	文學
林下生涯	姜超嶽	文學
材與不材之間	王邦雄	文學
人生小語㈠㈡	何秀煌	文學
兒童文學	葉詠琍	文學

滄海叢刊已刊行書目(五)

書名	作者	類別
中西文學關係研究	王潤華	文學
文開隨筆	糜文開	文學
知識之劍	陳鼎環	文學
野草詞	韋瀚章	文學
李韶歌詞集	李韶	文學
石頭的研究	戴天	文學
留不住的航渡	葉維廉	文學
三十年詩	葉維廉	文學
現代散文欣賞	鄭明娳	文學
現代文學評論	亞菁	文學
三十年代作家論	姜穆	文學
當代臺灣作家論	何欣	文學
藍天白雲集	梁容若	文學
見賢集	鄭彥棻	文學
思齊集	鄭彥棻	文學
寫作是藝術	張秀亞	文學
孟武自選文集	薩孟武	文學
小說創作論	羅盤	文學
細讀現代小說	張素貞	文學
往日旋律	幼柏	文學
城市筆記	巴斯	文學
歐羅巴的蘆笛	葉維廉	文學
一個中國的海	葉維廉	文學
山外有山	李英豪	文學
現實的探索	陳銘磻編	文學
金排附	鍾延豪	文學
放鷹	吳錦發	文學
黃巢殺人八百萬	宋澤萊	文學
燈下燈	蕭蕭	文學
陽關千唱	陳煌	文學
種籽	向陽	文學
泥土的香味	彭瑞金	文學
無緣廟	陳艷秋	文學
鄉事	林清玄	文學
余忠雄的春天	鍾鐵民	文學
吳煦斌小說集	吳煦斌	文學

滄海叢刊已刊行書目㈣

書名	作者	類別
歷史圈外	朱桂	歷史
中國人的故事	夏雨人	歷史
老臺灣	陳冠學	歷史
古史地理論叢	錢穆	歷史
秦漢史	錢穆	歷史
秦漢史論稿	刑義田	歷史
我這半生	毛振翔	歷史
三生有幸	吳相湘	傳記
弘一大師傳	陳慧劍	傳記
蘇曼殊大師新傳	劉心皇	傳記
當代佛門人物	陳慧劍	傳記
孤兒心影錄	張國柱	傳記
精忠岳飛傳	李安	傳記
八十憶雙親 師友雜憶 合刊	錢穆	傳記
困勉強狷八十年	陶百川	傳記
中國歷史精神	錢穆	史學
國史新論	錢穆	史學
與西方史家論中國史學	杜維運	史學
清代史學與史家	杜維運	史學
中國文字學	潘重規	語言
中國聲韻學	潘重規 陳紹棠	語言
文學與音律	謝雲飛	語言
還鄉夢的幻滅	賴景瑚	文學
葫蘆・再見	鄭明娳	文學
大地之歌	大地詩社	文學
青春	葉蟬貞	文學
比較文學的墾拓在臺灣	古添洪 陳慧樺 主編	文學
從比較神話到文學	古添洪 陳慧樺	文學
解構批評論集	廖炳惠	文學
牧場的情思	張媛媛	文學
萍踪憶語	賴景瑚	文學
讀書與生活	琦君	文學

滄海叢刊已刊行書目(三)

書名	作者	類別
不疑不懼	王洪鈞	教育
文化與教育	錢穆	教育
教育叢談	上官業佑	教育
印度文化十八篇	糜文開	社會
中華文化十二講	錢穆	社會
清代科舉	劉兆璸	社會
世界局勢與中國文化	錢穆	社會
國家論	薩孟武譯	社會
紅樓夢與中國舊家庭	薩孟武	社會
社會學與中國研究	蔡文輝	社會
我國社會的變遷與發展	朱岑樓主編	社會
開放的多元社會	楊國樞	社會
社會、文化和知識份子	葉啓政	社會
臺灣與美國社會問題	蔡文輝 蕭新煌 主編	社會
日本社會的結構	福武直 著 王世雄 譯	社會
三十年來我國人文及社會科學之回顧與展望		社會
財經文存	王作榮	經濟
財經時論	楊道淮	經濟
中國歷代政治得失	錢穆	政治
周禮的政治思想	周世輔 周文湘	政治
儒家政論衍義	薩孟武	政治
先秦政治思想史	梁啓超原著 賈馥茗標點	政治
當代中國與民主	周陽山	政治
中國現代軍事史	劉馥 著 梅寅生 譯	軍事
憲法論集	林紀東	法律
憲法論叢	鄭彦棻	法律
師友風義	鄭彦棻	歷史
黃帝	錢穆	歷史
歷史與人物	吳相湘	歷史
歷史與文化論叢	錢穆	歷史

滄海叢刊已刊行書目㈡

書名	作者	類別
語言哲學	劉福增	哲學
邏輯與設基法	劉福增	哲學
知識・邏輯・科學哲學	林正弘	哲學
中國管理哲學	曾仕强	哲學
老子的哲學	王邦雄	中國哲學
孔學漫談	余家菊	中國哲學
中庸誠的哲學	吳怡	中國哲學
哲學演講錄	吳怡	中國哲學
墨家的哲學方法	鐘友聯	中國哲學
韓非子的哲學	王邦雄	中國哲學
墨家哲學	蔡仁厚	中國哲學
知識、理性與生命	孫寶琛	中國哲學
逍遙的莊子	吳怡	中國哲學
中國哲學的生命和方法	吳怡	中國哲學
儒家與現代中國	韋政通	中國哲學
希臘哲學趣談	鄔昆如	西洋哲學
中世哲學趣談	鄔昆如	西洋哲學
近代哲學趣談	鄔昆如	西洋哲學
現代哲學趣談	鄔昆如	西洋哲學
現代哲學述評㈠	傅佩榮譯	西洋哲學
懷海德哲學	楊士毅	西洋哲學
思想的貧困	韋政通	思想
不以規矩不能成方圓	劉君燦	思想
佛學研究	周中一	佛學
佛學論著	周中一	佛學
現代佛學原理	鄭金德	佛學
禪話	周中一	佛學
天人之際	李杏邨	佛學
公案禪語	吳怡	佛學
佛教思想新論	楊惠南	佛學
禪學講話	芝峯法師譯	佛學
圓滿生命的實現（布施波羅蜜）	陳柏達	佛學
絕對與圓融	霍韜晦	佛學
佛學研究指南	關世謙譯	佛學
當代學人談佛教	楊惠南編	佛學

滄海叢刊已刊行書目(一)

書名	作者	類別
國父道德言論類輯	陳立夫	國父遺教
中國學術思想史論叢(一)(二)(三)(四)(五)(六)(七)(八)	錢穆	國學
現代中國學術論衡	錢穆	國學
兩漢經學今古文平議	錢穆	國學
朱子學提綱	錢穆	國學
先秦諸子繫年	錢穆	國學
先秦諸子論叢	唐端正	國學
先秦諸子論叢(續篇)	唐端正	國學
儒學傳統與文化創新	黃俊傑	國學
宋代理學三書隨劄	錢穆	國學
莊子纂箋	錢穆	國學
湖上閒思錄	錢穆	哲學
人生十論	錢穆	哲學
晚學盲言	錢穆	哲學
中國百位哲學家	黎建球	哲學
西洋百位哲學家	鄔昆如	哲學
現代存在思想家	項退結	哲學
比較哲學與文化(一)(二)	吳森	哲學
文化哲學講錄(一)(二)(三)(四)	鄔昆如	哲學
哲學淺論	張康譯	哲學
哲學十大問題	鄔昆如	哲學
哲學智慧的尋求	何秀煌	哲學
哲學的智慧與歷史的聰明	何秀煌	哲學
內心悅樂之源泉	吳經熊	哲學
從西方哲學到禪佛教 —「哲學與宗教」一集—	傅偉勳	哲學
批判的繼承與創造的發展 —「哲學與宗教」二集—	傅偉勳	哲學
愛的哲學	蘇昌美	哲學
是與非	張身華譯	哲學